REALITY

815047

Pete Johnson

10 Stunden Leben

Pete Johnson

Pete Johnson, geboren 1962 in Winchester/England, arbeitete als Lehrer für Englisch, Drama und Medienkunde. Die Suche nach mitreißendem Lesestoff für seine Schüler brachte ihn zum Schreiben. Inzwischen ist er ein bekannter Jugendbuchautor.

Von Pete Johnson sind in den Ravensburger Taschenbüchern außerdem erschienen:

RTB 8018
Dich krieg ich auch noch rum!

RTB 8021
Freunde für immer – Entdeckungen

RTB 8039
Am liebsten berühmt

RTB 8042
Freunde für immer – Grenzenlos

RTB 8045
Freunde für immer – Freunde bleiben

RTB 8065
Freunde für immer – Aufbruch

RTB 8064
Ab heute nicht mehr Boffin

RTB 8081
Schritte ins Jenseits

10 Stunden Leben

Aus dem Englischen
von Werner Färber

RAVENSBURGER BUCHVERLAG

Lizenzausgabe
als Ravensburger Taschenbuch
Band 8094,
erschienen 1999

Die englische Originalausgabe erschien 1995
unter dem Titel »Ten Hours to Live«
by Mammoth, an imprint of Reed Consumer
Books Ltd., London

Die deutsche Erstausgabe erschien 1996
im Ravensburger Buchverlag
in der Ravensburger Jungen Reihe

Umschlagillustration: Jens Schmidt

RTB-Reihenkonzeption:
Heinrich Paravicini, Jens Schmidt

Printed in Germany

**Die Schreibweise entspricht den
Regeln der neuen Rechtschreibung.**

5 4 3 2 1 03 02 01 00 99

ISBN 3-473-58094-5

815047

REALITY

Die im Folgenden genannten Personen haben mir freundlicherweise gestattet, ihre Ideenbanken zu plündern:

Jan, Linda und Robin, Jo Meller, Martin Heffron, Bill Bloomfield, Rose Jewitt, Daniel Phipps, Annabel Mayes, Liz Rourke und Angie Buckler, Jo May, Gill Parsons und Hilary Lapedis.

Ihnen allen und auch Emma Doran, die im Rahmen des Plymouth-Kinderbuch-Festivals zur Autorin des besten Buches gekürt wurde, möchte ich dieses Buch widmen.

... stets ist die
Liebe
auch ein Spiegel
der Traurigkeit
Salvatore Quasimodo

Wie ein Verbrecher auf der Anklagebank warte ich auf den Richterspruch.

Ich bin schon vor sechs aufgestanden. An Schlaf war einfach nicht mehr zu denken. Heute fällt der Urteilsspruch.

Ich hab mich ungefähr drei Stunden gekämmt, mich beim Anziehen zigmal anders entschieden. Nach ungefähr zehn Stunden Zähneputzen habe ich mich auf die weiteren Vorbereitungen gestürzt. Wo soll sie sich hinsetzen, wenn sie kommt? Natürlich bin ich auch schon mit dem Staubsauger durchs ganze Haus gedüst und habe tipptopp aufgeräumt. Sogar die Bilder hab ich alle gerade gerückt. So war ich wenigstens eine Zeit lang abgelenkt und hatte was zu tun. Inzwischen ist alles erledigt – jetzt kann ich nur noch warten.

Folter pur.

Ich fühle mich ihr vollkommen ausgeliefert. Und dieses Gefühl kann ich absolut nicht ausstehen.

Alle naselang bin ich in der Küche, um frischen Tee aufzugießen. Solange ich beschäftigt bin, geht es mir gut … Was ich allerdings zusammenbraue, reißt mich nicht gerade vom Hocker. Echter Katastrophentee. Und im ganzen Haus ste-

hen Teebecher herum. Einige davon sogar noch voll. Irgendwo muss auch noch mein angebissenes Toastbrot liegen.
Hab auch schon versucht, in meinem Zimmer zu relaxen. Wollte ein paar Kassetten abspielen. Wenn ich gute Musik höre, bin ich normalerweise ein zufriedener Mensch. Aber heute dringt nichts bis zu mir durch. Dauernd muss ich aus dem Fenster sehen. Ich weiß, dass ich das lassen sollte. Wenn ich ununterbrochen darauf warte, dass sie auftaucht, kommt sie erst recht nicht. Ist ja immer so.
Draußen kündigt sich schon wieder so eine wahnsinnige Julihitze an. Kaum auszuhalten. Und obwohl Freitag ist, kommt's mir vor wie Sonntag. Unheimlich. Weiter unten in unserer Straße ist ein Supermarkt. Trotzdem ist heute keine einzige Mami mit ihrer Babykarre unterwegs. Kein Kind, und auch kein Rentner, der Hundekuchen für seinen Hund kaufen will. Bin ich der letzte Überlebende?
Heute ist alles möglich. Die Welt steht still. Alle beobachten mit Spannung, ob oder ob nicht …
Nur im Fernsehen geht alles seinen gewohnten Gang. Keine Macht der Welt könnte das Frühstücksfernsehen stoppen. Diese Einheitsgesichter werden selbst dann noch tausendundeine Zubereitungsmöglichkeit von Kiwis verbreiten, wenn die Welt am Untergehen ist. Ich habe den Ton leise gestellt. Ich muss ja nicht verstehen, was sie sagen. Ich brauche nur ein bisschen Geräuschkulisse.
Außerdem weiß ich immer, wie spät es ist, solange die Glotze läuft. Ein Tag lässt sich wunderbar in Fernsehsendungen einteilen. Gerade eben tauchen ein paar ernstere Gesichter auf dem Bildschirm auf. Das müssen die Lokal-

nachrichten sein. Mal sehen, was passiert, wenn ich mich mit meinem Problem in die laufende Sendung einklinke:
»Leider können wir Ihnen bezüglich Ben Chaplin noch immer keine Neuigkeiten vermelden. Er befindet sich nach wie vor an seinem Wohnsitz und wartet dort auf den Besuch von Miss Sophie Doyle. Ben, wie fühlen Sie sich?«
»Sie können fragen – fix und fertig natürlich.«
»Ja, also, wie es scheint, ist Ben äußerst gereizt. Vermutlich schalten wir besser zurück ins Studio. Und dort geht es auch schon weiter mit unserer heutigen Top-Story: Exklusiv bei uns sehen Sie jetzt, wie eine Passantin über einen Beutel Orangen stolpert.«
In letzter Sekunde rufe ich dem Reporter hinterher: »Bevor Sie umschalten – würden Sie bitte eine Nachricht für mich senden? Sophie, bitte, treib es nicht auf die Spitze! Lass mich nicht noch länger warten. Komm. KOMM.«
Ich kapier sowieso nicht, warum alles so gekommen ist.
Sicher – ich hab was Blödes gesagt. Aber mein Mund war noch nicht mal richtig zu, da hat es mir schon Leid getan. Und außerdem habe ich das nur gesagt, weil ich mich verletzt fühlte. Da ist es mir eben so rausgerutscht. Und ich habe echt versucht, mich dafür zu entschuldigen. Eine komplette Woche lang.
Heute Abend ist es genau sieben Tage her, dass Sophie von hier abgehauen ist. Bei ihr zu Hause bin ich (wie es scheint) nicht sehr willkommen. Außerdem weigert sie sich, am Telefon mit mir zu reden.
Dabei will ich mich doch nur entschuldigen.
Aber mach das mal, wenn sie erstens nicht an die Haustür

kommt und zweitens immer den Hörer aufknallt. Also hab ich sie mit einem über sechs Seiten langen Brief (hab zur Tarnung Mamas Briefpapier benutzt) eingeladen, sich mit mir am Verhandlungstisch zu treffen. Natürlich habe ich es anders formuliert. Und dass ich immer noch allein zu Hause bin, weiß sie auch. Schon seit über einer Woche bin ich allein. Seit Mama wegen hoher Blutdruckwerte ins Krankenhaus musste. Bei Schwangeren in ihrem Alter könnte das zu Komplikationen führen. Mittlerweile ist sie allerdings schon wieder entlassen. Jetzt ruht sie sich bei Tante Annie aus. Papa und Glen, mein sechsjähriger Bruder, haben sich auch dort einquartiert. Gestern hat Papa am Telefon angedeutet, dass Mama unter Umständen sogar bis zur Geburt bleiben will. In ungefähr zehn Tagen soll es so weit sein.

Tante Annie hat auch mir angeboten, zu ihr zu kommen. Ich habe gesagt, ich würde dringend im Videoladen gebraucht. Natürlich stimmt das nicht. Gerade heute hab ich mich zum Beispiel krankgemeldet, obwohl ich eine Acht-Stunden-Schicht gehabt hätte. Aber wie soll ich acht Stunden überstehen, wenn ich nicht mal für acht Minuten das Haus verlassen kann?

Ich habe also Sophie in meinem Brief gefragt – gebeten –, heute im Lauf des Tages vorbeizukommen oder wenigstens mal anzurufen.

Natürlich will ich keinen Druck machen. Und es liegt ganz allein bei ihr, wann sie kommen will. Ich jedenfalls werde den ganzen Tag auf sie warten – wenn's sein muss. Kein Problem. Ich muss nur endlich wissen, was Sache ist. Eine

Aussprache ist die einzige Möglichkeit, die Angelegenheit ins Reine zu bringen.

Ruf doch bitte, bitte am Freitag an. Das waren die letzten Worte in meinem Brief. So um die tausend Mal hab ich ihn durchgelesen. Um zu verhindern, dass sie ihn ungeöffnet in den Papierkorb schmeißt, hab ich ihre Adresse mit verstellter Handschrift auf den Umschlag geschrieben. Und dann habe ich ihn eingeworfen. Später bin ich noch mal zum Briefkasten zurück, um nachzusehen, ob der Brief auch richtig gefallen war. Ich hatte Angst, er könnte stecken geblieben sein. Und wenn er dann halb im Regen hängt, wird er nass und die Schrift verläuft.

Ich bin ein ziemlich bescheidener Briefeschreiber. Vor einigen Jahren hatte ich Brieffreunde in Deutschland oder sonst wo. Denen hab ich immer versucht, ganz besonders interessante Briefe zu schreiben. Ich wusste auch immer genau, was ich schreiben wollte. Beim Durchlesen kam es mir dann aber immer ungeschickt und angeberisch vor. Ehrlich gesagt, war ich jedes Mal überrascht, dass mir überhaupt jemand antwortete.

Vielleicht liegt es mir einfach nicht, meine Gefühle aufzuschreiben. Bei der Vorstellung, dass sie jeder lesen kann, ist mir nicht wohl. Mit meinem Brief an Sophie ist das allerdings anders. Und – das soll jetzt wirklich nicht eingebildet klingen – diesmal bin ich sogar ziemlich stolz auf das Ergebnis. Es ist das erste Mal, dass ich mich getraut habe, offen über meine Gefühle zu reden. Man muss schon ein Herz aus Stahl haben, um das abzuschmettern. Wenn ich ehrlich bin, hatte ich damit gerechnet, dass Sophie alles stehen und liegen lässt und sofort zu mir kommt. Sonst wäre ich doch niemals so früh aufgestanden.

Und jetzt lässt sie mich einfach hängen.

Kann ein Mensch grausamer sein? Jemandem, der mir wichtig ist, könnte ich so etwas nicht antun. Nicht mal jemandem, der mir völlig egal ist. Ich hatte geglaubt, Sophie würde das auch nicht können. Noch drei Tage vor dem Bruch hatte sie zu mir gesagt: »Du kannst dir nicht vorstellen, wie wichtig du für mich bist.« Wie kann sie erst so etwas sagen – ich bin sicher, dass sie es auch so gemeint hat – und dann tut sie mir so was an? Ich versteh's nicht. Wir waren uns so nah. Deshalb versuche ich es ja auch schon die ganze Woche mit Telepathie. Vielleicht fange ich ja irgendeine Botschaft auf, die mir erklärt, was falsch gewesen ist.

Wenn ich nur wüsste, was sie jetzt macht. Vielleicht ist sie gar nicht zu Hause, lässt es sich gut gehen und verschwendet nicht einen Gedanken an mich. Es macht mir beinahe Spaß, mich mit so etwas zu quälen. Immer und immer wieder. Natürlich denkt sie an mich. Ich glaube nicht, dass ich mir all die Monate was vorgemacht habe ... Nein, unmöglich. Ich weiß, was sie macht: Sie steht vor dem Spiegel und studiert ein, was sie sagen will, wenn sie hier ist. Wahrscheinlich macht sie das schon den ganzen Vormittag. Ob sie sich genauso viele Varianten ausgedacht hat wie ich? Heute früh habe ich mir zum Beispiel Folgendes vorgestellt: Das Telefon klingelt. Ich lasse es erst ein paar Mal klingeln. Dann nehme ich ganz cool und locker den Hörer ab. Ich rede mit ihr, als wäre sie irgendeine nette Bekannte. Ich erzähle ihr, was ich in letzter Zeit gemacht habe (alles erfunden). Weil sie meinen Schmerz so wundervoll quälend in die Länge gezogen hat, schlage ich absichtlich einen Ton an, der sie verletzt. In echt würde ich so was natürlich nie bringen. Jedenfalls habe ich so ziemlich alle Möglichkeiten, wie unser Gespräch ablaufen könnte, durchgespielt. Und wenn ich mich nachts wieder mal schlaflos im Bett wälzte, ist mir manchmal angst und bange geworden. Dann war ich nämlich so weit, ihr sämtliche Zugeständnisse zu machen. In solchen Momenten hätte ich zu allem Ja und Amen gesagt und alles unterschrieben. Weil mir ein Leben ohne sie nämlich sinnlos erscheint.

Es schmerzt, mich so zu erleben – auf den Knien. Von niemandem sollte man sich dazu verleiten lassen. Da ist man ausgeliefert und hängt an der kurzen Leine. Und so etwas wird meistens auch noch gnadenlos ausgenutzt. Ich hab mir geschworen, diese letzte Variante niemals zuzulassen. Was auch passieren mag.

Vor ungefähr einer Stunde hat mich das Telefon hochgerissen. Zack, war ich die Treppe runter.

Natürlich war es nicht Sophie. War klar. Noch auf der Treppe hab ich mir gesagt, dass es sich um den in solchen Fällen üblichen Fehlalarm handelt. Auch gut. Dann hätte ich wenigstens den schon mal hinter mir. Und ich würde endlich mit Sicherheit wissen, dass unser Telefon noch funktioniert. (Das hatte mich nämlich schon den ganzen Vormittag beschäftigt.)

Im Übrigen konnte ich von Glück reden, dass es nicht Sophie war. Es war nämlich ausgesprochen idiotisch, wie ich mich meldete. Ich wollte möglichst locker und normal klingen und sagte 716282. Erst als ich fertig war, wurde mir klar, dass ich Sophies Telefonnummer runtergeleiert hatte. »Hallo, du Trauerkloß«, sagte Simon. Er lachte. Ich lachte mit. Es war uns beiden fürchterlich peinlich. Simon rief von Jenny aus an. Die beiden sind – außer Sophie – die Einzigen, die von meiner bevorstehenden schweren Prüfung wissen. Jenny hörte mit. Die beiden taten ihr Bestes, um mich aufzumuntern und mir ihr Mitgefühl zu versichern. Das weiß ich wirklich zu schätzen. Trotzdem habe ich während des ganzen Gesprächs nur daran gedacht, was wäre, wenn Sophie ausgerechnet jetzt anrufen wollte.

Kurzer Zeitcheck: Die australischen Seifenopern dringen durch den Äther. Es ist also früher Nachmittag, ungefähr zwei Uhr. Wie viele Stunden muss ich denn noch hier warten? Simon meinte, Sophie könnte vielleicht eine dramatische Nachtvorstellung planen. Wenn er Recht hat, habe ich noch neun, zehn Stunden Wartezeit vor mir. Zehn Stunden. Zehn Stunden Leben.

Wie kann ich nur so was schreiben? Als ob ich demnächst sterben würde. Dabei bin ich achtzehn und nicht achtzig. Aller Voraussicht nach habe ich noch ein paar Jahrzehnte vor mir …

Andrerseits bin ich unfähig, über den heutigen Tag hinauszudenken. Alles andere ist bedeutungslos.

Noch im Juni war es eine Riesensache, dass ich die schriftlichen Prüfungen hinter mich gebracht hatte. Wenn jetzt einer sagen würde: »He, hallo Ben, wir sind mit den Korrekturen zwei Wochen schneller fertig geworden. Du hast in allen drei Fächern eine Eins gemacht«, mir würde nur eine

Antwort einfallen: »Vielen Dank, aber können Sie mir vielleicht sagen, wann Sophie anruft?«
Sie ist mein einziger Lebensinhalt. Und das zieht, in Anbetracht der Tatsache, dass sie für mich unerreichbar ist, ganz schön runter.
Wo ist Sophie?
Warum kann ich nur noch an sie denken und an nichts anderes mehr? Das gefällt mir nicht. Ich mutiere zu einem Typ, den ich überhaupt nicht ausstehen kann: zu einem, der theatralisches Gesülze von sich gibt. Zehn Stunden Leben. Das bin nicht ich. Allmählich habe ich den Eindruck, ich wäre verhext.
Das ist es: Sophie hat mich verhext.
Aber wie hat sie das geschafft?
Wenn ich das wüsste, könnte ich den Bann vielleicht brechen und wieder zu mir kommen. Das ist es! Ich muss mir Klarheit verschaffen. Wie und wann hat alles begonnen? Ich muss meine Beziehung zu Sophie von hinten aufrollen.

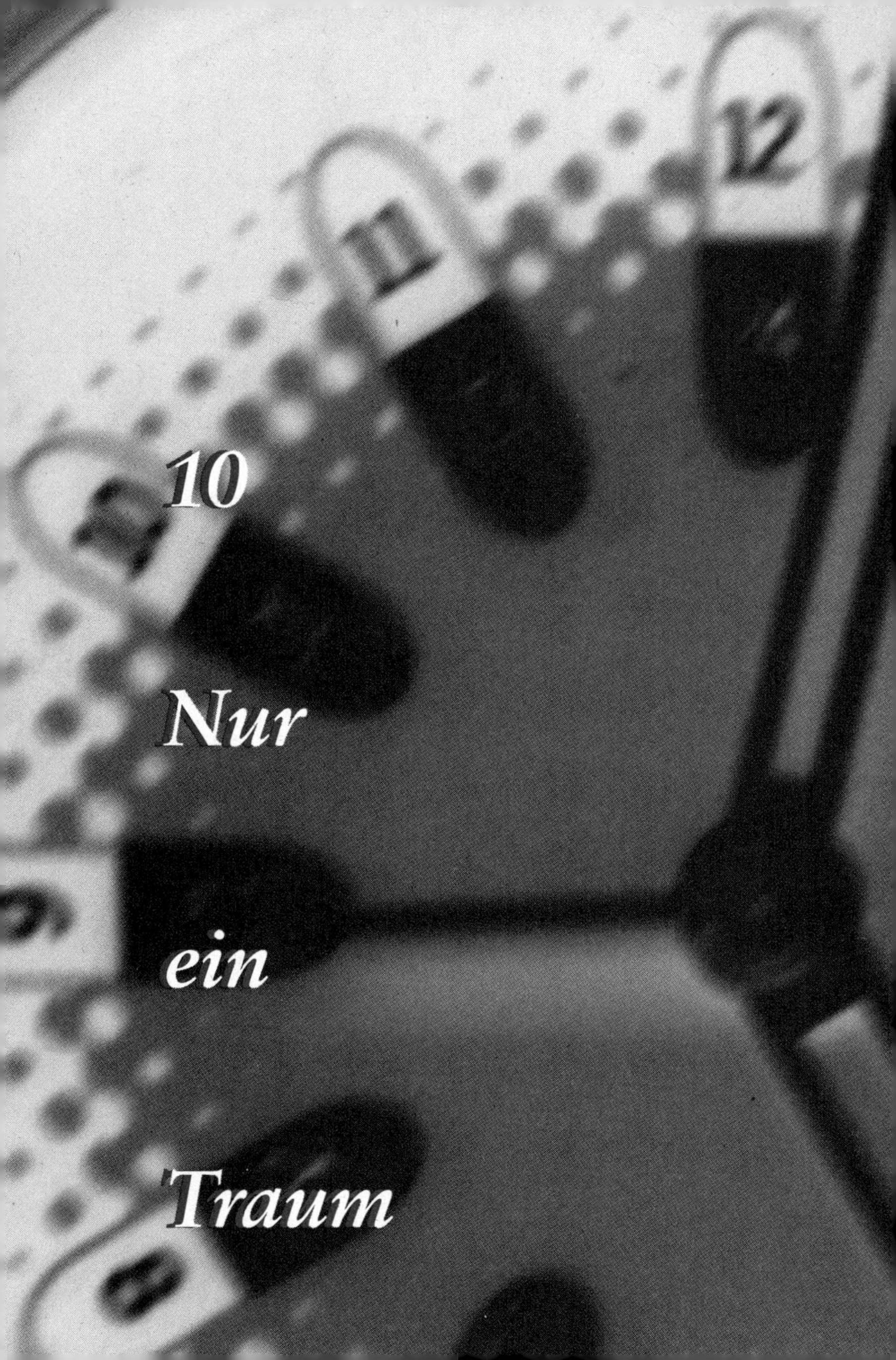

10 Nur ein Traum

100

Womit fange ich am besten an? Vielleicht mit dem Oktober im letzten Jahr. Da habe ich Sophie kennen gelernt. Stimmt gar nicht. In meinem Kopf existierte schon lange vorher ein Bild von ihr. Da beginnt die Geschichte wirklich. Man könnte sagen, dass sie mich verhext hat, bevor wir uns begegnet sind. Wir sind Seelenverwandte.

Als ich zum ersten Mal jemanden von Seelenverwandtschaft reden hörte, kam mir das ziemlich abgedreht vor. Angeblich würden unsere Seelen über unseren Köpfen schweben und auf den richtigen Augenblick warten, um sich dann mit dem perfekten Partner zusammenzutun. Schon die Idee von den schwebenden Seelen gefiel mir nicht. Meine erste Assoziation waren Fledermäuse.

Weiterhin heißt es, dass einem das Wichtigste im Leben fehlt, solange man die verwandte Seele nicht gefunden hat. Die gute Nachricht lautet, dass jeder eine Seele hat. Und wie es scheint, schwirren die Seelenverwandten irgendwo da draußen rum. Seltsamerweise sagt man immer »da draußen«, wenn man auf Seelenverwandte oder fremde Wesen zu sprechen kommt. Vermutlich weil die Wahrscheinlichkeit, die verwandte Seele zu treffen, genauso groß ist wie die Wahrscheinlichkeit, auf einen Außerirdischen zu treffen.

Was soll man machen, wenn die verwandte Seele im Jahr 1066 geboren wurde oder ihr Dasein in der östlichen Mongolei fristet? Das wird dann vermutlich Pech genannt. Alles in allem schien mir aber trotzdem ein Funken Wahrheit dahinter zu stecken. Schließlich haben Millionen von Menschen seelenverwandte Partner gefunden. Wieso sollte mir das nicht auch gelingen?

Und irgendwie hab ich mich schon immer darauf gefreut, dieses ganz besondere Mädchen zu treffen. Manchmal habe ich sie mir vorgestellt. Nein, nicht das Äußere. Ich habe mir viel mehr ausgemalt, wie es sein würde, einen Menschen zu treffen, der diesen ganz besonderen Draht zu mir hat. Am Beispiel von Simon und Jenny malte ich mir ungefähr aus, wie so etwas sein könnte. Die beiden sind die einzigen Freunde, mit denen ich schon sehr lange dieselbe Wellenlänge habe und denen ich voll und ganz vertraue. Wir kennen uns, seit wir dreizehn waren. Allerdings hätte es mit sechzehn einen Einschnitt geben können. Während ich nämlich an der Schule blieb, um höhere Abschlüsse zu machen, wählte Simon einen dreijährigen Aufbaukurs am College, und Jenny jobbte fast jede Woche woanders. Und trotzdem hat unsere Freundschaft, die Bindung zwischen uns, nicht darunter gelitten. Seitdem halte ich uns für unbezwingbar.

Die andern haben unsere Freundschaft nie richtig kapiert: Ein Mädchen zieht mit zwei Jungs herum, wow, Wahnsinn! Gut möglich, dass Jenny für Simon und mich eine Art Ersatzfreundin war. Sie hat uns gesagt, wie toll wir sind, sie hat mit uns rumgeflirtet, und sie hat sogar die Beleidigte gespielt, wenn einer von uns beiden mal mit einem anderen Mädchen zusammen war. »Ich bin dir also nicht mehr gut genug? Muss mich wohl damit abfinden, dich mit 'ner andern zu teilen«, war einer ihrer möglichen Kommentare. Manchmal gab es allerdings winzige Hinweise, dass sie die Beleidigte nicht nur spielte. Und das war schon toll. Meine Reaktion jedenfalls war eindeutig: »Jenny, du bist und bleibst die Nummer eins für mich.« Und Simon stimmte natürlich sofort zu. »Und dass ihr mir das bloß nicht vergesst!«, antwortete sie dann immer und wirkte zufrieden wie ein schnurrendes Kätzchen.

Jenny war tatsächlich immer meine Nummer eins.

Natürlich gab es andere Mädchen. Aber eine festere Beziehung bin ich niemals eingegangen. Mein Rekord waren vier Monate. Mal sind es die Mädchen gewesen, die mit mir Schluss gemacht haben, mal auch umgekehrt. Ein oder zwei Mädchen habe ich dabei – leider – ziemlich verletzt. Sie haben mich wirklich gern gehabt, mich geliebt, und es ist eben recht übel für sie gewesen, als es vorbei war. Aber ich hab es immer geschafft, mit meinen Ehemaligen hinterher noch reden zu können. Meistens sind wir sogar Freunde geblieben. Und genau das ist ein Hinweis auf die Gründe für mein ständiges Scheitern. Noch nie ist ein Mädchen schluchzend aus meinem Zimmer getaumelt: »Ich kann ohne dich nicht leben.« Und noch nie hat ein Mädchen – wie es einem Typ aus meiner Klasse passiert ist – heulend zu mir gesagt: »Mir ist es ganz egal, wenn du mit einer andern gehst. Wenn ich wenigstens die Zweite sein kann.« Ich erinnere mich noch genau daran, wie sehr mich das fasziniert hat. Das Mädchen tat mir zwar echt Leid (der Typ war ein Schläger), aber gleichzeitig war ich so neidisch wie noch nie zuvor. Obwohl die Mädchen von mir viel mehr erwarten dürfen als von so einem, kommen sie bei mir leichter darüber hinweg, wenn es vorbei ist.

Wer jetzt glaubt, ich würde auf Mädchen keinen Eindruck machen, hat ein falsches Bild von mir. Es kommt durchaus vor, dass ich mich auf einer Fete umdrehe und sehe, dass mich ein Mädchen im Visier hat. Ich erwidere den Blick, worauf sie ja eigentlich wegsehen müsste. Aber ihr ist nicht nach Wegsehen. Und mir auch nicht. So was liebe ich. Diese erste Kontaktaufnahme, einfach irre. Die lässt mich total abheben. Plötzlich fühle ich mich genau so, wie ich schon immer sein wollte. Natürlich ist das der reine Egotrip. Der hat aber durchaus seine guten Seiten.

Ich also rüber und quatsch sie an. Vielleicht weiß sie von gemeinsamen Freunden schon die eine oder andere Kleinigkeit über mich. Ich hab einen ziemlich hohen Bekanntheitsgrad. Bald stellt sie fest, dass ich einigermaßen intelligent bin, dass ich gar nicht so übel aussehe, wenn mein Haar nach hinten gekämmt ist … noch was? Ach ja, ich bekomme häufig zu hören, dass ich anders sei. Das kann man zwar als Kompliment auffassen, es muss aber nicht unbedingt eines sein. Ich werde meistens von Mädchen angemacht, die gerade eine Enttäuschung hinter sich haben. In der Regel sind sie zwei Jahrhunderte lang mit einem absoluten Schwachkopf herumgezogen und haben einfach nur die Schnauze voll gehabt. Deshalb sind sie auf der Suche nach einem netten Typen mit ein bisschen Tiefgang. Plötzlich trete ich auf die Bühne. Was jetzt wirklich nicht heißen soll, dass ich mich für den Supertyp halte.

Im Gegenteil. Ein paar meiner Charakterzüge sind mir sogar peinlich. Als ich sechs war, habe ich ein Buch über König Artus und die Ritter der Tafelrunde gelesen (ich habe es immer noch). Anschließend hab ich mir sofort ein Spielzeugschwert zugelegt, einen Schild, eine Plastikrüstung und sogar einen Ritterhelm. Mein Kinderzimmer war das Schloss, und den ganzen Tag ging es treppauf und treppab, und immer auf die Wände los ... Wenn ich in meiner Rüstung steckte, war ich unbesiegbar.

Als ich älter wurde, habe ich mich natürlich von meiner Rüstung verabschiedet. Richtig aus ihr herausgewachsen bin ich aber nie. Noch immer verschlinge ich Bücher, in denen sich alles um König Artus und die Tafelritter dreht. Ich gehe auf in einer Welt, in der noch Jungfern aus den Klauen schrecklicher Drachen befreit werden müssen.

Und manchmal kann ich es mir immer noch nicht verkneifen, den Ritter zu spielen. Zum Beispiel, wenn ich freitags spät mit einem Mädchen durch die Stadt ziehe und mit ansehen muss, wie an jeder Ecke die harten Jungs das Ende eines großartigen Abends feiern, indem sie den Inhalt ihrer Mägen von sich geben. Dann lasse ich mich schon mal dazu hinreißen, zu verkünden: »Werte Dame, erweiset mir die Gunst mir mitzuteilen, welch noble Tat ich um Euretwillen begehen darf.«

Keine Frage, dass ich mir mit so was den einen oder anderen Lacher eingehandelt habe (sogar sehr zweifelnd nervöse), aber ich hab immer einfach weitergemacht und sie mit all dem zugeschüttet, was ich mir in meinen Ritterbüchern angelesen hatte. Und manchmal bekam ich tatsächlich einen Auftrag. Zum Beispiel sollte ich einer Freundin den Mantel aus dem Pub holen. Sie hatte Angst selbst reinzugehen, weil sie drinnen ihren Ehemaligen vermutete. »Meine Teuerste, noch im Angesicht des Todes bin ich beglückt, Euch einen Dienst erweisen zu dürfen«, sagte ich und betrat den Pub. Natürlich bekam ich den Mantel problemlos. Von wegen ritterliche Tat und so. Mit dieser Schauspielerei (und was anderes war es ja nicht) habe ich jedenfalls so manches Mädchen schwer beeindruckt. Man hielt mich – wie gesagt – für geistreich, anders und nett. Aber wie und was ich wirklich empfinde, hat nie eine begriffen. Sophie ist bisher die Einzige, die mich richtig verstanden hat. Das zeigt schon der Umschlag, in dem sie mir eine Grußkarte geschickt hat. Sophie hat ihn *An Sir Lancelot* adressiert. Er liegt hier neben mir.

Habe ich dich gerettet, Sophie, oder nicht?

Die Wochen, bevor ich Sophie das erste Mal sah, waren ziemlich düster gewesen. Die erste Breitseite verpasste mir Simon. Er kam vorbei und erzählte mir, dass er und Jenny jetzt miteinander gehen würden. Sein Geständnis war ihm selbst so unangenehm, dass er mir schon fast wieder Leid tat.

Ich nahm mir vor, die Sache erst gar nicht an mich herankommen zu lassen. Dann versuchten wir, dem Ganzen etwas Lustiges abzugewinnen. Simon meinte, dass die Geschichte nach der ersten Verabredung sowieso wieder den Bach runtergehen würde. Als er schließlich weg war, fühlte ich mich hundeelend. Ich hatte Schiss, und stinksauer war ich auch. Wir drei waren doch immer ein Team gewesen. Gleiche unter Gleichen. Und nun sollte es neue Regeln geben, ohne dass ich auch nur die Chance gehabt hatte, etwas dazu zu sagen? Plötzlich waren es die beiden – und ich. Völlig logisch, dass ich mich in nächster Zeit überflüssig und allein gelassen fühlte, wenn ich die beiden traf. Im Grunde war es nämlich so, dass ich eigentlich immer gehofft hatte, dass Jenny mich mehr mögen würde als Simon. Trugschluss.

In den nächsten Wochen traf ich Simon und Jenny selten. Ich spielte den Vielbeschäftigten. Ich besorgte mir einen Job im Videoladen hier bei uns, zeigte mich mehr in der Theater-AG der Oberstufe und spielte sonntags vormittags wieder Fußball. Sogar meine Pflichtaufsätze reichte ich zur Abwechslung termingerecht ein. Trotzdem war ich immer noch nicht ausgelastet. Um auch noch das letzte bisschen Zeit kleinzukriegen, ging ich regelmäßig ins Fitnesscenter. Und da – könnte man sagen – nahm mich das Schicksal bei der Hand. Ich lernte Nick Doyle kennen, Sophies Bruder.

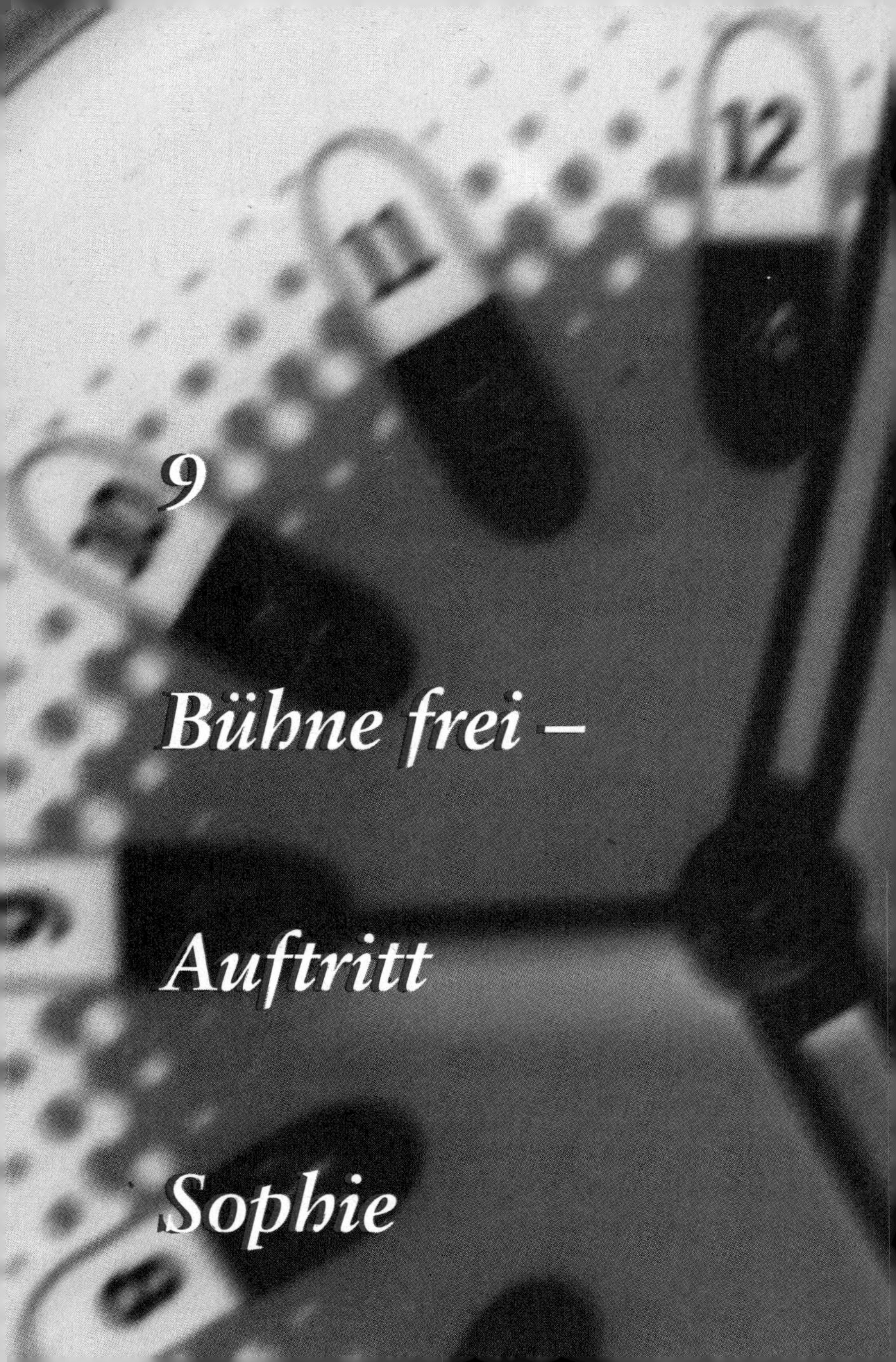

9

Bühne frei – Auftritt Sophie

9

Nick war erst vor kurzem in unsere Klasse gekommen. In der Schule traf ich ihn nur selten. Er hatte andere Kurse belegt, und wir hatten im Grunde wenig miteinander zu tun. Als ich ihn im Fitnesscenter traf, unterhielten wir uns eigentlich zum ersten Mal. Wir quatschten uns fest und gingen auch noch was trinken.

Nick ist genau wie ich ziemlich lang und dünn. Er hat lockiges, schwarzes Haar und ein rundes, Offenheit signalisierendes Gesicht. Man hat bei ihm immer das Gefühl zu wissen, was er gerade denkt. Wenn er nicht so groß wäre, könnte man Nick wegen seiner kindlichen Unbeschwertheit für wesentlich jünger halten. Im Übrigen ist er ausgesprochen witzig und ungeheuer unternehmungslustig. Seine ganze Art passte mir zu der Zeit voll in den Kram.

Er hatte gerade seinen Führerschein gemacht und von seinen Eltern gleich einen roten, abgewrackten Fiesta bekommen. Das Loch im Auspuff war nicht zu überhören. Manchmal sind wir damit die halbe Nacht durch die Gegend gefahren. Ich war sein Kopilot und hatte die Aufgabe, möglichst abgelegene Gegenden auf der Landkarte auszumachen. Irgendwie kamen wir immer beim Flughafen in Luton raus. Während der Fahrt machten wir Rollenspiele. Am liebsten waren wir zwei Männer vom Sicherheitsdienst, die eine höchst gefährliche Person abholen sollten. Nick gab sich den Namen Monty und hörte sich an wie Sean Connery. Ich selbst nannte mich Lord Carruthers und tat entsetzlich britisch. Stundenlang konnten wir uns mit diesem Blödsinn beschäftigen. Rückblickend ist das meine wichtigste Erinnerung an Nick. Unsere Gespräche hörten sich ungefähr so an: »Ich denke, Sie sollten es erfahren, Monty: Sie riechen.«

»Ausgesprochen freundlich, mir das mitzuteilen, Lord Carruthers.«

Heute finde ich nichts Komisches mehr daran. Aber damals haben wir uns gekringelt. Auf dem Nachhauseweg versuchte Nick immer Witze zu erzählen. Er schaffte es jedoch nie bis zur Pointe, weil er immer schon vorher lachen musste. Das Auto schlingerte hin und her. Halb erschrocken, halb lachend brüllte ich Nick an. Er saß am Steuer und wurde vom nächsten Lachanfall geschüttelt.

Er war einfach ein großes Kind. Manchmal wirkte er sogar naiv und unbeholfen. Er trug immer weiße Socken (!) und die stinkendsten Sportschuhe, die man sich vorstellen kann. Auf mehr oder weniger allen Gebieten wurde ich eine Art Ratgeber für ihn. Egal, ob es sich um seine Klamotten oder um sein Liebesleben handelte.

Er war total in Vanessa verknallt, die ebenfalls unsere Schule besuchte. Natürlich war er viel zu schüchtern, es ihr zu sagen. Er wurde ja schon rot, wenn sie mal ins Zimmer kam. Weil ich Vanessa regelmäßig nach der Schule in der Theater-AG traf, versuchte Nick mich zu überreden, für ihn vorzufühlen. Nick weiß heute noch nicht, dass sie anfangs null Interesse hatte. »Der ist doch total unreif«, war ihr erster Kommentar. Ich muss zugeben, dass auch ich kaum was Gemeinsames zwischen den beiden ausmachen konnte. Vanessa sieht ausgesprochen gut aus: blonde, kurze Haare, volle Lippen. Sie kann einen aus heiterem Himmel so durchdringend ansehen, dass man aus den Latschen kippt. Allerdings zieht sie sich immer an wie eine fünfunddreißig Jahre alte Mami. Immer nette Blusen und Jeans. Manchmal benimmt sie sich sogar wie eine fünfunddreißig Jahre alte Mami. Und für Blödsinn ist sie kaum zu haben. Viel zu albern, so was. Unterm Strich also nicht gerade die Richtige für Nick. Und für was Besonderes hielt sie sich auch noch. Ich war zufällig mal dabei, als sie gerade zu einer Fete kam: »Häuser mit so einem mickrigen Eingang finde ich schrecklich. Man kommt rein und steht vor der Treppe.« Mit diesem Spruch hat sie es sich allerdings bei einigen verscherzt. Seit jenem Abend gibt sie sich deutlich Mühe, ihr Image wieder aufzupolieren. Ich konnte es mir aber nicht verkneifen, darauf anzuspielen, als ich sie das erste Mal wegen Nick ansprach: »Der Kerl will mir nicht glauben, dass er keine Chance bei dir hat. Dabei sieht man auf den ersten Blick, dass sein Haus viel zu klein für dich ist.«

»Das hast du ihm doch hoffentlich nicht erzählt«, fuhr sie mich an.

»Ich hab nur gesagt, Vanessa wird dein Haus bestimmt für den Geräteschuppen halten.«

»Was soll das? Ich bin nicht so schrecklich, wie du ihm vormachst. Wirklich nicht.«

Ich schwieg und zog eine Augenbraue hoch. Als Nächstes ließ ich nebenbei irgendwann mal fallen, dass Nick sich in tiefer, hoffnungsloser Liebe nach ihr verzehrt.

»Du kannst vielleicht einen Mist erzählen«, erwiderte sie lächelnd.

Trotzdem wusste ich, dass sie sich allmählich für den Köder interessierte. Bald hatte ich sie so weit, dass ich Nick eine Nachricht von ihr überbringen durfte. Obwohl ihr Zettelchen sehr bescheiden ausfiel, war er total aus dem Häuschen. Und er lobte mich, seinen Kuppler, über den Klee. Dabei war ich selbst am meisten überrascht, dass mir meine Rolle Spaß machte. Die Aufgabe, im Namen eines anderen ein Mädchen anzumachen, bewirkte sogar einen wahren Kreativitätsschub.

Und dann traf ich Nicks Schwester zum ersten Mal.

Es war ein Mittwochabend. Ich war gerade bei Nick angekommen, als das Telefon klingelte. Er schickte mich vor ins Wohnzimmer und meinte, er würde gleich nachkommen. Ich hatte gedacht, das Wohnzimmer wäre leer. Als ich die Tür öffnete, fand ich mich Sophie gegenüber. Sie saß in einem der riesigen Sessel und hatte die Arme um sich geschlungen, als wäre ihr kalt.

Sie sah fern – ich hatte das Gefühl zu stören. Ich schlurfte zum nächsten Sessel und hoffte, dass Nick nicht so lange auf sich warten ließ. »Du bist Ben?«, fragte sie, ohne den Blick vom Bildschirm zu wenden.

»Genau«, brachte ich hervor, »du musst Sophie sein.«

»Ja.« Sie schaute zu mir herüber. Langes, seidig schwarzes Haar, große, grüne Augen. Sie sah viel besser aus, als ich erwartet hatte. Nick hatte mir nur erzählt, dass sie fünfzehn war. Sie wirkte jedoch um einiges älter.
Schließlich polterte Nick ins Zimmer. »Wir wollen uns Star Trek anschauen«, sagte er und schaltete um.
»Also, ich muss nicht unbedingt Star Trek ...«, meinte ich. Sophie war allerdings aufgestanden und aus dem Zimmer, bevor ich den Satz zu Ende hatte.
Sonderbar, wie kurz meine erste Begegnung mit Sophie gewesen war. Ich hatte mit der Person, die mein Leben völlig umkrempeln würde, ungefähr ein Dutzend Worte wechseln können.
»Muss ihr zeigen, wer Herr im Haus ist«, sagte Nick. Und dann meinte er ziemlich stolz: »Sieht doch wirklich nicht übel aus.«
»Das kann man so sagen«, stimmte ich zu.
»Sie hat auch schon mal was mit 'nem Freund von mir gehabt. Pass also auf.« Er lächelte zwar immer noch, meinte es aber durchaus ernst.
Plötzlich stand Nicks Mutter auf der Türschwelle. Sie ist sehr hager, hat graue Haare und große, sorgenvoll wirkende Augen. Auf mich wirkt sie immer, als stünde sie kurz vor dem Nervenzusammenbruch. Allein ihr Anblick machte mich jedenfalls ganz kribbelig.
»Guten Abend, Ben«, sagte sie.
»Guten Abend, Mrs Doyle«, antwortete ich.
»Sophie ist gerade aus dem Haus«, sagte sie zu Nick.
Der zuckte nur mit den Schultern.

»Ich habe die Tür ins Schloss fallen hören«, meinte seine Mutter weiter. »Hat sie gesagt, wo sie hin will?«

»Keinen Ton«, antwortete Nick.

»Sie soll nicht immer einfach abhauen«, sagte seine Mutter ärgerlich. »Ich habe es satt, dass ihr beiden hier aus und ein geht wie Hotelgäste.«

»Wieso beschwerst du dich bei mir?«, fragte Nick. »Erzähl das doch Sophie.«

Dann kam Nicks Vater ins Zimmer und strahlte uns an. Er ist groß, man kann fast zusehen, wie er eine Glatze bekommt, und sein Gesicht ist immer sehr rot und merkwürdig ausdruckslos. Alles, was man darin ablesen kann, ist sein Wunsch, es immer allen recht zu machen.

»Sophie ist ohne ein Wort aus dem Haus gegangen«, sagte Nicks Mutter.

»Das sollte sie nicht machen«, antwortete er mild. »Was schaut ihr Jungs euch da an?«

»Star Trek«, antwortete Nick. »Hat gerade angefangen.«

»Star Trek.« Nicks Vater prüfte diese Information sorgfältig. »Star Trek, mhm, ... die Ersten davon hab ich damals auch gesehen, ... mhm.« Nicks Vater macht so was häufig. Erst steht er zwischen Tür und Angel und fragt, was wir uns ansehen. Dann brummt er wie eine philosophierende Schmeißfliege vor sich hin und haut wieder ab.

Nick hat es drauf, seine Eltern weitgehend zu ignorieren. Er scheint eine ziemliche Abneigung gegen sie zu haben. Sein

Verhältnis zu Sophie war mir allerdings von Anfang an ein Rätsel. Vor allem an dem Abend, als sie sich so krank fühlte. Nicks Eltern waren nicht zu Hause. (Eigentlich gingen sie nie weg. Aber für diesen Abend hatten sie Karten für die Aufzeichnung einer Fernsehshow mit Bobby Davro bekommen.)

Sophie kam schwankend in die Küche. »Haben wir noch Aspirin?«, fragte sie matt. Sie war blass wie ein Leintuch. »Ich weiß nicht, was mit mir ist. Ich hab irre Kopfschmerzen.« Ihre Stimme klang schwach und zittrig.

Nick machte sie nur nach: »Ich weiß nicht, was mit mir ist. Ich hab irre Kopfschmerzen.« Er grinste zu mir rüber. Ich grinste nicht zurück.

»Mann, sie sieht wirklich nicht gut aus«, maulte ich ihn an.

Nick zögerte. Vielleicht hätte er ihr geholfen, wenn die beiden allein gewesen wären. In meiner Gegenwart befürchtete er anscheinend, das Gesicht zu verlieren, wenn er Sophie half. Er drehte ihr einfach den Rücken zu.

Dann fiel es mir wieder ein. »Du hast doch Aspirin in deinem Zimmer. Ich hab oben welche gesehen.« Gleichzeitig wurde ich ziemlich wütend. Da hatte jemand Schmerzen, verdammt noch mal. Das war nicht der Moment für alberne Streitereien. Ich also rauf in sein Zimmer, das Tablettenröhrchen aus seiner Schublade geholt und auch schon wieder unten in der Küche.

»He, toll«, sagte Sophie erleichtert, als sie die Tabletten sah. »Hast mir das Leben gerettet, Ben.« Es hörte sich ganz locker an, einfach so dahingesagt. Sie sah mir aber nicht nur direkt in die Augen, es war auch das zweite Mal, dass sie mich direkt angesprochen hatte. Sie ging wieder nach oben. Nick und ich blieben zurück. Es folgte peinliches Schweigen.

»Hättest ihr ja nicht gleich das ganze Röhrchen geben müssen«, sagte Nick schließlich. »Die hab ich gesehen …«
In mir krampfte sich alles zusammen. »Wenn es dir darum geht, kauf ich dir morgen neue.«
»Mann, reg dich ab, ja?«, sagte Nick. »Ich kapier gar nicht, weshalb du dich gleich so reinhängst.«
Ich wusste das selbst nicht so genau. Trotzdem ließ ich ihn stehen und haute ab.
Klar, ich war sauer auf Nick. Aber das war nicht alles. Ehrlich gesagt fing ich mich in seiner Gesellschaft an zu langweilen. Mit ihm durch die Gegend zu ziehen war wie Urlaub von meinem wahren Leben. Allmählich wurde ich allerdings kribbelig. Ich wollte wieder nach Hause. Und das hieß für mich Simon und Jenny. Natürlich sah ich sie noch dann und wann. Aber nur, weil die zwei sich die Mühe machten, im Videoladen vorbeizusehen.
Später, am Abend, hatte ich das Gefühl, zu heftig reagiert zu haben. Man muss die Leute nehmen, wie sie sind. Und Nick war im Grunde ein guter Kerl.
Sobald allerdings seine Schwester ins Spiel kam, wurde er eifersüchtig. Ich hatte mir schon ausgemalt, wie peinlich es für uns beide sein würde, wenn ich Nick das nächste Mal besuchte – da wurde meine Rückkehr aber zu einem wahren Triumph.
Am nächsten Tag nämlich, direkt nach der Theater-AG, gab Vanessa den letzten Widerstand auf. Sie meinte, sie hätte die Schnauze voll von Zettelkram und schriftlichen Mitteilungen, die ständig zwischen ihr und Nick hin- und herwechselten. Ob er nicht endlich einen Schlussstrich unter

den ganzen Quatsch ziehen könnte und sie einfach zum Essen einladen?

»Aber er muss mich anrufen. Anders läuft nichts«, sagte sie.

»Ja, klar, geht in Ordnung«, sagte ich.

Erst war ich ja echt stolz auf mich. Aber dann drängte sich mir die Frage auf, wie der wahre Nick – nicht der, den ich für Vanessa aufgebaut hatte – bei ihr ankommen würde. Ich malte mir die Katastrophe ihres ersten gemeinsamen Abends aus. Na ja, wenigstens bekam Nick eine Chance. Selbst wenn nichts dabei herausspringen sollte, würde er immerhin einen Abend mit seinem Traummädchen verbracht haben.

Als ich Nick davon erzählte, glaubte ich wirklich, er würde gleich anfangen zu heulen. Ich musste neben ihm stehen bleiben, als er telefonierte. Vorher hatte ich ihm schon Wort für Wort erklärt, was er sagen sollte. Er hielt sich haarklein an meine Vorgabe. Verblüfft erzählte er mir, was sie gesagt hatte: »Ich soll sie am Samstag um acht abholen … Ich hätte nie geglaubt, dass sie mich mag. Ich kapier nicht, wie du das gemacht hast …« Er gab mir das Gefühl, ein Magier zu sein.

Als er gleich darauf in die Küche ging, um die ganze Geschichte seiner Mutter zu erzählen, war ich völlig von den Socken. Seine Mutter hob die Hände. Erst dachte ich, sie würde anfangen zu jauchzen und frohlocken. Doch dann sagte sie nur immer und immer wieder: »Ich freue mich ja so, ich freue mich so.« Und ich bin sicher, dass sie es nicht nur sagte. Sie machte einen Berg von Sandwiches mit Hühnchen und forderte mich auf, ordentlich zuzugreifen.

Später kam auch noch Nicks Vater aus dem Gartenhaus (wo er anscheinend immer zum Qualmen hingeht), und nahm an den Feierlichkeiten teil, indem er sich lächelnd neben den Küchentisch stellte.

Sogar Sophie hatte einen Auftritt. »Zumindest im Einzugsbereich dieses Haushalts bist du der Held des Tages.« Es klang locker wie jenes »Du hast mir das Leben gerettet«, als ich ihr die Tabletten geholt hatte.

»Ich kann nun einmal nicht anders«, antwortete ich gut gelaunt. »Sir Lancelot, stets zu Euren Diensten.«

»Sir Lancelot«, wiederholte sie langsam, als würde sie den Namen kosten. Dann lächelte sie mich an. Direkt ins Gesicht und vollkommen offen. Zum ersten Mal bemerkte ich den schmalen Spalt zwischen ihren Schneidezähnen. Ein hübscher kleiner Makel, der sie noch attraktiver machte.

8

Sophies Kuppler

8

Niemals hat ein Auto mehr geglänzt als das von Nick am Abend seiner ersten Verabredung mit Vanessa. Wir hatten auch den ganzen Nachmittag daran herumpoliert.

»Und wenn sie nachher rumerzählt, ich wäre tierisch langweilig gewesen oder der letzte Volltrottel, kann sie wenigstens nicht behaupten, dass meine Karre schmutzig war«, sagte Nick.

Bevor er losfuhr, meinte er: »Wenn du bloß mitkommen könntest.«

»Du schaffst das schon«, sagte ich. »Wenn du immer daran denkst, dass jeder am liebsten über sich selbst redet, kann gar nichts schief gehen. Du packst das schon.«

Wenn ich ehrlich bin, konnte ich mir nicht vorstellen, wie er ohne mich klarkommen sollte.

Am Morgen danach rief er mich an. Für ihn stand fest, dass er alles vermasselt hatte. Sie hätten zwar miteinander gelacht und Vanessa wäre noch toller gewesen, als er es sich jemals vorgestellt hatte. Aber es gab keine Gelegenheit zu fragen, wann sie sich das nächste Mal treffen könnten.

»Ohne dich war ich einfach aufgeschmissen«, meinte er.

Zu meiner Überraschung rief kurz darauf auch noch Vanessa bei mir an. Sie wollte wissen, ob ich schon mit Nick gesprochen hätte.

»Ja, vor ein paar Minuten. Wir haben quasi gerade aufgelegt. Er hat gesagt, dass du echt toll bist.«

»Wirklich? Ist das wahr?« Ihr Versuch, locker zu bleiben, scheiterte jämmerlich. »Und ich hab befürchtet, dass ich der totale Flop für ihn war. Er hatte sich da so ein Bild aufgebaut ... Also, jedenfalls war ich ziemlich nervös.«

Interessant. Ich hatte nicht gedacht, dass Vanessa nervös sein konnte. Und dann erzählte sie mir von Nicks witzigem Kommentar, den er für die Pommes übrig hatte, die sie ihm versehentlich quer über den Tisch auf seinen Teller geschossen hatte ...

Sie redete ohne Punkt und Komma. Schließlich sagte sie: »Bitte, erzähl das jetzt aber nicht Nick. Ich habe nämlich heute von ihm geträumt. Ich hatte Streit mit meinem Stiefvater – öfter mal was Neues –, da kam meine Mutter rein, schüttelte mir die Hand und sagte: ›Ich bin zwar ganz deiner Meinung, trotzdem musst du jetzt hier ausziehen.‹ Ich war völlig von der Rolle, dann sah ich plötzlich Nick neben mir stehen. Er war zwar nur für eine Sekunde da, aber ich hatte augenblicklich das Gefühl, dass durch ihn alles anders wird.«

Mir war klar, dass Nick seine Schäfchen im Trockenen hatte. Wenn du erst mal von jemandem träumst, kann das nur eines bedeuten: Du hast diesen Menschen in dein Unterbewusstsein gelassen. Und wenn es dann noch so ein Traum ist, wie Vanessa ihn hatte, dann ist das, als hättest du einen Liebestrank geschluckt. Du hängst an der Angel.

Am nächsten Abend luden mich Nick und Vanessa in den Pub ein. Merkwürdig, wie schnell man als Kuppler arbeitslos werden kann. Eines der Berufsrisiken in diesem Job. Als sich die beiden mal besonders ausführlich knutschten, stieß mich der Barkeeper an. »Kommen die zwischendurch auch mal hoch zum Luft schnappen?«

Ich fand es spannend, sie zu beobachten. Die ganze Geschichte hatte natürlich vor allem was mit körperlicher Anziehung zu tun, in Kombination mit ein paar unergründlichen chemischen Reaktionen. Und das, obwohl die beiden so unterschiedlich wirkten. Nick war eindeutig besoffen von Vanessa. Irgendwann später meinte sie zu mir: »Wenn ich ihm sagen würde, er soll in den Fluss springen, würde er in den Fluss springen.« Was die beiden allerdings besonders fest zusammenschweißte, waren Vanessas Probleme mit ihrem Stiefvater.

»Gestern hat mein Stiefvater schon wieder davon angefangen«, sagte sie. »Wenn ich sowieso nicht zur Uni will, brauche ich auch keine Zusatzkurse. In Wirklichkeit will er mich bloß endlich aus dem Haus haben.«

Seitdem ihre Mutter mit diesem Mann zusammenlebt, fühlt sich Vanessa verlassen. Natürlich kenne ich nur ihre Version, und ich habe Vanessas Stiefvater nur ein einziges Mal gesehen – allerdings war er mir auf der Stelle unsympathisch. Er stand da und stierte uns finster an. Wie ein Gangster aus einer Wochenschau der 60er Jahre. Es hat mich nicht überrascht, dass Vanessa mehr oder weniger bei Nick einzog. Ich hab mich nur darüber gewundert, wie schnell sie das Ruder in der Hand hatte. Wann auch immer ich mit den beiden unterwegs war, der Beifahrersitz gehörte ganz selbstverständlich Vanessa. (Früher hatte ich dort gesessen.) Es dauerte auch nicht lange und meine Kassetten waren nach hinten sortiert – vorne standen jetzt Sachen von Cyndi Lauper und so. Vanessa konnte manchmal erstaunliche Dinge von sich geben: »Nick hat am Donnerstag frei für euren Männerabend.« Vermutlich erwartete sie auch von mir tiefe Dankbarkeit. »He, Wahnsinn, danke, Vanessa.« Ich fand es jedenfalls lustig, die beiden zu beobachten. Manchmal brachte ich Nick dazu, unser Carruthers-und-Monty-Spiel wieder aufzunehmen. Natürlich vergrätzte ich damit Vanessa, weil sie sich ausgeschlossen fühlte. Insgesamt war ich aber froh, mich langsam abseilen zu können. Ich und Nick – das war für mich nach wie vor eine Art Ferienfreundschaft. Dummerweise wollte mich Vanessa nicht von der Bühne lassen.

Vermutlich brauchte sie mich, um über Nicks Familie und deren Merkwürdigkeiten reden zu können. Einmal fragte sie mich: »Meinst du, dass sich Nicks Familie jemals gemeinsam zum Essen an den Tisch setzt?«

»Keine Ahnung, frag sie doch.«

»Ich glaub das jedenfalls nicht. Nick isst immer in seinem Zimmer.«

Eines Tages kam Vanessa in der Schule zu mir. »Gestern Abend hab ich lange mit Sophie geredet ... was hältst du eigentlich von ihr?«

»Scheint ganz in Ordnung«, sagte ich möglichst uninteressiert.

»Am Anfang hab ich ja schon gedacht, dass sie ein bisschen

schräg drauf ist«, sagte Vanessa. Mir sträubten sich innerlich die Haare. »Sie ist mir immer ziemlich abgedreht vorgekommen«, fuhr Vanessa fort. »Und so unnahbar. Aber gestern Abend haben wir uns unterhalten. Sie ist wirklich ganz nett – und ziemlich witzig. Aber ich glaube, dass sie einsam ist.«

»Wie kommst du denn darauf?«

»Nur so ein Gefühl«, sagte Vanessa. »Aber stell dir mal vor, du müsstest mit fünfzehn noch mal die Schule wechseln. Also, ich wär total genervt. Na ja, jedenfalls hat sie mir alles über Ryan erzählt.«

»Wer ist Ryan?«

Vanessa sah zufrieden aus. Es machte ihr immer Freude, ihren Gesprächspartnern gegenüber einen kleinen Wissensvorsprung zu haben.

Wie sie mir erzählte, war Ryan ein Typ, mit dem sich Sophie auf einer Fete unterhalten hatte. Er war achtzehn, arbeitete für eine Bausparkasse und man prophezeite ihm eine blendende Karriere.

»Eine ganze Menge Mädchen scheint auf ihn abzufahren«, sagte Vanessa. »Sophie glaubt allerdings, trotzdem eine Chance bei ihm zu haben. Ganz sicher ist sie sich aber nicht.«

Bis jetzt hatte ich aufmerksam zugehört. Ich wollte so viel wie möglich über sie erfahren. Die letzte Info hat mich allerdings ziemlich fertig gemacht. Aus irgendeinem Grund war ich davon ausgegangen, dass Sophie mit solchen banalen Gefühlszuständen nichts am Hut hätte.

Vanessa sprudelte weiter. »Ryan hat eine Einladung für Sue

Hartnells Geburtstagsfete. Sie feiert am Freitag ihren achtzehnten im Goddard Sport Club.«

»Ich frag mich, wen die nicht eingeladen hat«, warf ich ein.

»Sophie würde da auch gern hin. Aber bis zu diesem Club sind es zehn Meilen, und ihr Vater kommt erst spät nach Hause. Sie hat Nick gefragt, aber der hat Eintrittskarten für ein Basketballspiel.«

»Pech«, sagte ich und versuchte erst gar nicht, ehrlich zu wirken.

»Sophie würde sogar Spritgeld bezahlen.«

»Tja, nichts zu machen. Die Würfel sind gefallen. Dann wird Sophie eben nicht mit dem Prinzen der örtlichen Bausparkassen-Filiale tanzen können. Sie könnte ja einen Sparvertrag abschließen, um ihn wieder zu sehen. Das gesparte Benzingeld wäre doch schon mal ein Anfang ... was meinst du?«

»Ach, hör schon auf«, sagte Vanessa. »Wir müssen Nick rumkriegen.«

»Das behalte mal du in deinen fähigen Händen.«

»Ben, komm schon, auf dich hört er doch.«

»Red keinen Blödsinn.«

»Nein, es stimmt. Und als ich Sophie gesagt habe, dass ich mit dir drüber reden will, hat sie gemeint, dass du nett bist.«

»Dann wirst du ihr jetzt wohl schonend die Wahrheit beibringen müssen – ist ja schon gut. Ich mache ja schon. Sophie wird den großen Ball besuchen. Obwohl dieser Typ auf mich eher den Eindruck eines Volltrottels macht.«

Abends erzählte ich Nick, dass es eine edle Tat in dieser ach so finsteren Welt wäre, seiner Schwester zuliebe das Basketballspiel zu opfern.

»Was soll das Gequatsche von wegen edle Tat?«, fragte Nick. »Und überhaupt hab ich die Tickets schon bezahlt.«

»Mensch, das macht die Tat ja noch nobler«, sagte ich.

»Hör mal, das mit diesem Tafelritterkram ist dein Ding, ich hab damit nichts zu schaffen«, sagte Nick.

Später am Abend lenkte er allerdings ein: Er würde Sophie hinfahren und auch wieder abholen. Es kam aber noch anders, weil Vanessa beschloss, dass sie, Nick und ich ebenfalls zu dieser Fete sollten.

Keine Ahnung, weshalb ich zustimmte. Vielleicht war ich einfach neugierig. Ich wollte wissen, wie Sophies Traummann aussah. Und allmählich spürte ich eine Art Herausforderung. Jedes Mal, wenn ich in den Spiegel sah, tauchte neben mir so ein Brad-Pitt-Abziehbild auf. Ich wurde diesen Kerl einfach nicht mehr los. Wenn es wenigstens möglich gewesen wäre, ihm sein blödes Lächeln aus dem Gesicht zu hauen.

Am Abend der Fete wollte Vanessa ihre beiden männlichen Begleiter unbedingt in Anzügen sehen. Während wir auf Vanessa warteten, die noch kurz zu ihrer Großmutter gegangen war, warfen sich Nick und ich in seinem Zimmer in Schale. Nick war unfähig, einen anständigen Krawattenknoten zu binden. Ich fummelte gerade an seinem Kragen herum, als es an der Haustür klingelte. Wir gingen aus dem Zimmer, kamen aber nur bis zum Treppengeländer. Sophie war schneller gewesen.

Vanessa kam gerade rein. Sie und Sophie standen unten am

Eingang. Wir glotzten von oben auf die beiden. Nick stieß mir mit dem Ellbogen in die Rippen. Vanessa trug ein Oberteil, das ihre Figur sozusagen voll zur Geltung brachte. Ich murmelte meine Zustimmung. Aber eigentlich war es Sophie, die mich aus den Socken haute. Sie sah absolut umwerfend aus.
Ich hatte sie immer nur in Jeans und einem vermutlich von ihrem Vater stammenden Sweatshirt im Haus herumlaufen sehen. An diesem Abend – na ja, eigentlich hatte sie auch nichts Besonderes an. Weißes Hemd mit riesigem Kragen, schwarzes Jackett, schwarze Hosen. Trotzdem hätte ich tot umfallen können, als ich sie da unten stehen sah.
Sie sah einfach großartig aus.
Bis zu diesem Moment hatte ich immer das Gefühl gehabt, sie nur unscharf wahrzunehmen. Und nun sah ich sie zum ersten Mal durch eine Superoptik in fantastischer Deutlichkeit vor mir stehen. Ihre Augen waren nicht grün. Sie waren besonders grün. Es waren wunderbar offene Augen. In ihrem Gesicht stimmte einfach alles, bis ins letzte Detail. Von den sanft geschwungenen Wangenknochen bis zur leichten Stupsnase. Und dann die hauchdünnen Augenbrauen.
Ihr Mund. Ich liebte diesen Mund.
Unversehens wurde meine magische Optik zum Röntgengerät. Für einen Augenblick konnte ich bis in Sophies Kopf vorstoßen. Flash – schon wieder vorbei. Aber in diesem

Moment hatte ich das Gefühl, sie ganz und gar zu kennen. Sie war wie eine Freundin, die ich seit Ewigkeiten, mein Leben lang kannte. Ach was, länger. Und schon war das Bild wieder verschwunden. Wie beim Aufwachen, wenn man versucht, sich an einen Traum zu erinnern. Man versucht krampfhaft, ihn festzuhalten, und schon ist er weg. Man kann ihn nicht halten. Trotzdem ist man sicher, etwas gesehen zu haben.

Und ich hatte Sophie und mich als ein Paar gesehen. Allerdings in weit entfernter Zukunft. Vielleicht sogar Lichtjahre entfernt. Ich kniff die Augen zusammen, als wäre ich aus der Dunkelheit in grelles Licht geraten. Mein Herz klopfte rasend.

Vanessa sah hoch zu uns und knuffte Sophie. Da standen wir, in unseren Anzügen. Mit zitternden Knien ging ich die Treppen hinunter. Mir war halb schwindlig, ich fühlte mich wie betrunken und vor allem reichlich aufgekratzt. Als würde ich nach der Besteigung eines extremen Gipfels ins Tal zurückkommen. Die Aussicht dort oben war so unbeschreiblich gewesen, dass ich alles andere vollkommen hinter mir gelassen hatte.

Vanessa zerrte mich in die Wirklichkeit zurück. »Bist wohl schon betrunken, Ben?«, lästerte sie über meinen unsicheren Gang.

»Trunken vor Begeisterung ob dieses herrlichen Anblicks zweier so liebreizender junger Damen«, sagte ich.

»Wo denn?«, fragte Nick.

»Heb bloß nicht ab, Ben«, sagte Vanessa. »Der scheint ja heute Abend mächtig was vorzuhaben.«

Sophie lächelte mich an. Wie es eben für sie typisch war.

»Spar dir die Zeit mit diesem Trottel von Ryan«, hätte ich am liebsten zu ihr gesagt. »Am Schluss landest du sowieso

bei mir. Lass uns die Sache ein bisschen beschleunigen und heute Abend alleine weggehen.«
Ich fühlte mich so draufgängerisch, dass ich es fast tatsächlich gesagt hätte. Ich lächelte sie an.
»Du siehst zufrieden aus«, sagte sie.
»Ja, bin ich auch«, erwiderte ich. Und eines Tages würde ich ihr erzählen, was ich gesehen hatte. Dann würde sie ebenfalls lächeln. Ich wollte ihr dieses Geheimnis so bald wie möglich mitteilen.
»Bis jetzt war ich weder auf 'nem achtzehnten Geburtstag noch im Goddard«, sagte sie plötzlich mit großen Augen. »Und in meiner Klasse bin ich die Erste.«
»Dann hast du den andern eben was voraus«, sagte ich. Ich ließ mir nicht anmerken, dass ich ihre Unerfahrenheit komisch fand, und ich bewunderte gleichzeitig ihre Offenheit.
»Bestimmt wird's ganz super«, meinte sie. »Aber bis ich endlich drin bin, das finde ich schrecklich …«
»Von wegen erstes Mal und so«, unterbrach ich sie.
»Ja, genau.« Sie lächelte mich wieder an.
»Ist doch normal … es dauert einfach, bis man so richtig warm wird mit einer Fete«, sagte ich. »Ich hol mir immer erst was zu trinken. Dann such ich mir ein Plätzchen, von dem aus ich alles überblicken kann.« Ich fühlte mich geschmeichelt, dass sie mir zuhörte, als wäre ich der einzig zuverlässige Ratgeber auf diesem Gebiet. (Das Gegenteil ist der Fall.)

»Ja, wenn ich erst mal drin bin, fühl ich mich bestimmt ganz gut. Das weiß ich«, sagte sie. Dann fügte sie hinzu: »Danke, dass du ihn rumgekriegt hast.« Mit einer Kopfbewegung

deutete sie auf Nick, der Vanessa gerade einen Ich-hab-dich-zehn-Minuten-lang-nicht-gesehen-Kuss gab.
»Ach, war doch nichts«, sagte ich.
»Oh, doch. Normalerweise würde mich mein Bruder nicht mal bis zur nächsten Kreuzung fahren.«
»Willst du denn oft bis zur nächsten Kreuzung gefahren werden?«
Sie lachte. »Andauernd.«
Vanessa mischte sich ein. »Aufgeregt?«
Sophie wandte den Blick zur Seite. »Ich will einfach nur 'nen netten Abend haben. Alles andere wird sich zeigen …«
»Ryan wartet bestimmt schon auf uns, wenn wir ankommen«, fiel ihr Vanessa ins Wort. »Ganz bestimmt.«
Sophie redete weiterhin ins Off. »Ich will Spaß haben, mehr nicht«, sagte sie.
Eine halbe Stunde später kamen wir beim Goddard Sport Center an. Es lag in einem grauen, düsteren Viertel. Die angrenzenden Gebäude waren auch alle ziemlich trostlos. »Sieht ja aus wie ein Kriegsgefangenenlager«, sagte ich. »Wetten, dass uns gleich jemand begegnet, der sich durch einen Tunnel nach draußen geschaufelt hat.«
Sophie lachte. »Wie in dem Film *Gesprengte Ketten*.«
Während der Herfahrt hatten wir abwechselnd Sprüche vom Stapel gelassen. Wir waren gut aufeinander eingespielt. Ryan hatte ich längst verdrängt. Vanessa allerdings nicht. Diese Verkuppelei gab ihr offensichtlich einen ordentlichen Kick. Meine Stimmung dagegen sauste im Expressfahrstuhl in den Keller. Ich hatte keine Lust zuzusehen, wie sich Sophie und Ryan kriegten.

Vanessa stieg aus dem Auto und sah auf die Uhr. »Wir sind spät dran. Ryan wartet bestimmt schon an der Tür.«

Fehlanzeige. Sophie lachte nervös. »Ich erwarte heute wirklich nicht die großen Ereignisse«, gab sie uns krampfhaft gelassen zu verstehen.

Vanessa schien seine Nichtanwesenheit als persönlichen Affront zu betrachten. »Irgendwo muss er ja sein.« Sie nahm Sophie am Arm. »Komm, wir werden ihn schon finden.«

Sie tauchten in der Menge unter. Ich ging mit Nick an die Bar. Wir holten uns was zu trinken und beobachteten die üblichen Feten-Dauer-Gäste. Nick versuchte witzig zu sein. Alle naselang knuffte er mich in die Seite. »He, schau dir die an. Die hat ein Moskitonetz als Bluse.«

Ich wollte aber weder diese noch irgendeine andere sehen. Hatte sie ihn schon gefunden? Wäre ich doch nur zu Hause geblieben. Nachdem sich zwei Bekannte aus dem Fitnesscenter zu uns gestellt hatten, versuchte Nick mich zu bearbeiten, dass wir öfter dort hingehen sollten. Ich stimmte zu und schaltete auf Durchzug.

War Sophie jetzt mit ihm zusammen? Ich musste es wissen. »Gleich wieder da«, sagte ich zu Nick.

Er wirkte überrascht, sogar ein wenig enttäuscht. Ich schob mich durch bis zur Tanzfläche. Obwohl jede Menge Leute auf der grauen, mit Glitzerzeug bestreuten Teppichfläche standen, tanzte kaum jemand. Ringsherum an den Wänden waren lange Tischreihen aufgebaut. An einer davon saßen

die etwas reiferen Paare. Die Männer trugen graue Hosen und Pullover mit V-Ausschnitt. Die Frauen hatten Dauerwellen, die jedem Tornado widerstanden hätten. Am nächsten Tisch saßen in ihren Sonntagskleidern die älteren Damen. Welche von der Sorte, die einen auf Hochzeitsfeiern immer auf die Tanzfläche zerren, um Foxtrott zu tanzen. Sophie konnte ich nirgends entdecken. Ob sie mit ihm nach draußen gegangen war? Der Gedanke traf mich wie ein Messerstich. Endlich entdeckte ich sie – zusammen mit Vanessa. Sonst niemand.

»Wir haben ihn nicht finden können«, sagte Vanessa. Ich warf einen Blick auf die Uhr. Fast zehn. Jetzt kam er wohl nicht mehr. Mein Herz schlug einen Salto. Ich war ganz sicher, dass er nicht mehr auftauchen würde. Es konnte also nichts schaden, ein bisschen Optimismus zu verbreiten. »Noch ist Zeit, der kommt schon noch.«

»Meinst du?«, fragte Vanessa.

»Vielleicht vermasselt er es ja auch«, sagte ich. »Bis jetzt weiß er ja nur von dir, dass Sophie ihn gut findet. Aus seiner Perspektive kann er sich immer noch locker 'ne Abfuhr einhandeln. Ihr habt ja keine Ahnung, wie zerbrechlich wir Männer sind. Wahrscheinlich hängt er irgendwo rum und kramt sein bisschen Mut zusammen.«

Mein heuchlerisches Geschwätz überzeugte sie tatsächlich. Nick kam nun auch zu uns. Der DJ legte langsame Musik auf und die Tanzfläche füllte sich zum ersten Mal. Nick und Vanessa verschwanden in der Masse. Sophie und ich schauten zu. Schweigen. Auch Sophie fühlte sich nicht wohl. Das merkte ich. Aber was hätte ich sagen können? Ich wusste es auch nicht.

»Du brauchst nicht bei mir stehen zu bleiben«, ergriff Sophie das Wort. »Ich komm schon klar.« Sie kaute an ihrer

Oberlippe. Eine ihrer kleinen Angewohnheiten, die mir bereits aufgefallen waren.

»Ich würde gern was trinken. Wie steht's mit dir, Sophie?«

»Ja, ich auch, danke.«

Wir zwängten uns durch bis zur Bar.

»Was möchtest du denn, Sophie?«

Sophie suchte das Regal ab. »Ganz schön schwierig, die Entscheidung.« Sie sah aus wie ein kleines Mädchen im Süßwarenladen. Sie wendete sich mir zu. »Was meinst du?«

»Weiß nicht, Mädchen wollen immer so abgefahrene Sachen. Bacardi mit Johannisbeersaft zum Beispiel.«

»Das nehm ich«, sagte sie ohne zu überlegen.

Als ich ihr das Glas reichte, roch sie erst mal daran. Dann nahm sie einen kleinen Schluck. »Mhm, gut. Schmeckt mir. Hab ich noch nie getrunken.«

Sie kostete noch einmal und hielt das Glas mit beiden Händen, als wäre es eine Tasse Tee. Ich mochte ihre Unerfahrenheit und die Art, wie sie ungewohnte Dinge anging. Beinahe hätte ich gesagt: »Echt gut, wie du das alles machst.« Aber ich konnte es mir gerade noch verkneifen. Sonst hätte sie mich vielleicht für einen Angeber gehalten. Ich strahlte sie einfach nur an, und sie strahlte zurück. Doch dann schweifte ihr Blick wieder hinüber zum Eingang. Dabei hatte ich nur einen Wunsch: dass sie bei mir bleiben sollte. Plötzlich hörte ich mich selbst reden: »Die Party braucht 'nen kleinen Kick. Wenn Simon und Jenny hier wären, würden wir uns jetzt Mutproben ausdenken.«

»Mutproben?«

»Ja, einer stellt dem andern idiotische Aufgaben.«

»Was denn für welche?«
»Völlig egal. Denk dir was aus. He, was gibt's denn da zu lachen?«, fragte ich. »Mutproben sind 'ne echt ernste Angelegenheit.«
»Oh, tut mir Leid.« Sie kicherte immer noch. Unsere Blicke trafen sich. Einen Moment lang hielten wir einander stand.
»Also gut, ich möchte, dass du …«, sie zeigte auf die orangefarbenen Vorhänge am hinteren Ende des Saales. »Ich möchte, dass du diese scheußlichen Vorhänge an den beiden Fenstern da drüben zurückziehst.«
»Ist das alles?« Ich lachte. Aber ausgerechnet in dem Augenblick tauchte mit tadellosem Timing ein Rausschmeißer auf. Er war nicht groß. Er war riesig. Allein sein Kopf hatte die Ausmaße eines halben Mittelklassewagens.
»Schau dir den an.« Sophie hielt den Atem an. »Das ist ja ein Monster. Vielleicht sollten wir das mit der Mutprobe lieber lassen.«
Nach kurzem Zögern reckte ich mich zu voller Größe. »Wenn mir eine Dame eine Aufgabe erteilt, habe ich sie zu erfüllen.«
Sie legte ihre Hand auf meinen Arm. »Ben, lass doch …«
Mein Herz schlug rasend. »Lebt wohl«, sagte ich, »und sollte ich nicht wiederkehren, so behaltet dieses zur Erinnerung.« Ich wühlte in meiner Tasche und brachte mein blaues Taschentuch zum Vorschein. »Es ist ziemlich sauber, glaub ich. Und, bitte, denk an mich, wenn du dir die Nase putzt.«
Sie nahm es entgegen und winkte zaghaft Lebewohl. Lächelnd sagte sie leise: »Beeil er sich.«

Ich ging quer über die Tanzfläche und umkurvte die Tische. Eine Frau, die sich über die laute Musik beklagte, beobachtete mich.
Schon hatte ich die orangefarbenen Vorhänge erreicht. Zögernd fingerte ich daran herum. Ich dachte an den Rausschmeißer. Aber ich wusste, dass Sophie jetzt zu mir herübersah. Mit einem einzigen Ruck zog ich den ersten Vorhang zur Seite. Kaltes Scheinwerferlicht flutete von draußen in den Saal. Ohne mich um den lautstarken Protest aus der näheren Umgebung zu kümmern, drehte ich mich triumphierend um.
Sophie winkte mit dem blauen Taschentuch. Das Spiel schien ihr zu gefallen. Und ich fand sie großartig. Nach einer leichten Verbeugung wandte ich mich wieder meiner Aufgabe zu. Es galt noch das andere Fenster zu enthüllen. Ein Griff in den Vorhang und schon ließ die komplette Fensterfront grelles Licht herein. Ich begutachtete voller Stolz das Ergebnis meiner Tat, da spürte ich eine schwere Hand auf meiner Schulter. Langsam drehte ich mich um. Donnerwetter. Für ein Mädchen konnte sie erstaunlich fest zupacken. Aber wer war sie? Und weshalb strahlte sie mich so an? Dann dämmerte es mir. Ich hatte es mit Sue Hartnell, der Gastgeberin, zu tun.
»Hallo, Ben«, sagte sie. »Wie gefällt es dir hier?«
Echt peinlich. »Ähm, ja, spitze. Und – ähm – alles Gute zum Geburtstag.«

»Danke, Ben. Kennst du übrigens meine Mutter?« Die Frau, die sich über die laute Musik beschwert hatte, streckte mir die Hand entgegen. Ich sah zu, dass ich wegkam.

»Kommt hier einfach an und zieht die Vorhänge zurück«, hörte ich sie fassungslos sagen.
Ich musste lachen. Bestimmt würde Sophie mitlachen, wenn ich es ihr erzählte. Aber wo war sie? Ich riskierte die große Nummer, und sie rannte einfach davon. Das war eindeutig gegen die Regeln.
Ich hörte meinen Namen. Vanessa rief nach mir. Sie hielt einen Strauß Rosen im Arm und sah ihn verzückt an.
»Sind die nicht wunderschön, Ben?«, hauchte sie.
»Aber echt«, antwortete ich. Hatte Nick doch tatsächlich Blumen auf die Fete schicken lassen. Hätte ich meinem Schützling nicht zugetraut.
Vanessa lächelte verträumt. »Sieben rote und fünf weiße. Damit will er andeuten, dass er sich immer mehr verliebt.«
Keine schlechte Idee, die Anzahl der *roten Rosen als Zeichen der Liebe zu steigern*.
»Deswegen ist er so spät gekommen«, sagte Vanessa. »Um die Rosen zu kriegen, musste er kreuz und quer …«
Schlagartig wurde mir klar, dass wir von Ryan sprachen. Dann sah ich ihn mit Sophie und Nick von der Bar zu uns rüberkommen. Er lachte, Sophie lachte. Sogar Nick lachte – sonst zeigte er nicht einmal ein Lächeln, wenn seine Schwester dabei war. Solange er nicht mindestens zwei Meilen von ihr entfernt war, verkniff er sich jedes Lachen. Nun strahlte er von einem Ohr zum andern.
Ryan sei Dank. RYAN.
Er war groß. (Fast so groß wie ich.) Seine Figur war nicht übel, die Haare hatte er glatt nach hinten gekämmt. Sein T-Shirt war zwei Nummern zu klein. Um auf seine Muskeln

aufmerksam zu machen. Die Hosenbeine seiner Levis waren, da wo sie auf die Cowboyboots stießen, völlig ausgefranst.

Auf seine Art sah er ganz gut aus. Irgendwie machte der Typ tatsächlich was her. Aber es wirkte alles recht unnatürlich. Er glaubte vermutlich auch, dass er wahnsinnig gut mit Leuten umgehen konnte. Als ich ihm vorgestellt wurde, streckte er mir die Hand entgegen. »Hab schon alles über dich gehört«, sagte er. »Freut mich, dich kennen zu lernen.« Er knipste sein »natürliches« Lächeln an, das verführerische Lächeln eines Menschen, der gewohnt ist, sich durchzusetzen.

»Hab mir sagen lassen, du würdest Theater spielen, Ben«, fuhr er im Plauderton fort. Jede Wette, dass er das bei seiner Bausparkasse gelernt hatte: Erkundige dich nach den Interessen deines Klienten und schmeichle ihm, indem du ihn darüber ausfragst. Nicht mit mir! Bei mir würde er mit seinem schmierigen Charme nicht landen. Andererseits wollte ich ihm nicht zeigen, dass ich wusste, wo's langgeht. Seine Schwäche hatte ich längst entdeckt: Selbstüberschätzung. Was war er denn? Halb echt, halb Kunstprodukt. Im Grunde also nichts. Und für Sophie war er eindeutig der Falsche.

Im Augenblick schien sie allerdings ganz angetan. Wer konnte ihr das vorwerfen? Bei dem Getue und Gemache und diesen bescheuerten Rosen.

»Als ich Sophie das erste Mal sah, konnte ich nicht mehr den Blick von ihr wenden«, sagte Ryan. »Aber nicht im Traum hätte ich gedacht, eine Chance bei ihr zu haben.«

Sie genoss es in vollen Zügen. Sicher würde sie bald erkennen, wie falsch der Typ war. Trotzdem war es verdammt schwer, gute Miene zum bösen Spiel zu machen. Fast war ich erleichtert, als Ryan Freunde entdeckte und mit Sophie – seiner neuesten Trophäe – zu ihnen hinüberging.

»Die beiden passen doch echt super zusammen«, meinte Vanessa. Sie war hin und weg. Und die Rolle, die sie bei diesem Spiel hatte, ließ sie schier abheben. »Wenn Ben und ich nicht dafür gesorgt hätten, wären die zwei heute kaum zusammengekommen«, sagte sie schließlich.

Nick zeigte sich weniger beeindruckt. »Die Blumen müssen 'ne ganze Stange Geld gekostet haben«, war sein einziger Kommentar.

»He, Mann, wir haben's geschafft«, meinte Vanessa zu mir.

»Ja, wir haben's geschafft«, sagte ich leise. Es wollte mir allerdings nicht gelingen, meinem Gesicht ein Lächeln abzuringen. Ich grummelte was von Durst und machte mich davon.

Die Vorhänge an der Fensterseite des Saals waren längst wieder geschlossen. Meine so genannte Mutprobe war wie ausradiert.

Plötzlich hatte ich Lust, die Dinger noch einmal aufzureißen. Einfach so, nur für mich. Ich entschied mich stattdessen für das eine oder andere Gläschen und quatschte an der Bar ein Mädchen an, das ich noch nie zuvor getroffen hatte. Sie hieß Helen, beschwerte sich über ihre eiskalten Hände und forderte mich auf, sie zu wärmen. Sie ließ mich mindestens fünf Minuten lang nicht mehr los.

Schließlich hatte ich meine Heizkissen-Funktion erfüllt,

und ich mühte mich ab, halbwegs witzig zu sein – ich selbst musste jedenfalls andauernd lachen. Auf einmal spürte ich ein Kribbeln in der Nase. Dann tropfte etwas Warmes auf meine Hand. Blut. Was war ich froh, dass das Licht inzwischen abgedimmt war. Helen bekam von meiner kleinen Unpässlichkeit nichts mit. Ich stand auf, behauptete, ich müsste los, und machte mich schleunigst davon. Seit ich mir einmal versehentlich mit einem Bleistift in die Nase gepikst habe, werde ich immer wieder von Nasenbluten heimgesucht. So schlimm wie diesmal war es allerdings noch nie gewesen. Taschentuch hatte ich auch keines mehr. Ich stopfte mir ein Stück Papier ins Nasenloch und reihte mich in die schier endlose Schlange vor dem Klo ein.

Die Möglichkeit, dass mich irgendein Bekannter anquatschen könnte, machte mich nervös. Ich hatte keine Lust, dass jemand meine Bluterei an die große Glocke hängte. »Ach du Schande, was hast du denn?« oder »Mann, was ist dir denn passiert, ha, ha?« und so Zeug. Ich versuchte also, den nicht enden wollenden Blutstrom möglichst unauffällig mit der Hand überm Gesicht zu tarnen. Aber was, wenn es nicht mehr aufhörte? Langsam ergriff mich die Panik. Sobald ich im Klo war, erkannte ich im grellen Licht, dass ich von oben bis unten blutverschmiert war. Etwas schwach auf den Beinen, gelang es mir nicht einmal, einen Spiegel zu erobern. Gott sei Dank nahm keiner Notiz von mir, keiner kannte mich hier. Und irgendwann ließ es dann auch nach.

Als es endlich ganz aufgehört hatte, wollte ich nur noch raus an die frische Luft. Auf meinem Weg zum Ausgang rief jemand hinter mir her.

Sophie.
Ich drehte mich um. Die Tanzfläche war gestopft voll mit Stehblues-Paaren. Sophie schien allein zu sein.
Sie kam schnell herüber. »Hallo«, sagte sie mit fast schüchternem Lächeln.
»Hallo«, sagte ich. Dank der Dunkelheit konnte sie meinen Zustand nicht erkennen.
»Es ging vorhin alles so schnell«, sagte sie. »Und ich kann alles gar nicht so schnell begreifen, wie es passiert, aber ich …« Ihr Lächeln wurde strahlender. »Ich hab dir noch nicht mal sagen können, wie toll du vorhin warst. Das mit den Vorhängen war echt super. Die Leute haben voll geglotzt, und du hast einfach weitergemacht …«
Ich hatte geglaubt, dass sie es vergessen hätte. Dabei hatte sie nur auf den richtigen Moment gewartet, um mich darauf anzusprechen.
»Freut mich, wenn es dir gefallen hat«, antwortete ich lahm. Zu meiner Entschuldigung kann ich anführen, dass sich mein Kopf anfühlte, als wäre er voller Watte.
»Ich muss dir noch dein Taschentuch zurückgeben.« Sie kramte in ihrer Tasche. »Du hast es dir zurückverdient.«
Ausgesprochen nützlich wäre es im Augenblick auch gewesen. Trotzdem sagte ich: »Nein, nicht. Behalt es.«
»Sicher?« Sie hörte sich an, als hätte ich ihr etwas ganz besonders Wertvolles geschenkt.
»Du musst allerdings versprechen, jedes Mal an mich zu denken, wenn du dir die Nase putzt, Sophie.«

Sie kicherte. Sie reckte mir eine Hand entgegen. Vermutlich erwartete sie einen Handkuss. Ich beugte mich vor. Im selben Moment gingen die Lichter wieder an. Schnell richtete ich mich auf, um mich zu verdrücken. Zu spät.

»Ben, wie siehst du denn aus?«, fragte sie erschrocken.

»Ja, ist nicht schlimm, keine Sorge. Es war jedenfalls nicht das Monster. Hab nur wie ein Schwein aus der Nase geblutet. Passiert mir öfter. Bin eben ein Glückskind. Tschüss.«

Ich rettete mich noch einmal aufs Klo und schaffte es diesmal sogar, mich bis zu einem Spiegel vorzudrängen. Als ich mich sah, hätte ich fast geheult. Alles blutverschmiert. Ich sah aus wie nach einer blutigen Verfolgungsjagd. Viel mieser konnte ich mich wirklich nicht mehr fühlen.

Als ich wieder rauskam, stand Sophie mit ihren Blumen bei Ryan, Nick und Vanessa.

Leicht schwankend ging ich zu ihnen. Ich konnte sie sogar davon überzeugen, dass sie sich keine Sorgen um mich machen müssten. Innerlich fühlte ich mich allerdings so gut wie tot. Als ich endlich mit Sophie, Ryan und den verdammten Rosen hinten in Nicks Auto klemmte, fiel mir mit Bitterkeit die Vision wieder ein, die ich am frühen Abend auf dem oberen Treppenabsatz gehabt hatte. Pech gehabt. Es war keine Vision gewesen. Mir war nur die Fantasie durchgegangen. Ich hatte etwas gesehen, was ich mir gewünscht hatte. Eine Luftspiegelung. Eine Fata Morgana. Ich musste über mich selbst lachen – ein trauriges, höhnisches Lachen. Ich wollte möglichst schnell in mein Zimmer, die Tür hinter mir zumachen und allein sein. Außerdem schwor ich mir, mich nie wieder in so eine Situation verstricken zu lassen. Ich wäre ja auch schön dumm. Nach so einer Niederlage. Nick brauchte mich auch nicht mehr. Er

hatte seine Vanessa. Ich konnte mich also ohne weiteres zurückziehen. Schluss, aus.
Nick brachte zuerst mich nach Hause. Ich wählte den stilvollen Abgang. Als ich die Autotür aufmachte, sagte ich zu Sophie und Ryan: »Wehe, ihr schickt mir keine Einladung, wenn ihr heiratet.« Sie lachten, bis Nick losfuhr. Ich stand da und sah ihnen nach. Ganz langsam ging ich rein. Ich glaubte wirklich, dass ich Sophie nie wieder sehen würde.

7 Ritter im Exil

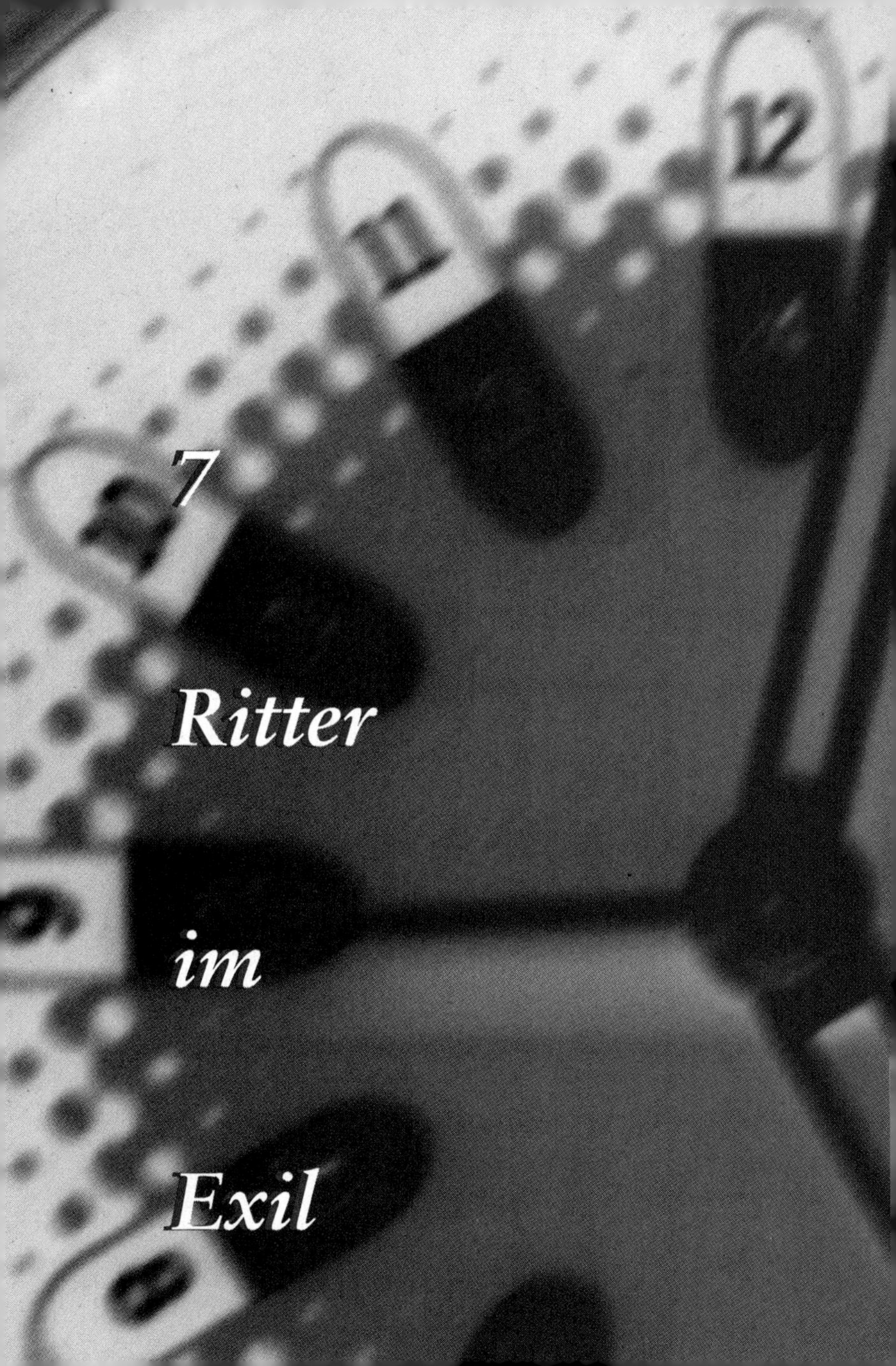

7

Am nächsten Tag habe ich im Videoladen gesagt, dass ich mehr arbeiten wollte. Simon kommentierte das mit der Behauptung, ich würde mittlerweile mein ganzes Leben dort verbringen. Trotzdem sah er immer wieder mit Jenny bei mir rein. Manchmal kamen auch Nick und Vanessa und erzählten, was es Neues von Sophie gab. Sie brachten stets gute Nachrichten. Leider. Vanessa meinte, Sophie hätte noch nie so glücklich ausgesehen.

Ich kam mir immer verlorener vor. Bis ich endlich den Entschluss fasste, mich damit wohl zu fühlen. Wenn ich aus dem Königreich der Zweierbeziehungen ausgeschlossen war, hatte ich das eben zu akzeptieren. Glücklich und triumphierend war ich dabei, mich ins Exil zu begeben. Nick schlug von Männerabenden bis hin zu größeren Aktivitäten im Fitnesscenter alles Mögliche vor. Aber ich ließ mich auf nichts ein. Stattdessen ging ich, sobald ich den Videoladen dicht gemacht hatte, Abend für Abend spazieren. Und zwar allein.

Bald wurde es zum Ritual. Fast immer war ich am Ende unter einem ganz bestimmten Baum auf Windmill Hill. Der

Platz dort hat es mir angetan. Man kann meilenweit in alle Richtungen sehen. Von hier oben sieht man sogar Sophies und Nicks Haus. Ich stellte mir immer vor, was dort unten gerade los war: Nick würde vor der Glotze sitzen und sich ein Fußballspiel ansehen, während Vanessa aufgeregt hin- und herlief, um alles und jeden zu organisieren. Die Eltern hatten sich wie üblich in irgendeine Ecke verkrümelt. Auch Sophie und Ryan konnte ich sehen. Er total schleimig und überfreundlich ... Mir blieb nichts verborgen. Aber was spielte das hier oben für eine Rolle? Ich stand jetzt über ihnen; ich hatte alles im Griff.
Anschließend ging ich nach Hause. Obwohl es meist sehr spät war und meine Leute längst in ihren Betten lagen, obwohl in meinem Zimmer totale Dunkelheit herrschte, war ich nie müde. Ich stellte also fast jeden Abend noch leise den Fernseher in meinem Zimmer an. Channel Four strahlte eine Serie alter Schwarzweißfilme mit Cary Grant aus.
Ich lag auf meinem Bett und konnte Menschen sehen, die alle längst tot waren. Ich sah ihnen zu, wie sie sich bewegten, wie sie sich anlächelten, wie sie sich küssten. Manchmal schlug ich in meinem Filmlexikon über sie nach. Und wenn sie in Großaufnahme auf dem Bildschirm erschienen, sprach ich sie leise an: »Ich kenne dein ganzes Leben, ich weiß, welche Rollen du noch spielen wirst, wen du heiraten wirst und wann du sterben wirst.« Es war ein Gefühl wie auf Windmill Hill. Die Leute, die zu mir in mein Zimmer

kamen, waren alle längst begraben. Es gab sie nicht mehr. Schatten der Vergangenheit. Dennoch waren sie für mich wirklicher als jede lebende Person, die ich kannte. Allen

voran Cary Grant, mit seinen Zweireihern, seinen weißen Hemden und den riesigen Krawattenknoten.
Auf einen seiner Filme fahr ich ganz besonders ab. In dem wird ganz zum Schluss Ingrid Bergman von ihm gerettet. Ihr Ehemann (ein feindlicher Agent) versucht sie ganz allmählich zu vergiften. Und keiner merkt etwas. Keiner, außer Cary. Diese Schlussszene ist einfach irre. Er tritt leise in ihr Zimmer. Sie nimmt ihn in die Arme, kann sich vor Schwäche kaum auf den Beinen halten. Also hebt er sie hoch und trägt sie die Treppen hinunter. Ihr Mann und alle anderen feindlichen Agenten stehen am Fuß der Treppe. Doch Cary schreitet einfach weiter, als wäre er unnahbar. Diese Szene könnte ich mir zigmal ansehen. Sie ist einfach fantastisch.
Ich musste auch so einen Zweireiher haben und besorgte mir einen im Secondhand-Laden. Noch ein paar weiße Hemden dazuzukaufen und Carys Krawattenknoten zu binden war kein Problem. Sogar die Haare kämmte ich mir wie er. Ich glaube, ich sah gar nicht übel aus. Und was kam dabei heraus? Eine Knutscherei – direkt vor einem Fish & Chips-Shop.
Ich hatte gerade wieder mal den Videoladen abgeschlossen, als jemand nach mir rief. Helen von der Fete. Sie stand ein paar Türen weiter vor einem Fish & Chips-Shop und war sehr betrunken. Ich ging zu ihr.
»Ich bin besoffen genug, um die Wahrheit zu sagen«, lallte sie. »Ich mag dich.« Und schon küsste sie mich. Es wäre unhöflich gewesen, nicht mitzumachen. Wir knutschten endlos vor uns hin, bis sie mich schließlich fragte, ob ich mit zu

ihr käme, es wär gerade niemand zu Hause ... wenn ich wüsste, was sie meinte. Mir war das alles etwas zu einfach. Ich murmelte eine Ausrede, von wegen müsste nach Hause oder so. Sie reagierte äußerst aggressiv. »Du willst mich bloß nicht, weil ich schon 'n Baby hab, hä?«, machte sie mich an.

Woher hätte ich wissen sollen, dass sie ein Kind hatte? Ich kannte doch nicht einmal ihren vollen Namen. Dann erzählte sie mir, dass sie vor kurzem mit ihrem Freund Schluss gemacht hat, dass das Baby für eine Nacht bei ihren Eltern wäre, damit sie auch mal ein bisschen Spaß haben könnte. Eigentlich hätte ich gleich drauf kommen können: Ich sollte mal wieder als Lückenbüßer herhalten. Ich, der König der Lückenbüßer.

Sie jammerte endlos weiter, wie unglücklich sie wäre und dass sie schon immer auf jemanden wie mich gewartet hätte. Also brachte ich sie nach Hause. Aber das war's dann auch. Ich hatte keinen Bock mehr, Leute zu retten. Außerdem würde sie sich sowieso bald wieder mit ihrem Freund versöhnen. Darauf hätte ich sogar gewettet.

Trotzdem startete sie noch einen Versuch, mich ins Haus zu kriegen. Fast hätte ich mich verlocken lassen. Aber die schnelle Nummer war einfach nicht das, was ich wollte. Nur – was wollte ich überhaupt? Darin lag mein eigentliches Problem. Ich konnte es nicht in Worte fassen. Nein, stimmt nicht. Im Grunde war es sehr einfach: Ich wollte, dass es mir etwas bedeutete.

Tags darauf sprach mich Vanessa in der Theater-AG an: »Man hat dich gestern beim Knutschen beobachtet.«

»Oh nein, steht's schon auf der Titelseite?«
Vanessa lächelte mich geheimnisvoll an. »Dachte mir schon, dass es eine gibt. Hab ich auch schon Nick gesagt, als er sich gewundert hat, dass man dich nur noch so selten sieht.«
Beim selben Treffen machte Ernie, der Leiter unserer Theater-AG, eine wichtige Ankündigung. Ernie hat ein auffällig rotes Gesicht. Man kann bei ihm jedes Äderchen erkennen. Im Übrigen hat er ein paar sehr merkwürdige Angewohnheiten. Zum Beispiel reckt er manchmal nur den Kopf zur Tür herein und starrt ins Zimmer. Schweigend. Man kriegt echt das Gruseln, wenn er das länger macht. Und wenn er sauer ist, kann er einen aus heiterem Himmel quer durch das ganze Zimmer anschnauzen. Alle halten ihn für eine ziemlich schrille Type. Aber ernst genommen wird er trotzdem. Mir ist er von Anfang an sympathisch gewesen. Einmal hab ich ihn in einem Stück in der Stadthalle gesehen. Er hatte nur eine kleine Nebenrolle – ein Vikar, dem immer klarer wurde, dass er eigentlich Atheist war. Er spielte die Rolle sehr überzeugend.
Er saß also an jenem Nachmittag in seinem Tim & Struppi-T-Shirt vor uns – er trägt immer solche Klamotten, damit wir die Sache nicht so ernst nehmen – und erzählte begeistert von einem Wettbewerb, der neu ausgeschrieben war.
»Ihr braucht bloß ein Zwanzig-Minuten-Stück zu schreiben, in dem nicht mehr als vier Personen vorkommen«, sagte er. »Abgabetermin ist der 20. Dezember. Es sind also nur noch drei Wochen Zeit. Die sieben besten Stücke werden in einer Art Endausscheidung von den Gruppen selbst

aufgeführt.« Er sah uns an. Ich fand, die Sache klang nicht uninteressant. Das war's aber auch schon.
»Bekommt der Sieger einen Geldpreis?«, fragte jemand.
Ernie verzog das Gesicht. »Ja, Geld gibt es auch.«
»Wie viel?«, wollten alle wissen.
»Zweihundert Pfund.«
Jubel.
»Und fünfhundert Pfund für die Schule.«
Laute Buhrufe.
Ernie hob den Kopf. Sein weißes Haar steht in krassem Kontrast zu seinem roten Gesicht. »Das ist ein sehr bedeutender Wettbewerb – wir sollten ernsthaft versuchen, daran teilzunehmen. Ihr habt meine ganze Unterstützung. Aber zunächst mal bräuchten wir jemanden, der uns ein Stück schreibt.« Er sah zu mir. »Was meinst du, Ben? Kannst du ein Stück schreiben? Einen ersten Entwurf bis nächste Woche?«
Ich war überrascht.
»Bis nächste Woche?«, wiederholte ich.
»Ja, ein bisschen Zeit sollst du dir ruhig nehmen können«, sagte er. Sollte ein Scherz sein. »Komm schon, Ben. Das ist eine wirklich gute Chance für dich.«
Ich gab zwar ablehnende Geräusche von mir, aber irgendwie hatte es mich bereits gepackt. Noch am selben Abend experimentierte ich mit irgendwelchen Ideen herum. Am nächsten Abend auch, und am folgenden wieder … schon hatte ich mir einen regelmäßigen Arbeitsrhythmus angewöhnt. Zuerst las ich immer das am Abend zuvor Geschriebene durch – und zerriss es wieder. Ich schrieb einen neuen

Entwurf, den ich am Abend darauf zerfetzen würde. Und so weiter.

Beim nächsten AG-Treff erzählte ich Ernie, dass ich es zwar versucht hätte, aber dass keine meiner Ideen etwas getaugt hätte.

»Versuch es weiter«, sagte er. Und noch am selben Abend passierte es. Aus heiterem Himmel kam mir eine Idee zugeflogen ... Im Fernsehen lief der letzte der Cary-Grant-Filme. Nicht gerade einer der besten. Trotzdem war ich wieder voll dabei. Ganz besonders faszinierten mich einmal mehr die Großaufnahmen, wenn all die längst gestorbenen Schauspieler freudestrahlend auf mich zukamen. Und genau bei so einer Szene schoss mir die Frage durch den Kopf, wie es wohl wäre, wenn man einen dieser Schatten gut gekannt hatte. Angenommen, jemand war in ein blondes Mädchen mit großen, offenen Augen und einer schmalen Lücke zwischen den Schneidezähnen verliebt. Ich habe es anfangs selbst nicht gemerkt, dass Sophie zu diesem Mädchen wurde. Mit dem Unterschied, dass das Mädchen im Stück blond war und nicht dunkelhaarig. Was aber, wenn dieses Mädchen tatsächlich Sophie war? Vielleicht hatte ich sie bereits vor vielen, vielen Jahren geliebt und sie verloren – auf welche Weise, wusste ich noch nicht. Sie war tot und ich ein alter, alter Mann. Nachts blickte sie mich an, schön und lebendig, mit jungen Augen. Sie existierte weiter in ihrem schwarzweißen Königreich, während ich im Hier gefangen war und sie nur durch die Gitterstäbe meiner Realität betrachten konnte. Niemals würde ich sie erreichen. Oder vielleicht doch?

Die ganze Nacht saß ich an meinem ersten Entwurf. Es gab vier Rollen: ein alter Mann, seine Enkeltochter, ihren Verlobten und ein weiblicher Charakter mit Namen Sophie. Beim Hauptdarsteller handelte es sich um einen berühmten, inzwischen aber alt und einsam gewordenen Schriftsteller, der nur ab und zu von seiner Tochter besucht wurde. Außer ihr kam sonst nie jemand zu ihm. Bis eines Tages seine Enkeltochter *Katie* und ihr Verlobter *Alex* bei ihm reinsehen. Das ist die Anfangsszene des Stückes.

Der Großvater reagiert zunächst sehr ablehnend. Ganz allmählich taut er aber auf, weil er mitbekommt, dass die zwei sich lieben. Spät am Abend legt er ein Video ein und zeigt ihnen einen Film, für den er vor zig Jahren das Drehbuch geschrieben hat. In der Schlussszene dieses Films ist das Mädchen allein auf dem Bildschirm zu sehen. Ihr Geliebter ist tot, die Familie gibt ihr den Rat, ihn zu vergessen. »Ihn vergessen, heißt, auch mich vergessen«, sagt sie. Dann spricht sie zu ihrem Geliebten: »Ich warte. Bis in alle Ewigkeit werde ich auf dich warten.« Die Szene endet, indem sie in der Ferne verschwindet – allein. Der Großvater erzählt nun seinen beiden Besuchern, dass die Schauspielerin das einzige Mädchen gewesen ist, das er jemals geliebt hat. Durch ein Missverständnis hat er sie verloren, und sie ist vor langer Zeit gestorben. Er drängt die beiden, so schnell wie möglich zu heiraten.

Katie fängt an, ihren Großvater zu bedauern. Schon wenige Tage später will sie ihn wieder mit *Alex* zusammen besuchen. Die Haustür steht offen, im Fernsehen läuft die Szene, die sie sich am ersten Abend zusammen angesehen haben.

Doch wo ist ihr Großvater? *Alex* sucht oben im ersten Stock. Plötzlich starrt *Katie* wie gebannt auf den Bildschirm. *Sophie* verschwindet nicht allein in der Ferne. Nein, da ist noch jemand. *Katies* Großvater ist bei ihr, er wirkt bedeutend jünger. Er sieht *Katie* und winkt ihr zu. Genau wie *Sophie*. Dann reicht ihm *Sophie* die Hand und sie gehen, endgültig.

Im selben Augenblick ruft *Alex* von oben nach *Katie*. Er hat den Großvater gefunden. Er ist tot. Herzinfarkt. Mein Stück endet mit *Katies* Worten: »Er ist nicht gestorben, er fängt erst an zu leben.«

Insgesamt kam es mir noch ziemlich schmalzig vor. Deshalb hab ich die Eröffnungsszene noch mehrmals überarbeitet. Die ganze Nacht. Der Gedanke, den Menschen, den du liebst, nur ein paar Zentimeter entfernt vor dir zu sehen und gleichzeitig zu wissen, dass dieser Mensch so weit weg ist, wie es nur geht, faszinierte mich. Ein ähnliches Gefühl habe ich, wenn ich mir alte Fotos ansehe. Meine Großmutter zum Beispiel hat nach Großvaters Tod sämtliche Fotoalben weggeschlossen. »Sie wecken zu viele Erinnerungen in mir«, sagte sie. Wenn man die geliebte Person aber auch noch reden hört und sich bewegen sieht, mit all den kleinen, typischen Eigenarten ... das muss einen doch zerreißen. Natürlich ist mein Schluss Fantasterei. Es gibt kein Zurück. Die Zeit kennt keine Gnade, Zeit hat alle Macht – nur in meinem Stück wird sie überwunden.

Am nächsten Morgen konnte ich in der Schule kaum die Augen offen halten. Mittags ging ich nach Hause und legte mich schlafen. Ich träumte von Sophie. Als ich aufwachte, hatte ich das Gefühl, sie wäre im Zimmer. Mein Kopf war voll mit Bildern von ihr. Zuerst sah ich vom oberen Treppenabsatz auf sie hinunter, dann lächelte sie zu mir hoch und sagte: »Ich hab dir noch nicht sagen können, wie toll du warst.« Und schließlich lächelte sie mir aus einem alten Schwarzweißfilm entgegen. Aber nein, das war nicht Sophie. Nicht die wirkliche. Oder doch? Meine Erinnerungen und Fantasien rund um Sophie vermischten sich. Ich hatte das Gefühl, immer noch zu träumen, als es an der Haustür klingelte.

Ich zog mir schnell was über und rannte die Treppe hinunter. Ich machte auf. Jenny stand vor mir. Verwundert sah ich sie an.

»Das hat ja gedauert«, sagte sie grinsend. »Hast wohl gehofft, ich würde wieder gehen.«

»Woher weißt du das?«

Ich war überrascht. Mit ihr hatte ich nicht gerechnet. Seit Monaten war sie nicht hier gewesen.

»Setz mal Wasser auf, Ben, mich dürstet«, sagte sie und ging an mir vorbei, geradewegs in die Küche, wie sie es immer gemacht hatte. Ich sah sie mir ausführlich an. Sie trug wie üblich riesige Ohrringe, schwere Stiefel, viele Ketten. In jeder Hinsicht neigt sie zur Übertreibung. Am schlimmsten sind ihre Haare. Sie hat dickes, signalrotes Haar. Die Frisur hätte besser in die Zeit von Charles dem Zweiten gepasst. Keine andere hätte die Haare so tragen können. Aber Jenny mit kurzem Haarschnitt? Undenkbar. Während ich Kaffee und Toast machte, tänzelte sie um mich herum. Und wie immer bestand unsere Unterhaltung aus Sticheleien.

»Warum bist du nicht in deinem Keksladen? Machst du blau?«, fragte ich.

»Wie kommst du denn darauf?«, antwortete sie. Dann grinste sie. »Na ja, irgendwie schon. Hab mich heute früh nicht ganz so gut gefühlt. Da bin ich lieber zu Hause geblieben. Könnte ja was Ansteckendes haben.«

»Wie rücksichtsvoll«, sagte ich.

»So bin ich. Mittlerweile geht's mir allerdings wieder viel besser. Da hab ich mich gefragt, wen ich besuchen könnte.«

»Und dann hast du die ganze Liste durchgearbeitet.«

»Ja, genau, dein Name steht leider ganz unten. Gestern hab ich übrigens deine Eltern und Glen im Auto vorbeifahren sehen. Haben mir alle zugewinkt.«

»War garantiert das Ereignis des gestrigen Tages.«

»Glen war so herausgeputzt. War er eingeladen?«

»Kann schon sein. Der geht andauernd irgendwo hin. Wirklich schlimm, mit seinen sechs Jahren wird er zu mehr Feten eingeladen als ich.«

»Er hat aber auch süß ausgesehen.«

»Bestimmt nicht so süß wie ich.«

»Keiner ist so süß wie du, Ben«, sagte sie. Ihre Augen strahlten. »Mit deinen Eltern hab ich auch schon ewig nicht mehr geredet. Genauso wenig wie mit Glen.« Sie schwieg einen Moment. »Und mit dir auch nicht.«

»Was soll das Gesülze?«, fragte ich. Ich spürte meinen Herzschlag, und Jenny vermutlich ihren. Ich werkelte geschäftig in der Küche herum, ohne mitzukriegen, was ich eigentlich machte. »Wir sehen uns doch andauernd im Videoladen.«

»Oh, ja, wir sehen uns im Videoladen. Peanuts, das kannst du doch vergessen.« Sie stand auf. »Ich hab ein schlechtes Gewissen …«

»Weshalb?«, raunzte ich. Das war der Situation auch nicht angemessen, aber ich war ganz kribbelig.

»Wird das noch was mit dem Kaffee?«

»Drängle nicht so.«

»Ich bin schon fast zwanzig Minuten hier.«

»Mein Kaffee ist es wert, dass man auf ihn wartet. Außerdem bist du gerade mal vor siebeneinhalb Minuten reingekommen. Kommt dir nur so vor wie zwanzig.«

Sie grinste. »Das wird's sein.« Wir gingen ins Wohnzimmer. Jenny nahm mich ins Visier, als wäre ich ein schrecklich verzwicktes mathematisches Problem, das sie zu lösen versuchte.

»Was ist?«, machte ich sie an.

»Du hast wohl echt keinen Nerv mehr auf mich … uns.«

»Was soll das heißen?«

»Das merk ich doch. Und ich versteh es ja auch. Ging eben alles so schnell. Weißt du, ich hab ehrlich geglaubt, dass Simon und ich einfach dicke Freunde sind – genau wie du und ich.« Sie sah mich erwartungsvoll an.

»Halt die Klappe und trink deinen Kaffee.«

»Du kannst einem echt auf den Geist gehen«, sagte Jenny.

»Ich?«

»Ja, du!«, fuhr sie mich an. »Du machst mich wahnsinnig. Ich will dir was erklären, ich versuche, mich bei dir zu entschuldigen, kapierst du?«

»Dann mach es doch«, sagte ich.

Sie stöhnte theatralisch. »Was ich sagen will, ist doch nur, dass es völlig unerwartet kam. Ich hatte keinen blassen Schimmer, dass Simon mich so – na ja – eben anders mochte. Auf einmal war alles durcheinander. Dabei wollte ich die ganze Sache herunterspielen und langsam angehen. Wie viele Mädchen gibt's, die irgendeinen Typen treffen und von nichts anderem mehr reden als von der Liebe zu ihm? So was hab ich selbst ja auch schon oft genug durchgemacht. Und dann haut es dich um, wenn irgendwas schief läuft. Deshalb habe ich mir diesmal fest vorgenommen, alles einfach auf mich zukommen zu lassen. Ich wollte mit niemandem darüber reden … nicht einmal mit dir. Nicht, bevor ich mir absolut sicher war …«

»Sicher worüber?«, fragte ich.

»Ob die Hotspurs diese Saison aus der ersten Liga fliegen. Was denkst du denn?«

»Ist ja gut, hab kapiert. Und jetzt bist du sicher.«

»Ich glaube, ja«, sagte sie leise. »Es ist ziemlich kompliziert mit Simon. Er lässt nie was raus. Nicht mal von seiner Mutter hat er damals was erzählt. Du kennst das ja.«

»Ja, kenn ich«, sagte ich.

Kurz bevor ich Simon kennen lernte, hatte seine Mutter ihn, seinen jüngeren Bruder und seinen Vater verlassen. Sie ließ lange Zeit nichts von sich hören oder sehen. Eines Tages, Jenny und ich waren auf einem Ausflug, kam seine Mutter zur Schule. Ohne Vorankündigung. Einfach so, um ihn zu sehen. Simon hat uns nie was davon erzählt. Als wir zufällig davon erfuhren und ihn danach fragten, sagte er: »Da gibt es nichts zu erzählen. Sie war da, wollte mit mir reden, und ich hab sie stehen gelassen. Sie hat zu lange gewartet. Wir brauchen sie nicht mehr.« Danach hat er nie wieder ein Wort darüber verloren.

»Ich frage mich ständig«, fuhr Jenny fort, »ob ich ihm was bedeute oder nicht. Neulich, es war Sonntag, bin ich gleich morgens zu ihm hin. ›Ich glaube, wir müssen ganz dringend mal spazieren gehen‹, hab ich gesagt. Wir haben seinen Hund mitgenommen und sind über die Felder gezogen. Und dann habe ich ihm gesagt, dass wir Schluss machen sollten. Eigentlich wollte ich ja überhaupt nicht Schluss machen. Ich wollte nur wissen, wie er reagieren würde. Ob es ihm was ausmacht …«

»Und, hat er den Test bestanden?«, fragte ich ungerührt.

Jenny lachte nervös. »Kaum hatte ich es ausgesprochen, war er total in Panik. Dann haben wir den ganzen Tag geredet. Simons Vater hat was gewittert und in der Küche gesagt: ›Du weißt, dass sie was Besonderes ist. Pass auf, dass du sie nicht verlierst.‹«

»Na, das muss dir doch runtergegangen sein wie Sahne.«

»Ich hab mich schrecklich gefühlt, wenn du es genau wissen willst. Ich dachte, ich würde Simon gar nicht verdienen. Ihn so zu quälen. Andererseits hatte ich wirklich nicht vor, ein albernes Spiel mit ihm zu treiben. Ich wollte ganz einfach nur wissen, ob ich ihm wichtig bin, bevor ich mich ganz auf ihn einlasse. Ich weiß doch auch nicht … Jedenfalls ist es jetzt gut, supergut.« Sie sah mich erwartungsvoll an. Mir war klar, was dieser Blick bedeutete. Sie war hergekommen, hatte erklärt, sich entschuldigt. Nun war ich an der Reihe.

Was sollte ich sagen? Sollte ich ihr etwa erzählen, wie mies ich mich gefühlt habe, als sie anfing, mit Simon zu gehen? Was hätte das gebracht? Sie und Simon gehörten jetzt zusammen. Punkt. Wenn ich das nicht verknusen konnte, war ich doch als Freund eine ziemliche Niete. Selbstverständlich sind wir Freunde – solange ihr macht, was ich will. So was hilft ja wohl nicht weiter. Ich kann aber auch nicht leugnen, dass ich tatsächlich verletzt war. Das Gefühl, abserviert zu sein, war immer noch da. Einerseits hätte ich mich am liebsten verkrochen, um meine Wunden zu lecken. Andererseits war klar, dass es unter Umständen nie wieder eine Chance geben würde, die Sache ins Reine zu bringen.

»Als du und Simon plötzlich miteinander rumgemacht habt, war ich ganz schön fertig«, fing ich an. »Vor allem, weil ... Na, du hast nun mal die Eigenschaft, dir immer die falschen Typen auszusuchen.«

»Erzähl mehr davon«, sagte Jenny.

»Aber diesmal ... diesmal hast du eben nicht den falschen erwischt.«

Jenny stand wortlos auf und schloss mich in ihre Arme.

»Ich hab dich echt vermisst«, flüsterte sie.

»Ich dich auch«, sagte ich.

»Hast du heute Abend schon was vor?«, fragte sie.

»Nicht, dass ich wüsste.«

»Jetzt aber.«

»Dürfte ich erfahren, was?«

»Du lädst mich in einen Pub ein – versetz mich nicht.«

»Keine Bange«, sagte ich.

Trotzdem traf ich mich an diesem Abend nicht mit Jenny.

Mama stellte gerade das Abendessen auf den Tisch, als das Telefon klingelte. Ich ging ran. Vanessa meldete sich. Das zweite Mal, dass sie mich anrief – das erste Mal war nach ihrem Start mit Nick gewesen.

»Hallo, Ben, wie geht's?«, fragte sie. Ich hatte aber keine Chance, darauf zu antworten. »Tut mir Leid, wenn ich störe, aber es ist was Schlimmes passiert. Sophie hat versucht, sich die Pulsadern aufzuschneiden.«

6

Sophie retten

6

Vanessa ließ mich rein. »Danke, dass du da bist, Ben.«

Wir gingen ins Wohnzimmer. »Wie geht es ihr?«, fragte ich.

»Ganz gut, inzwischen«, gab sie zögernd von sich.

»Was ist denn genau passiert?«

»Vor zehn Tagen hat Ryan mit Sophie Schluss gemacht. Er hat vor der Schule auf sie gewartet und ihr gesagt, dass er die Sache beenden will. Weg war er wieder. Der totale Schock. Am Anfang hat sie es ganz gut gepackt. Sie konnte sogar Witze darüber machen. Sie hätte ja gewusst, dass er noch nie länger als einen Monat mit einem Mädchen zusammen war. Und bei ihr waren es immerhin sechs Wochen. Wirklich toll, wie sie mit allem klargekommen ist.« Vanessa sah mich an. »Heute nach der Schule hatte ich wieder mal keinen Nerv nach Hause zu gehen. Weil Nick zum Hanteltraining wollte, hab ich mir von ihm den Schlüssel geben lassen. Und dann – dann hab ich Sophie in ihrem Zimmer gehört. Ich also nach oben und … Sie hatte sich in die Handgelenke geschnitten. Totale Panik! Frag mich nicht, wie ich die Nummer von der Arbeitsstelle ihrer Mut-

ter rausgekriegt habe. Oh, Mann, wir wollten ihr doch nur helfen, Ben.« Vanessa war echt fertig. Ich nahm ihre Hand. Sie ließ mich nicht mehr los.
»Sie haben zwar nichts gesagt, aber ich bin sicher, dass die ganze Familie denkt, es sei alles meine Schuld.«
»Wenn überhaupt jemand schuld ist, dann ich«, antwortete ich. »Schließlich habe ich Nick überredet, Sophie zu dieser Fete zu bringen.«
»Danke ... danke, Ben.« Vanessa ließ meine Hand wieder los.
Nick kam rein. Er strahlte mich an und begrüßte mich mit einem Schlag auf den Rücken. »Wenn das nicht der gute, alte Lord Carruthers ist. Wo kommst du denn so plötzlich her?«
»Ich hab Ben erzählt, dass sich Sophie die Pulsadern aufschneiden wollte«, antwortete Vanessa.
Nicks Gesicht wurde ernst. Sofort kehrte er uns den Rücken. »Quatsch, sie hat sich ein bisschen gekratzt«, sagte er. Dann wandte er sich wieder um. »Alle naselang trennen sich irgendwelche Leute. Sie hat ihn gerade mal fünf Minuten gekannt. Warum zieht sie so 'ne Nummer ab?« Er war wütend und panisch zugleich.
»Es gibt verschiedene Möglichkeiten, mit jemandem Schluss zu machen«, sagte Vanessa. »Er war wirklich brutal. Deine Schwester kann einem Leid tun.«
»Erzähl mir nicht, wer mir Leid tun soll und wer nicht«, schimpfte Nick. »Tschüss.«
»Wo gehst du hin?«, wollte Vanessa wissen.
»Einfach weg.« Dann wurde er doch etwas genauer. »Wenn's

jemanden interessiert, ich treff mich mit ein paar Leuten im Red Lion.«

»Diese Familie ist echt ein merkwürdiger Haufen«, sagte Vanessa, nachdem er draußen war. »Als ihr Vater nach Hause kam, war er gerade mal eine Minute bei Sophie, und dann hat er sich sofort wieder in sein Gewächshaus verzogen.«

Wahrscheinlich wäre er sogar dann in sein Gewächshaus umgegangen, um Pflänzchen zu zupfen, wenn Sophie sich umgebracht hätte. Ich hatte das Gefühl, sie beschützen zu müssen.

»Gehst du mal zu ihr hoch?«

»Ja, klar, wenn es gut für Sophie ist.«

»Sicher ist es gut für sie. Ich hab ihr gesagt, dass ich dich angerufen habe. Sie möchte dich sehen.«

Ich rannte die Treppe hoch. Sophies Mutter drückte sich vor der Tür herum. »War gerade bei ihr drin«, sagte sie. Sie rang sich ein schwaches Lächeln ab. »Zum Glück ist der Schnitt nicht so tief, dass wir den Arzt rufen mussten. Aber einen mächtigen Schreck hat sie uns damit eingejagt … Sie glaubt zu wenig an sich selbst. Das ist das Problem.« Sophies Mutter zögerte, als wollte sie noch etwas sagen. Doch dann fragte sie nur: »Möchtest du eine Tasse Tee? Ich wollte gerade welchen aufbrühen.«

»Ja, bitte«, antworteten Vanessa und ich zweistimmig. Obwohl weder ihr noch mir danach war.

»Buttercremetorte hab ich auch«, sagte sie weiter.

Ich hätte alles akzeptiert, wenn ich nur endlich zu Sophie rein konnte.

Sophies Mutter hatte sich schon ein paar Schritte entfernt, da drehte sie noch einmal bei: »Dieser Bursche verdient es, bestraft zu werden. Dieses Haus wird er jedenfalls nicht mehr betreten«, sagte sie mit überraschender Schärfe und ging.

Sophies Zimmer war winzig. Nicht einmal das Bett hatte richtig Platz. An der Wand hingen ein paar Kunstpostkarten und eine schwarzweiße Fotografie einer alten Frau, die ihre Arme verschränkt vor der Brust hielt und weise in die Kamera lächelte.

Sophie saß am Kopfende ihres Bettes. Sie hatte ein blaues Nachthemd an. Die Augen wie gebannt auf den kleinen Bildschirm gerichtet, spielte sie ein Computerspiel, als gäbe es nichts Wichtigeres.

Plötzlich hob sie den Kopf. Als merkte sie erst jetzt, dass ich vor ihr stand, sagte sie leise: »Oh, Sir Lancelot.« Es hörte sich an wie ein Scherz. Trotzdem lag jede Menge Gefühl darin. Jedenfalls war es nur für uns beide bestimmt. Ich glaube nicht, dass Vanessa sie hören konnte. Ein paar Worte, ganz für mich allein.

Vanessa fragte Sophie, wie sie sich fühlte.

»Ich bin in Ordnung ... weiß nicht so recht.« Sie zuckte matt mit den Schultern. Voller Trauer, Niedergeschlagenheit und ohne jede Energie. Als ich ihre verpflasterten Handgelenke sah, packte mich die Wut. Am liebsten hätte ich Ryan hergeschleppt, damit er sehen konnte, was er angerichtet hatte. Aber der hätte ja doch nichts kapiert. Nicht mal, wenn er direkt neben Sophies Bett gestanden hätte. Ich war der Einzige, der den bohrenden Schmerz fühlen konnte,

der tief in Sophie steckte. Sie lächelte verlegen. »War wohl ein bisschen dumm, heute.«
»Wenn er es wenigstens wert wäre«, sagte Vanessa.
»Weiß ich ja.«
»Du hast uns echt einen Schreck eingejagt«, sagte Vanessa. Sie klang wie eine Lehrerin. »Wieso hast du das bloß getan?«
»Weiß nicht.« Sie verzog das Gesicht noch einmal zu einem Lächeln. »Eigentlich hab ich …« Sie hob die Hand, als wollte sie abbrechen, um nichts Falsches zu sagen. »Ich hab mich einfach nur leer gefühlt. Ich hab nicht gewusst, wie das je wieder anders werden könnte.«
»Wenn du dich wieder mal so fühlst, ruf mich bitte an«, sagte Vanessa. »Wenn man drüber redet, geht es einem gleich viel besser. Stimmt's, Ben?«
»Ja, stimmt«, murmelte ich. Während ich Sophie betrachtete, fühlte ich tiefes, schmerzliches Mitleid. Und gleichzeitig war ich merkwürdig erregt. Plötzlich hatte ich in diesem Stück eine Rolle für mich gefunden. Wenn nur Vanessa endlich gegangen wäre. Dann hätte ich Sophie in meine Arme schließen können. »Jetzt bin ich ja da. Jetzt ist alles wieder gut«, hätte ich sagen können. Ich hätte sie auf meine Arme nehmen können und mit ihr aus dem Haus gehen. Wie Cary Grant im Film mit Ingrid Bergman.
Stattdessen kam Sophies Mutter mit Tee und Buttercremetorte für alle zurück. Sophie sagte kaum noch was. Sie war blass und wirkte ausgelaugt. Selbst wenn Nick der Ansicht war, dass sie Ryan gerade eben fünf Minuten gekannt hatte, war das nicht der entscheidende Punkt. Entscheidend ist

nicht, wie lange so etwas dauert, sondern die Art der Gefühle und wie tief sie gehen. Ich wollte Sophie nicht allein lassen. Solange allerdings ihre Mutter und Vanessa hier rumhingen, hatte ich keine Chance zu ihr durchzudringen. Am nächsten Tag erkundigte ich mich telefonisch nach Sophie.

»Es geht ihr besser – glaube ich«, sagte ihre Mutter.

Einen Tag später bekam ich dieselbe Auskunft. Ich war sicher, dass ich Sophie helfen konnte. Aber bestimmt nicht bei ihr zu Hause.

Am Samstag traf ich sie zufällig in der Stadt. Ich arbeitete im Videoladen und hatte Mittagspause. Ernie hatte mir geraten, ab und an mal ins Theater zu gehen, damit ich mit meinem eigenen Stück besser vorankäme. Ich war auf dem Weg zur Theaterkasse, um drei Karten für *Mörderischer Irrtum* zu besorgen. Jenny und Simon wollten auch mit. Ich sah Sophie beim Brunnen. Ich rief hinter ihr her. Sie war in Gedanken und hörte mich nicht. Ich versuchte, sie einzuholen. Es war ein eiskalter Tag im Dezember, der Wind ging durch bis auf die Knochen. Ich hatte eine dicke Jacke an. Sophie dagegen nur ein mickriges Hemdchen.

»Dir muss ja fürchterlich kalt sein«, sagte ich.

Sie lächelte mich an, als sei ich ein Fremder, der ihr vorher noch nie begegnet war.

Ihr Gesicht war kreidebleich. Ich wollte ihr helfen. Aber ich wusste nicht mal, was ich sagen sollte. Nur um überhaupt irgendwas zu tun, warf ich einen Blick in ihre Tasche. »Hast du dir was gekauft?«

»Paar Klamotten … Hab mein ganzes Geld ausgegeben.«

Ich zog ein gelbes Oberteil heraus. »Sieht aus, als wär's beim Waschen eingegangen.«
»Das muss doch so sein.« Wieder so ein winziges Lächeln.
»Wenn du meinst – und was hast du weiter vor?«
»Bin auf dem Weg nach Hause. Ryan wollte kommen.«
»Ryan!«
»Ich hab noch Kassetten von ihm. Er hat gefragt, ob er sie abholen kann.«
»Und du hast gesagt, er soll kommen?«
Sie zuckte mit den Schultern. »Was bleibt mir übrig. Sind doch seine Kassetten ... Mama meint, ich soll seinen ganzen Krempel auf die Straße schmeißen. Würdest du das machen?«, fragte sie.
Und ob ich das würde. Mit dem größten Vergnügen würde ich Ryans Kassetten auf die Straße befördern. Aber ich hatte den Eindruck, dass Sophie das Gegenteil von mir hören wollte.
»Nein, sicher nicht. Kann sein, dass du dich anschließend ein paar Minuten lang besser fühlst. Aber wenn du so was erst mal gemacht hast, lässt sich's nicht mehr rückgängig machen. Und wenn du ihm später auf der Straße begegnest, würdest du nicht mal mehr Hallo zu ihm sagen. Ihr würdet aneinander vorbeigehen, als hättet ihr euch nie gekannt. Als wäre er aus deiner Datenbank gelöscht. Auch wenn es gar nicht stimmt, musst du so tun als ob. Sogar dir selbst musst du was vormachen ... Nichts ist trauriger als das.«
»Was würdest du tun?«, fragte sie.
»Ich würde ihm die Tür aufmachen und ihm helfen, seine Sachen einzusammeln. Dadurch fühlt er sich zwar noch viel

mieser, aber du selbst führst Regie. Und – nicht zu vergessen – ihr könnt danach immer noch miteinander reden. Ihr werdet nicht zu Feinden.«

»Du bist der Erste, der das Ganze so betrachtet«, sagte sie bewundernd. In dem Moment dachte ich, wir hätten eine weitere Hürde genommen. Zum ersten Mal war ich für sie nicht der nette Freund von Nick. Ich spürte, dass sie mich unentwegt ansah. »Und was treibst du gerade so, Ben?«

»Dies und das. Zurzeit schreibe ich an einem Stück für die Theater-AG.«

»Echt? Mann, du machst lauter spannende Sachen. Ich meine, na ja, die meisten Leute treiben sich ständig in Pubs herum und prügeln sich und so 'n Zeug. Bei dir ist das anders. Ich war so gut wie noch nie im Theater. Ich würde gern mal ein Stück sehen – und deins würde ich gern mal lesen.«

»Kein Problem«, sagte ich. »Du kriegst es als Erste.«

»Ehrlich?« Für einen Augenblick strahlten ihre Augen.

»Und zufällig hol ich gerade Karten für *Mörderischer Irrtum*. Jenny und Simon gehen auch mit. Wenn du möchtest, besorg ich für dich auch gleich eine Karte.« Der letzte Satz sprudelte einfach so aus mir heraus. Kein Wunder, dass mich Sophie überrascht ansah.

»Ich fürchte, ich habe da ein kleines Finanzproblem.«

»Kein Problem. Ich kann dir was leihen.«

»Nein, das geht doch nicht«, sagte sie.

»Stell dich nicht so an«, antwortete ich. »Du redest mit dem Stützpfeiler des einzigen Videoladens von Cartford. Ich habe ein kleines Vermögen angehäuft. Bin praktisch Millionär.«

Ganz allmählich ließ sie sich zu einem Lächeln hinreißen.
»Wann geht ihr denn?«
»Mittwoch.«
»Ich glaube nicht, dass ich da schon was vorhabe. Kann ich dich anrufen?«
»Ja, klar. Hast du meine Nummer?«
»Nick kann sie mir geben.«
»Ach ja, stimmt.« Plötzlich war ich verlegen. War ich etwa zu aufdringlich? »Tja, ich muss dann auch wieder.«
»Ich auch. Und danke für deinen Rat.«
»Ach was, nicht der Rede wert«, sagte ich.
»Find ich schon.«
Ich zögerte. Ich konnte sie nicht einfach so ziehen lassen. So verletzlich – und kalt. Ich zog meine Jacke aus. »Hier, nimm die erst mal«, sagte ich.
»Nein, es geht schon.«
»Keine Widerrede«, sagte ich streng. »Wenn du noch länger so rumläufst, holst du dir 'ne Lungenentzündung.«
Die Jacke war viel zu groß für sie. Aber sie sah damit echt super aus.
»Nick kann sie dir ja zurückbringen.«
»Wie's dir am besten passt.« Wir standen da und sahen uns an.
»Bis dann, Sir Lancelot«, sagte sie.
An der Theaterkasse kaufte ich vier Eintrittskarten. Ungeduldig wartete ich in den nächsten Tagen auf Sophies Anruf. Jedes Mal wenn das Telefon klingelte, war ich blitzschnell dran. Ich musste mich bis Dienstag gedulden.
»Hallo, Ben.« Das erste Mal, dass sie mich anrief. Am Te-

lefon war das leichte Beben ihrer Stimme deutlicher zu hören. »Hast du immer noch vor, ins Theater zu gehen?«, fragte sie.
»Ja, kommst du nun mit?«
»Hab aber noch keine Kohle.«
»Daran soll's nicht scheitern. Ich habe eine Karte mehr geholt, und die ist für dich.«
»Du bekommst das Geld, sobald ich …«
»Das klären wir später«, unterbrach ich sie. »Wahrscheinlich nehmen wir ein Taxi, dann kommen wir bei dir vorbei.«
»Nein, Papa wollte mich hinfahren. Wann seid ihr da?«
»Ähm, so um halb acht.«
»Gut, bis dann, Ben, tschüss.«
Ich platzte schier vor Energie. Meine Akkus waren randvoll.
Am Mittwochnachmittag traf ich mich nach ewig langer Zeit wieder mal mit Simon. Ich hatte ihn vermisst.
Simon ist klein und drahtig. Sein langes, schmales Gesicht passt irgendwie nicht zu den übrigen Körperproportionen. Er ist locker, direkt, witzig und er drängt sich nie in den Vordergrund – man muss ihn einfach gern haben.
Ich konnte mir nicht vorstellen, mich jemals ernsthaft mit ihm zu streiten. An diesem Nachmittag aber wäre es fast so weit gewesen.
Während wir durch ein paar Läden zogen, ließ ich irgendwann fallen, dass Sophie mit ins Theater kommt. Er wollte alles über sie wissen und löcherte mich mit Fragen. Schließlich erzählte ich ihm, wie alt sie war.

»Fünfzehn!« Er lachte. »Was hast du mit 'ner Fünfzehnjährigen vor? Willst du ihr bei den Hausaufgaben helfen?« Er hörte nicht auf zu lachen, bis er mein Gesicht sah.

»Das ist wieder mal typisch«, sagte ich. »Ich versuch dir was zu erzählen, und du machst blöde Witze.«

Simon schlug sofort einen anderen Ton an. »He, das war überhaupt nicht ernst gemeint. Sie ist bestimmt ganz toll.«

Ich beruhigte mich wieder. Wenn Simon mir erzählt hätte, dass er mit einer Fünfzehnjährigen zusammen wäre, hätte ich ihn sicher auch aufgezogen. Warum war ich so empfindlich?

Am Abend der Vorstellung wartete Sophie im Theaterfoyer auf uns. Ich habe sie noch genau vor Augen. Sie trug meine Jacke und lehnte neben der Kasse. Bei dem Gedanken, dass sie auf mich wartete, bekam ich echt das Kribbeln. Jenny und Simon hätten wirklich kaum noch netter zu ihr sein können. Sophie fühlte sich unsicher. Das merkte ich sofort. Aber sie versuchte schnell, auf Jennys Art von Humor einzusteigen. Das Stück selbst war so schlecht, dass es schon wieder gut war. Die Schauspieler machten ständig Fehler, und in einer Szene stürzte einer sogar fast von der Bühne. Nach dieser Panne konnte er sein Gekicher kaum noch unterdrücken.

Später gingen wir noch was trinken.

»Irgendwann sehen wir hier ein Stück von Ben Chaplin«, sagte Jenny im Pub.

Sophie hob ihr Glas und sagte: »Lasst uns doch auf Bens Stück anstoßen – und wehe, er lädt uns nicht zur Premiere ein.«

»Ein zweites Mal wird es sowieso nicht aufgeführt werden«, meinte Simon und grinste.
»Soll ich ihn für dich erwürgen?«, fragte Jenny.
»Wenn du die Güte hättest«, antwortete ich.
Wir stießen an. »Auf Bens Stück«, sagten sie feierlich. Wenig später musste Sophie mal für Ladys.
»Wirklich nett«, meinte Jenny.
»Und sieht auch gut aus«, sagte Simon.
»Pass bloß auf«, drohte Jenny. »Stimmt aber. Vor allem ihre Augen. Ist sie wirklich erst fünfzehn? Auf mich wirkt sie älter. Und sie ist alles andere als blöd.«
»Eins kapier ich nicht«, sagte Simon. »Ich bin mir nicht ganz sicher – nur so ein Verdacht –, aber ich glaube, sie hat dir die Jacke geklaut. Erst hab ich gedacht, sie hätte denselben schlechten Geschmack wie du, aber dann ist mir aufgefallen, dass die Jacke ungefähr neunzehn Nummern zu groß ist.«
»Also gut, ich geb's zu«, sagte ich, »Sophie und ich tauschen alle unsere Klamotten.«
Jenny lachte. »Was trägst du denn heute von ihr – oder darf man das nicht wissen?«
»Nun mach schon. Wie ist sie zu deiner Jacke gekommen? Du weißt doch, dass wir fürchterlich neugierig sind.«
»Echt? Das ist mir ja noch gar nicht aufgefallen. – Ich habe sie letzten Samstag in der Stadt getroffen, und sie hatte bei der Kälte nur so ein dünnes Hemdchen an …« Ich stoppte.

Simon und Jenny grinsten mich an.
»Und so hast du ihr den Mantel gereicht«, sagte Jenny vergnügt. »Du bist und bleibst mein ritterlicher Held, Ben.«

»Ist ja schon gut«, grummelte ich.

»Sag mal, der weiße Gaul, an dem wir vorbeigekommen sind, als wir in die Kneipe kamen – war das nicht deiner?«, fragte Jenny. »Mensch – ich seh es richtig vor mir, Ben: Hoch zu Ross reitest du durch die Stadt und hältst Ausschau nach jungen Damen, die du retten könntest …«

»Pass bloß auf, sonst bist du die Nächste«, sagte ich.

Jenny lachte. »Nein, bestimmt nicht. Ich bin … wie heißt denn diese Kriegerkönigin noch mal? … Boadicea. Die lässt sich von niemandem retten.«

»Blödsinn. Es würde nur daran scheitern, dass es niemand schafft, dich aufs Pferd zu hieven«, sagte ich.

»Hüte er seine Zunge«, sagte Jenny. »Was ist Sophie jetzt für dich? Nur eine Bekannte oder mehr?«

Ich spürte zwei Augenpaare auf mich gerichtet. »Sie macht im Moment einiges durch. Ihr Typ hat mit ihr Schluss gemacht, und das ist ihr ziemlich nahe gegangen. Vor ein paar Tagen hat sie sogar versucht, sich die Pulsadern aufzuschneiden.«

»Ach du Schande«, entfuhr es Jenny.

Ich fragte mich sofort, ob ich nicht besser die Klappe gehalten hätte. Eigentlich ging es niemanden etwas an. Und wenn Sophie es rauskriegte, musste sie denken, ich würde alles über sie herumerzählen. Aber das war wirklich nicht meine Absicht gewesen. Eigentlich wollte ich nur, dass Simon und Jenny sie akzeptierten.

»Erzählt Sophie bitte nicht, dass ich was gesagt habe«, bat ich sie.

»Denkst du, ich quatsche sie bei nächster Gelegenheit darauf an«, sagte Jenny. »He, hab gehört, du wolltest dir die Pulsadern aufschneiden.« Sie regte sich aber schnell wieder ab. »Sie wird bestimmt bald drüber weg sein. Das ist gut für euch beide. Jedenfalls hat sie ein bisschen Hilfe verdient. Wenn sie mal mit mir quatschen möchte, kann sie gern vorbeikommen ... vorsichtshalber solltest du sie aber warnen, dass ich im Irrenhaus wohne ...«

»Sie hat ganz sicher Lust, sich mal mit dir zu treffen«, unterbrach ich sie. »Aber sag ihr das lieber selbst.«

Als Sophie wieder da war, lud Jenny sie ein, sie mal zu besuchen. Sie machten sogar gleich was fest.

»Könnte es sein, dass du auch kommen möchtest?«, wandte sich Jenny an mich.

»In dem Fall betrachte ich mich als eingeladen«, sagte ich locker. Dass in mir drinnen alles kribbelte, musste ja nicht gleich jeder merken. Noch ein Abend mit Sophie.

Unser Geld reichte gerade noch für das Taxi nach Hause. Ich steckte Sophie unauffällig einen Fünfer zu, damit sie ihren Anteil zahlen konnte.

»Ich hab deinen Rat wegen Ryan übrigens befolgt«, erzählte mir Sophie auf dem Weg zum Taxistand.

»Ach ja, wirklich?«

»Als er seine Sachen holte, haben wir eine ganze Weile miteinander geredet. Das war ganz gut. Vorhin hat er angerufen, gerade als ich aus dem Haus wollte. Er hat mich gefragt, ob wir uns treffen könnten. Heute. Aber da hab ich ihm gesagt, dass ich schon mit dir verabredet bin. Ich soll dich grüßen.«

»Oh, nett«, antwortete ich knapp.

»Jetzt treffen wir uns morgen Abend. Einfach so, als Freunde. Er meint, wir sollten uns einmal die Woche sehen, um den Kontakt nicht abreißen zu lassen … Du bist der Einzige, der Ryan nicht zum Monster gestempelt hat. Danke, das hat mir wirklich geholfen.«
Das hat mich um einiges zurückgeworfen. Ryan war also immer noch im Rennen. Das konnte nichts Gutes bedeuten. Am liebsten hätte ich sie in aller Klarheit vor ihm gewarnt. Doch was hätte das gebracht? Sophie hatte ihn bereits zum Traumbild erhoben. Und sie wäre nicht bereit gewesen, das Traumbild platzen zu lassen. Außerdem weiß jeder, dass es ausgesprochen gefährlich ist, wenn man Schlafwandelnde weckt. Sicher würde Sophie bald von ganz allein sein wahres Ich erkennen. Und dann war ich am Zuge.

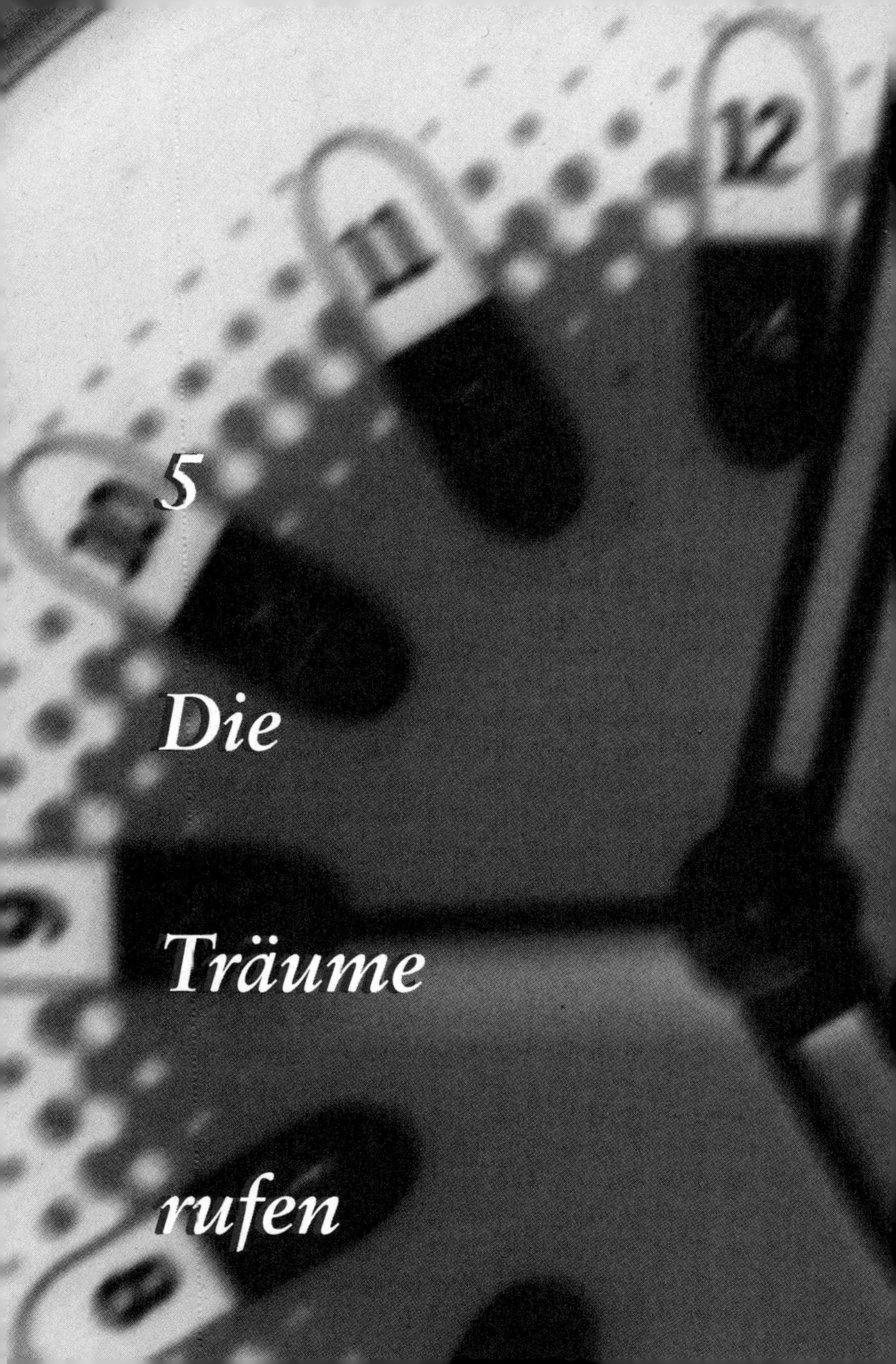

5 Die Träume rufen

5

Wenn ich einen weiblichen Vampir beschreiben sollte, würde ich als Vorbild vermutlich Jennys Mutter aussuchen. Sie kann nachts um zwei anfangen, die Wäsche aufzuhängen. Für Jennys Eltern ist es vollkommen normal, länger aufzubleiben als ihre Tochter. Kein Wunder also, dass alle gern dort hingehen. Woanders heißt es abends andauernd, zieh die Schuhe aus, spar dir die Klospülung, atme leise … Wenn man Jenny besucht, brennt immer noch Licht, und es ist immer was los. Egal, wie spät es ist. Manchmal regt sich Jennys Mutter durchaus über das Chaos auf – das Haus steht so gut wie immer Kopf –, aber meistens lässt sie alles durchgehen und erträgt es mit erstaunlichem Humor. Auch Jennys Vater ist gut drauf.

Hin und wieder treibt er allerdings äußerst merkwürdige Scherze. Wenn man am Telefon fragt, ob Jenny da ist, muss man darauf gefasst sein, zum Beispiel folgende Antwort zu bekommen: »Ja, danke für deinen Anruf.« Und schon legt er wieder auf.

Am Abend, als Sophie und ich bei Jenny waren, spielten ihre Eltern zwei Stunden lang Monopoly mit uns. Ich fragte mich natürlich, wie Jennys lockere Eltern bei Sophie ankommen würden. Eigentlich sah es so aus, als würde sie sich wohl fühlen. Ganz sicher war ich aber nicht. Sie war leichenblass.

Später, viel später, als wir nur noch zu viert auf dem Sofa rumhingen, meinte Jenny: »Du musst es sagen, wenn ich zu neugierig bin, Sophie, hast du deinen Freund noch mal getroffen?«

Sophie, die weit von Jenny entfernt am andern Ende des Sofas saß, seufzte. »Zufällig ist er gerade heute Nachmittag bei mir gewesen.«

»Ach?«, sagte Jenny.

»Er wollte, dass ich es weiß, bevor es alle andern wissen. Er hat eine neue Freundin.«

»Viel Zeit verliert der ja nicht«, sagte Jenny. »Hat er erzählt, wer's ist?«

»Sie heißt Tania. Er kennt sie von der Arbeit.«

»So was hält meistens nicht lange«, sagte Jenny.

»Sie ist seine Vorgesetzte«, sagte Sophie.

»Seine Chefin?«, fragte Jenny erstaunt.

»Ja, genau«, antwortete Sophie. »Soll aber noch keiner wissen. Oberste Geheimstufe.«

»Ich werde anonyme Briefe schreiben«, sagte Simon leise.

»Wie alt ist sie denn?«, fragte Jenny.

»Fünfundzwanzig«, antwortete Sophie.

»Und er achtzehn?«

»Ja«, sagte Sophie kaum hörbar. »Wie's aussieht, war sie schon länger scharf auf ihn.«

»Und was sie alles für ihn tun kann«, meinte Simon.

»Wenigstens hat er es dir erzählt«, sagte Jenny nach längerem Schweigen. »Das muss man ihm lassen.«
»Ja, das war bestimmt nicht einfach für ihn«, sagte Sophie ruhig. »Und wenn er damit glücklich ist – ich mach ihm keinen Vorwurf.«
»Also in dem Punkt hast du mir was voraus«, sagte Jenny. »Wenn ich mit jemand Schluss mache, soll er sich deswegen wenigstens noch ein paar Jahre mies fühlen.«
»Geht mir genauso«, sagte Simon und sah Jenny an. »Ich hasse Leute, die ohne mich leben wollen.«
Sophie wandte sich an mich. »Du bist so still, Ben.«
Ich hatte echt panische Angst gehabt, dass Ryan kurz vor einem Come-back stand. Und jetzt hatte er offenbar doch den endgültigen Abgang gemacht. Damit waren seine Chancen auf ein Come-back gleich Null. Nur zu gerne war ich bereit, seinen Namen endgültig von der Besetzungsliste zu streichen. Aber das Leben läuft anders. Deshalb spielte ich weiter die Rolle seines Fürsprechers.
»Wenigstens hat er dir reinen Wein eingeschenkt. Du bist ihm also nicht vollkommen gleichgültig«, sagte ich. Ich wusste, dass ich Jenny mit so was provozieren würde. Prompt mischte sie sich ein.
»Sich alle Möglichkeiten offen halten ist auch eine Taktik. Und wenn er tatsächlich zu dir zurückkommt, heißt das noch lange nicht, dass er sich dann nicht jederzeit wieder so ein Ding leistet. Gut – ich kenne ihn nicht. Aber er hat dich einfach sitzen lassen. Und zwar wegen einer andern. Da liegt der Hund nämlich begraben. Tut mir Leid, wenn ich so direkt bin. Aber wenn du mich fragst: Vergiss ihn. Punkt.«

»Ist ja schon gut, reg dich ab«, sagte Simon.

»Nein, tut mir Leid. Und wenn's zehnmal nicht richtig ist, dass ich es sage, Sophie. Vielleicht ist er ja ganz nett. Aber genauso gut kann er dich auch bloß benutzen. Wenn er wieder was von dir will, dann sicher bald. Aber dann bitte schön zu deinen Bedingungen. Und mach bloß nicht den Fehler, auf ihn zu warten. Leb dein eigenes Leben.« Sie schwieg einen Moment. »Du bist doch nicht böse, dass ich das alles gesagt habe?«

»Nein, überhaupt nicht«, sagte Sophie. »Ich hab ihm ja auch schon erzählt, dass ich mit euch im Theater war und dass wir uns heute hier treffen. Ich glaube, er war ganz schön platt, dass ich so schnell ... Keine Angst, ich mach schon, was ich selbst will.« Sie hörte sich trotzig und entschlossen an. Und doch erschien sie mir erschöpft und ausgelaugt. Ich wünschte mir nichts sehnlicher, als ihr zurück ins Leben zu helfen.

Ich brachte Sophie nach Hause.

»Wann darf ich eigentlich dein Theaterstück lesen?«, fragte sie unterwegs.

Ich war überrascht und fühlte mich geschmeichelt, dass sie sich daran erinnerte. Wir machten einen Abstecher zu mir nach Hause. Ich rannte hoch und holte mein Manuskript. Sie wartete schüchtern vor der offenen Haustür.

»Das ist aber nicht dein einziges Exemplar?«, fragte sie.

»Doch.«

»Dann nehm ich es lieber nicht.« Sie hielt es mir hin.

»Ich will aber, dass du es jetzt gleich mitnimmst.«

»Und wenn ich es verliere?«

Ich zuckte mit den Schultern. »Ist vermutlich sowieso totaler Schwachsinn.«

Am nächsten Tag, ich kam gerade von der Schule, war Sophie schon am Telefon.

»Ich hab dein Stück gelesen.«

»So schnell?«

»Ich hab's noch gestern Abend gelesen. Nachdem ich angefangen hatte, konnte ich nicht mehr aufhören.«

»Erzähl mir doch nichts.«

»Nein, wirklich, es hat mich total ... gefangen genommen.«

Welch merkwürdige Art, sich auszudrücken. Es hat mich gefangen genommen. Ich werde wohl nie vergessen, wie sie das gesagt hat. Und auch nicht, wie stolz ich in dem Moment war.

»Du hast ja echt Talent«, sagte sie.

»Stimmt.«

Sie lachte. »Bescheiden bist du auch.«

»Irgendwelche Änderungsvorschläge?«

»Vielleicht ein oder zwei Kleinigkeiten ... nein, eigentlich nicht. Wahrscheinlich hältst du sowieso nichts davon.«

»Es interessiert mich aber – wirklich«, sagte ich. »Und Titel hab ich auch noch keinen.« Ich zögerte. »Hast du heute Abend schon was vor?«

»Noch nicht.«

»Jetzt aber«, sagte ich.

Später erzählte ich Mama nebenbei, dass Sophie am Abend kommen und mit mir an meinem Stück arbeiten würde. Weil schon seit Urzeiten kein Mädchen mehr bei mir gewesen war, löste ich erwartungsvolle Spannung aus. Meine

Eltern wollten alles Mögliche wissen. Ich erzählte ihnen, dass Sophie eine Freundin von Jenny wäre (was ja nicht ganz gelogen war). Eine Information, die sie nahezu begeistert zur Kenntnis nahmen. Jenny haben sie nämlich ausgesprochen gern. Sie dachten, Sophie wäre genauso alt wie Jenny, und ich ließ sie in dem Glauben. Mir war klar, dass die Fragerei kein Ende nehmen würde, wenn sie wüssten, dass sie erst fünfzehn war.
Selbst Glen war ganz aus dem Häuschen. Er flitzte durchs Haus und fragte alle naselang: »Wann kommt Sofa endlich?« Obwohl er längst im Bett sein sollte, als es dann an der Haustür klingelte, stand er sofort auf der Matte. Sophie gewann ihn im Handstreich für sich, und er machte ihr das größte Kompliment, indem er sie mit vor die Tür schleppte, um ihr seine Stöckchensammlung zu zeigen.
Ich beobachtete Sophie, als sie mit meinen Eltern redete. Ich selbst kann es nicht ab, wenn ich mit den Eltern einer Freundin bekannt gemacht werde. Egal, wie nett sie sind, man wird immer gewogen, taxiert, ausgelotet. Bist du unsere Tochter auch wert? Natürlich war mir klar, dass meine Eltern jetzt genau dasselbe machten. (Obwohl sie es abstreiten würden.) Ich merkte allerdings sofort, dass sie Sophie mochten. Später beichtete mir Papa sogar, dass sie ihn richtiggehend umgehauen hätte. »Sie wirkt ziemlich nervös, ist aber ein wirklich nettes Mädchen«, meinte Mama.
Nachdem das Verhör abgeschlossen war, ging ich mit Sophie in mein Zimmer. Dort spielte sich normalerweise mein Leben ab. Mit Freunden bin ich grundsätzlich hier oben. Jenny zum Beispiel war schon hunderte Male in meinem

Zimmer. Und immer hat sie ihre Ohrringe bei mir liegen lassen.

Eigentlich ist mein Zimmer eher ein Clubraum als ein Schlafzimmer. Hier kann ich sein, wie ich will. Als Sophie eintrat, verwandelte es sich seltsamerweise wieder in ein Schlafzimmer. Ich war total verlegen und völlig von der Rolle. Sophie setzte sich auf die Bettkante. Die Knie eng beieinander, als hätte sie nicht Jeans an, sondern einen Minirock. Ständig wischte sie sich die Haare aus dem Gesicht. Ich sah sie mir möglichst unauffällig an. Dieser Augenblick kam mir ungeheuer wichtig vor. Ich wusste nur nicht, weshalb.

»Entspann dich, fühl dich wie zu Hause«, sagte ich viel zu laut. Ich brüllte ja beinahe. »Möchtest du was trinken?«

Immer noch nicht besser.

»Ja, das wäre nicht schlecht. Was gibt's denn?« Sophie blickte kurz zu mir hoch.

»Eigentlich hab ich immer ein Fläschchen Wein da.« Das war gelogen. »Sie müsste hier irgendwo – na, wo steckt sie bloß – Augenblick.« Ich tat so, als würde ich den Kleiderschrank durchsuchen. Natürlich wusste ich, wo die Flasche stand. Schließlich hatte ich sie erst vor zwei Stunden im Supermarkt gekauft. »Na bitte, da ist sie ja.« Ich brachte die Flasche und zwei Gläser zum Vorschein. »Magst du Halbtrockenen?«

»Ja, eigentlich egal.«

Mit großer Geste machte ich den Wein auf und schenkte zwei Gläser voll. Ich kostete. »Schmeckt nicht so richtig«, sagte ich. »Viel zu warm, wenn du mich fragst.«

»Meiner ist eigentlich …«, fing Sophie an.
Aber ich war schon halb die Treppe runter, Eis holen.
»So, da wären wir«, sagte ich und ließ ein paar Eiswürfel in ihr Glas klicken. Ich kippte meinen Wein runter, ohne auch nur ansatzweise etwas zu schmecken. Und dann ließ ich meinen Blick auf der verzweifelten Suche nach unterhaltsamen Gegenständen durchs Zimmer schweifen.
Ich zeigte ihr meine Skibrille. Dabei war ich noch nie im Leben Ski gefahren. Wie der letzte Trottel fahndete ich nach Indizien, die meine wilde, ausgefallene und faszinierende Lebensweise belegen könnten.
Dann stieß ich auf mein Spielzeugschwert und meinen Schild. Sofort ergriff Sophie den Schild.
»Den find ich gut«, sagte sie.
»Aber Sophie, du hältst ihn ja vollkommen falsch«, sagte ich. »Ganz dicht am Körper … ja, genauso. So bist du unbezwingbar.«
Sophie grinste mich an. »Gut zu wissen … Ich kann mir richtig vorstellen, wie du damit spielst.«
»Wirklich?« Ich freute mich. Aber peinlich war es mir auch. »Als kleiner Junge war ich supergut damit. Wenn du brav bist, zeige ich dir irgendwann auch noch meinen Helm. Vielleicht.«
Sophie grinste frech. »Welches Mädchen könnte einer solchen Verlockung widerstehen?«, fragte sie.
Geschafft, wir wurden endlich lockerer.
 Wir gingen meine Kassettensammlung durch. Erst zeigte ich ihr die guten Sachen. Dann kramte ich ein paar schräge Nummern hervor. Die muss ich mir gekauft haben, als ich

vier war. Wir saßen mit übergeschlagenen Beinen auf dem Fußboden und lachten uns schlapp über die alten Schwarten, die ich in meiner Sammlung hatte. Plötzlich rief Mama von unten hoch: »Wie kommt ihr mit dem Stück voran, Ben?«

Ich grinste Sophie an. »Bestens!«, rief ich. »Sophie hat jede Menge gute Ideen!« Sie musste kichern.

»Schön, wir gehen demnächst schlafen«, sagte Mama. »Gute Nacht, Sophie. Gute Nacht, Ben.« Ich stöhnte. Einfühlungsvermögen war noch nie Mamas Stärke gewesen.

»Heißt das, dass ich gehen soll?«, fragte Sophie.

»Ach was, bleib hier. Bleib die ganze Nacht – ein ganzes Jahr, so lange du willst.« Dann traf es mich wie ein Schlag. Sie war ja erst fünfzehn. Das vergaß ich andauernd. Sogar wenn ich sie auf dem Schulhof in der kotzgelben Schuluniform sah, kam sie mir vor, als würde sie sich nur verkleiden und so tun, als wär sie erst fünfzehn.

»Was sagen deine Eltern?«, fragte ich.

Sophie zuckte mit den Schultern. Ihre Stimme klang ein wenig unsicher: »Sie haben's nicht so gern, wenn ich spät nach Hause komme. Aber sagen tun sie nichts. Vor allem seit ...« Fast stolz hob sie die inzwischen unbepflasterten Handgelenke. Sie lächelte. »Sie haben Angst, dass sie mich irgendwie nerven könnten. Aber Nick könnte es schon einfallen, Theater zu machen.«

»Du und dein Bruder ...« Ich zögerte.

»Ja.« Sie lächelte matt.

»Ihr kommt nicht besonders gut miteinander klar?«

»Ja und nein«, sagte Sophie. »Wenn wir unter uns sind, ist

alles in Ordnung. Er kann wirklich echt nett sein. Kannst du dir vorstellen, dass er sich meinetwegen manchmal sogar Sorgen macht? Nur wenn Leute dabei sind, ist alles anders. Dann ist es wie ein Wettkampf.« Ein kurzes Lachen. »Er sagt, ich würde immer seine Lorbeeren einstreichen. Keine Ahnung, was er meint.«

»Er hat mir mal erzählt, dass du was mit einem seiner Freunde hattest«, sagte ich.

»Das hat er dir echt erzählt?« Sophie war überrascht. »Na ja, er hat damals eine Riesensache daraus gemacht.« Sie schüttelte den Kopf. »Ein einziges Mal bin ich mit dem weggewesen. Im Kino. Ich fand ihn nicht mal so besonders. Wahrscheinlich hab ich mich geschmeichelt gefühlt, weil, na ja, heute bin ich auch nicht gerade die Dünnste, aber damals war ich einfach zu fett.«

»Ich kenne kein Mädchen, das nicht glaubt, dass es fett ist«, spielte ich ihre Worte herunter.

»Ich war's aber wirklich«, sagte Sophie. »In der Schule ist einmal im Jahr Wiegen angesagt gewesen. Unsere Gewichte wurden in eine Tabelle eingetragen. Und jedes Mal war klar, dass ich ganz oben stehe. Echte Katastrophe. Deshalb war mir an dem Tag immer so schlecht, dass sie mich nach Hause schicken mussten. Das hat allerdings auch nichts genutzt. Die haben trotzdem über mich hergezogen.« Sie lächelte. »Der Wiegetag war immer endlos lang. Wie ein ganzes Jahr. Was hab ich jedes Mal geschwitzt. Allein der Angstschweiß hat mich bestimmt Jahr für Jahr zehn Kilo gekostet.«

»Wahrscheinlich war es der Babyspeck. Außerdem kann ich

dürre Mädchen nicht ab«, sagte ich. »Du hättest mich mal sehen sollen. Ich war früher ein wahres Monster.«
Sie grinste. »Dann hast du dich ja kaum verändert.«
Ich stand auf. »Soll ich dir zeigen, wie ich mich verändert habe? Das Foto trägt allerdings eine Warnung des Gesundheitsministeriums.«
Ich wühlte in einer Schublade. »Ich hab mich verpflichtet, das Teil immer gut zu verstecken«, sagte ich. »Hier – zum Heulen.«
Sophie nahm das Foto. »Deine Klamotten – nicht gerade der letzte Schrei.« Sie musste lachen.
»Na, hör mal, da hatte ich mich extra fein gemacht, für ein Essen beim Schnellimbiss.«
»Ich find sie gut, ehrlich.« Wir lachten.
Dann sagte sie plötzlich: »Kann ich dich mal was fragen?«
»Klar.«
»Habt ihr Kerzen?«
»Weiß nicht. Wieso?«
»Nur so, ich mag Kerzen. Ich finde Kerzenlicht ... einfach schön.«
Sofort war ich auf den Beinen. »Ich hole welche«, sagte ich. Unten im Erdgeschoss konnte ich tatsächlich welche auftreiben. Mamas neugierige Blicke ignorierte ich großzügig. Sophie war zufrieden, als ich mit den Kerzen kam und sie anzündete. »Keine Ahnung, was ich daran so toll finde«, sagte sie. »Das Licht ... es ist so warm. Ich fühle mich immer gleich geborgen und – vertrauter.«

»Ich werd mir einen Kerzenvorrat zulegen.«
Später setzten wir uns dann doch noch auf dem Teppich zu-

sammen, um mein Manuskript zu lesen. Ihre Beine dicht an meinen. Sie war mir ganz nah. Ihre Lippen und ihre tiefgrünen Augen.

Ein Hauch ihres Parfums streifte meine Nase. Selbst wenn ich vierundneunzig wäre und ein Gesicht wie eine Backpflaume hätte – dieser Duft würde mein Herz noch immer zum Rasen bringen. Ganz sicher. Vielleicht würde ich vor Aufregung einem Infarkt zum Opfer fallen. Aber was zum Teufel würde mich das kümmern, wenn mich der Tod auf dem Gipfel der Leidenschaft ereilt.

Jedenfalls konnte ich mich anfangs nicht einmal darauf konzentrieren, was sie sagte.

»Ich hab mir einen Titel ausgedacht«, sagte sie. Wahrscheinlich gefällt er dir ja nicht: *Die Träume rufen.*«

Ich schrieb ihn zwar auf, aber meine Gedanken waren noch immer weit weg. Erst als ich ihn las, wurde ich aufmerksam. »Das ist ein fantastischer Titel.«

»Wirklich?« Sie freute sich.

»Wie bist du denn darauf gekommen?«

»Weiß nicht. Ich hab an den alten Mann gedacht, der dieses Mädchen noch genau so liebte, wie sie vor vielen, vielen Jahren gewesen ist … also mich würde so was umbringen.«

»Am Ende stirbt er ja auch«, sagte ich.

»Aber der Traum – der lässt ihn zurückkehren.«

»Ich habe das Gefühl, dass du mein Stück besser verstanden hast als ich.«

»Es gefällt mir«, sagte sie. »Vor allem der Schluss. Ich finde ihn bewegend.«

»Irgendwie steckst du da mit drin«, sagte ich, ganz sanft.

»Bin ich – du meinst – das Mädchen, Sophie – und das alles?«
»Natürlich nicht ganz«, murmelte ich.
»Wow, wenn das kein Kompliment ist«, flüsterte sie. Dann streckte sie sich nach ihrem Glas, nahm das letzte Stückchen Eis in den Mund und lutschte es. Wenn andere Mädchen so was machen, finde ich es kindisch. Bei Sophie wirkte es eher anziehend und liebenswert auf mich.
»Stimmt«, sagte sie nachdenklich, »die Sophie im Stück ist ja blond.«
Ich zuckte mit den Schultern. »Das hat nichts zu bedeuten.«
»Nein«, stimmte Sophie zu. »Ich find es toll, dass du so was schreiben kannst. Es wird ein wunderbares Stück werden.«
»Wenn du vorne mit draufstehst, sicher«, sagte ich.
Verwundert sah sie mich an. »Wieso das denn?«
»Weil du den Titel gefunden hast. Dein Name muss unbedingt genannt werden.« Unter meinen Namen schrieb ich: »Mein besonderer Dank gilt Sophie Doyle.«
»Nein, nicht«, sagte sie. »Ich bin auch ohne das froh, wenn ich helfen konnte.«
»Zu spät.« Ohne den Blick von meinem Manuskript zu heben, sagte ich leise: »Schon passiert. Ich will, dass dein Name auch draufsteht, mit meinem ... und ich möchte, dass du nächste Woche mit zur Theater-AG kommst. Ich brauche dich dort. Bitte.«
»Wirklich?« Ihre Stimme versagte beinahe. »Gut, Ben, ich werde da sein.«

Später brachte ich sie nach Hause. »Rufst du mich an?«, fragte ich sie vor ihrer Haustür.

»Wann?«, fragte sie.
Nur ein Wort. Aber es hörte sich an, als würde es für sie nichts Wichtigeres geben, als mich so schnell wie möglich wieder zu sehen.
Blöderweise gab ich die falsche Antwort: »Wann du willst.«
Den ganzen Nachhauseweg überlegte ich, ob das nicht zu unverbindlich gewesen war. »Sobald du kannst«, hätte ich sagen müssen.
Fast hätte ich sie sofort angerufen, um meinen Fehler zu korrigieren. Aber es war inzwischen zwei Uhr morgens. Ich ging in mein Zimmer. Manchmal hab ich das Gefühl, mir mein Zimmer zurückerobern zu müssen, wenn jemand bei mir gewesen ist. Nicht in dieser Nacht. Ich setzte mich aufs Bett. Die Kerze flackerte noch vor sich hin. Und Sophies Duft war noch im Raum … ganz sicher. Sogar ihre Worte hingen noch in der Luft: »Ich find es toll, dass du so was schreiben kannst. Es wird ein wunderbares Stück werden.« Und sie hatte dicht neben mir auf dem Teppich gesessen. Ich war nicht allein in meinem Zimmer. Sie war da.
Sophie meldete sich bereits am folgenden Tag. Wir verabredeten, dass sie mit zur Theater-AG kommen würde. Als wir in die Aula kamen, wurde es unruhig. Was hatte diese Fünfzehnjährige in der Theater-AG der Abschlussklasse zu suchen? Manche Leute reagieren aber auch wirklich dämlich. Als Ernie mich nach meinem Stück fragte, ging ich ausführlich darauf ein, welche Stellen ich aufgrund von Sophies Vorschlägen verbessert hatte. »Ohne ihre Hilfe und ohne ihre Ideen«, sagte ich, »würde es vermutlich kein Stück geben. Ich möchte, dass ihr das wisst.«

Ich sah zu Sophie. Sie hatte verkrampft die Arme um sich geschlungen. Trotzdem war ich absolut sicher, dass sie sich freute.

Das Stück selbst kam ausgesprochen gut an. Sie waren richtig begeistert.

»Es ist ganz anders geworden, als ich es von dir erwartet habe«, sagte Vanessa. Das zeigte nur, wie wenig sie mich eigentlich kannte.

Ernie machte ein paar Verbesserungsvorschläge – hauptsächlich Kürzungen. Es war vier Minuten zu lang geworden. Er betonte allerdings, dass mein Stück über »ein ungeheures Potenzial« verfüge. Er wollte es unbedingt beim Wettbewerb einreichen.

Und da hatte ich die Idee meines Lebens. Ich wunderte mich nur, warum ich nicht schon früher drauf gekommen war.

4

Sophies große Chance

4

Ich wollte Sophie noch am selben Abend von meiner Idee erzählen. Bis jetzt war sie noch nie auf Windmill Hill gewesen, doch es war einfach der ideale Ort für das, was ich ihr eröffnen wollte. Aber zunächst nahm das Geschehen eine völlig andere Richtung. Meine Eltern ließen zu Hause eine Bombe platzen. »Wir haben überraschende Neuigkeiten für dich«, sprach mich Papa an. »Deine Mama ist schwanger.«

Ich hatte es schon das letzte Mal als Katastrophe empfunden. Als Glen zur Welt kam, herrschte nur noch Aufruhr und Durcheinander. Das ganze Haus war von penetrantem Babygeruch erfüllt. Ganz zu schweigen von den vielen Extrajobs, mit denen ich betraut wurde. (Keine Sorge, Ben macht das schon.)

Ich fragte mich, ob sie inzwischen nicht auch ein bisschen zu alt waren, um Babys zu bekommen? Mama mit ihren vierzig und Papa mit seinen einundvierzig Jahren. Eigentlich bin ich allmählich dran. Jedenfalls hatte ich sofort das Gefühl, sie würden mir etwas wegnehmen. Babys gehören zur jungen Generation. Meine nächste Sorge war, was aus meinem Zimmer würde. Der Geburtstermin war für Ende

August errechnet. Es gab drei Schlafzimmer in unserem Haus. Es schien ihnen ins Konzept zu passen, dass ich im September zur Uni wollte. Und wenn ich Weihnachten nach Hause käme, wäre mein Zimmer belegt.

Meine Eltern schien die ganze Sache allerdings total happy zu machen. Als sie Glen erzählten, »da wächst ein Baby in Mamis Bauch«, ging er hin, küsste ihren Bauch und sagte: »Hallo, Baby.« Alle freuten sich. Nur ich nicht. Mir blieb nichts anderes übrig, als meine unguten Gefühle runterzuschlucken, bis ich Sophie traf. Erst als wir auf Windmill Hill beieinander saßen, konnte ich mir meine miese Laune von der Seele reden. Es war erleichternd. Sie unterbrach mich nicht ein einziges Mal. Sie hörte einfach nur zu. Als ich fertig war, sagte ich: »Toll, deine Geduld. Muss ja stinklangweilig für dich gewesen sein.«

»Nein, wieso denn?«, sagte sie. »Ich freu mich, dass du mir das alles erzählt hast. Vor allem – ich glaube eben, dass du nicht unbedingt gerne über dich redest. Du magst es nicht, wenn jemand tiefer blickt. Es gibt wohl nicht viele Menschen, denen du über den Weg traust. Stimmt's?«

Ich war von den Socken. »Hm, vermutlich hast du Recht.«

»Mir geht's genauso«, sagte Sophie.

»Traust du überhaupt jemandem?«, fragte ich.

Sie zögerte.

»Traust du mir?«, fragte ich weiter.

»Ja, dir trau ich«, sagte sie ruhig.

»Ach was, das sagst du jetzt bloß«, sagte ich halb ironisch. »Du lässt mich doch auch nicht hinter deine Fassade gucken.«

Sie ließ sich auf meinen lockeren Ton ein. »Mal sehen. Vielleicht doch.« Dann meinte sie: »Frag mich was. Egal, was.«
»Jetzt – sofort?«
»Ja, mach schon.«
Logisch, dass mir nichts einfiel. »Also gut, wann hast du gemerkt, dass du mich liebst? Nein, halt, antworte nicht«, sagte ich schnell. »War nur ein Witz. Aber pass auf, jetzt weiß ich was. In deinem Zimmer hängt nur ein einziges Foto an der Wand. Ein ziemlich altes. Das mit der lächelnden Frau. Ist das deine Großmutter? Tolle Frage, was?«
»Umwerfend. Und sie ist nicht mein Großmutter.«
»Wird ja immer geheimnisvoller.«
»Ach was, sie …« Sophie zögerte vielleicht eine Sekunde. »Man könnte sagen, ich hab sie adoptiert.«
Ich sah sie fragend an. »Jetzt bin ich aber echt gespannt.«
»Also – bevor wir umgezogen sind, haben wir in der Nähe eines Altenheims gewohnt. Eine meiner Freundinnen hat mit ihrer Mutter regelmäßig die alten Leute besucht. Irgendwann bin ich mal mitgegangen. Wir sollten den alten Damen etwas vorlesen. Ich setzte mich zu einer Frau, ganz hinten in einer Ecke. Kaum hatte ich angefangen zu lesen, schloss sie die Augen. Ich stand auf und wollte wieder gehen, da schlug sie rasch die Augen auf und sprach mich an. Sie fragte, woher ich meine Jacke hätte. Sie würde ihr so gut gefallen. Dann haben wir uns unterhalten. Obwohl sie sehr klein und gebrechlich war, hatte sie fröhliche Augen und interessierte sich für alles, was ich ihr von mir erzählte. Nora – so heißt sie. Ich hab sie wirklich oft besucht.
An einen Besuch, es war ein Feiertag, kann ich mich beson-

ders gut erinnern. Eigentlich hatte ich gedacht, im Altenheim würde es vor Besuchern nur so wimmeln. In Wirklichkeit tauchte keine Menschenseele auf. Nicht ein einziger Angehöriger. Wie sonst auch saßen die alten Frauen in ihren Stühlen ... wie Gefangene. Das Heim hat noch trostloser gewirkt als sonst. Darf gar nicht mehr daran denken.« Gedankenverloren starrte Sophie in die Weite.

»Als ich ihr erzählte, dass wir wegziehen, hat sie mir das Foto geschenkt. Sie wollte unbedingt, dass ich es annehme.« Sophie sah mich an. »So, jetzt bist du dran. Erzähl mir was von den alten Menschen in deinem Leben.«

Ich überlegte. »Ich hatte meinen Großvater sehr gern. Vor allem, weil er an der See wohnte. Als er gestorben ist, muss ich so um die zehn gewesen sein. Trotzdem kann ich mich noch gut an ihn erinnern. Ganz besonders an unsere nächtlichen Spaziergänge am Strand. Er hat Geschichten von Seeungeheuern erzählt, die bei Flut an Land gespült würden. Mithilfe ihrer magischen Kräfte könnten sie aber wieder ins Meer zurück, ohne auch nur eine einzige Spur im Sand zu hinterlassen ...«

Der Mond kam hinter den Wolken vor. Ich hörte auf zu reden. Sophies Haare leuchteten. Sie schienen sanft zu glühen. Ich beugte mich zu ihr und küsste sie auf die Wange. Vorsichtig tasteten meine Lippen nach ihren. Das war schon beinahe ein Kuss. Ich küsste sie noch einmal. Auf den Mund. Ich öffnete – wie Sophie auch – vorsichtig die Lippen, ein langer Kuss trug uns fort, bis mir auffiel, dass sie zitterte.

»Ist dir kalt?«, fragte ich.

»Nein, eigentlich nicht.«

Ich legte meinen Arm um sie, und sie lehnte sich an mich.

»Sophie«, flüsterte ich.

»Was?«

Ich war nicht ganz sicher. Ich wusste nur, dass ich ihr etwas Überwältigendes sagen wollte. »Du bist die Beste«, flüsterte ich.

»Und du bist der Beste«, erwiderte sie leise.

Und dann eröffnete ich ihr meine tolle Idee.

Nächste Woche sollte darüber entschieden werden, wer welche Rolle in meinem Stück bekam. Der Gedanke, während der wochenlangen Proben ohne Sophie sein zu müssen, war mir unerträglich. Ich musste sie bei mir haben. Erst hatte ich daran gedacht, dass sie so eine Art Beraterfunktion übernehmen könnte. Doch dann war es mir blitzartig durch den Kopf geschossen. Weshalb sollte Sophie nicht Sophie Stevens sein? Es war keine große Rolle und die beiden Szenen sollten auf Video aufgenommen werden. Schon deshalb spielte es keine Rolle, dass Sophie noch nie Theater gespielt hatte. Und außerdem wollte ich mit ihr üben. Ich selbst war ein ziemlich sicherer Kandidat für die Rolle des alten Mannes. In der letzten Szene würden Sophie und ich also gemeinsam auftreten, in Schwarzweiß auf dem Fernsehbildschirm. Langsam würden wir in Richtung Happyend verschwinden. Sophie musste diese Szene spielen. Eine andere Besetzung kam für mich nicht in Frage.

»Morgen wird über die Rollen für unser Stück gesprochen«, sagte ich. »Ich werde vorschlagen, dass du mitspielen sollst.«

Sie setzte sich gerade. »Ich, wieso das denn?«
»Natürlich weil ich denke, dass du ein totaler Reinfall sein wirst. Dreimal darfst du raten.«
»Was hab ich mit der AG von der Abschlussklasse zu tun?«
»Das ist doch egal. Was zählt, ist doch nur, dass du die beste Besetzung für Sophie bist.«
»Ich hab noch nie Theater gespielt«, sagte Sophie. Sie schnappte nach Luft.
»Umso besser«, sagte ich.
»Find ich gar nicht. Ich krieg garantiert Lampenfieber.«
»Deine Szenen werden alle auf Video aufgenommen.«
»Wirklich?« Eine Pause entstand. »Nein, ich weiß wirklich nicht, ob ich das kann.«
»Bestimmt kannst du das. Glaub mir. Ich habe ein Gespür für so was – außerdem helfe ich dir. Komm schon.«
»Ich weiß nicht.«
»Du sprichst einfach vor. Und wenn du durchfällst – was soll's, dann bekommst du die Rolle eben nicht. Ich bin aber absolut sicher, dass du es schaffst. Du verstehst dieses Mädchen. Schließlich hast du selbst mit an ihren Worten gefeilt.«
»Hab ich das? Ich weiß nicht, ob ich 'ne große Hilfe war.«
»Erzähl keinen Unsinn. Ohne dich hätte ich das Stück nie schreiben können. Und wenn du nicht darin auftrittst, wird es ganz bestimmt nicht gut.«
»Meinetwegen«, sagte sie endlich. »Ich versuch's. Du darfst
 aber nicht enttäuscht sein, wenn ich es nicht schaffe.«
In der Theater-AG am nächsten Tag bildeten wir einen großen Kreis. Ernie gab bekannt, wer seiner Ansicht nach für

welche Rolle in Frage kam. Drei Jungen (außer mir gab es nur drei) sollten die Rolle des Alex vorsprechen. Ich war der Einzige, den er für die Rolle des Alten nannte.
»Es ist deine Rolle, Ben«, sagte Ernie.
Da es mein Stück war, war die Gruppe damit einverstanden, dass ich mir eine Rolle aussuchen durfte.
Die Katie wollten sechs Mädchen spielen – einschließlich Vanessa. Und fünf wollten die Rolle der Sophie Stevens. Ganz zuunterst stand Sophie auf Ernies Blatt. Andrea Carter legte sofort Protest ein. Damit hätte ich rechnen müssen. Sie war schon immer zickig. Ständig rauschte sie wegen lächerlicher Kleinigkeiten beleidigt davon.
»Wieso steht da eine drauf, die nicht im Abschlussjahr ist?«, wollte sie wissen.
»Weil ich darum gebeten habe«, sagte ich in aller Ruhe.
»Und warum?«
»Warum nicht? Ich dachte immer, unsere Theater-AG sei für andere Leute offen. Ich will nur, dass Sophie eine Chance zum Vorsprechen bekommt.«
»Vielleicht sollten wir abstimmen«, sagte Ernie.
»Find ich fair«, sagte Andrea.
Richtig, das war fair. Und ich bin grundsätzlich ein engagierter Verfechter der Demokratie. Gleichzeitig war mir klar, dass ich eine Abstimmung verlieren würde. Deshalb sagte ich: »Nein. Ich werde nicht darüber abstimmen. Es ist mein Stück. Wenn Sophie nicht mal vorsprechen darf, ziehe ich es zurück.«

Betretenes Schweigen. Ich war selbst ganz erschrocken, fühlte mich allerdings in diese extreme Position gedrängt.

»Das kannst du nicht machen«, sagte Andrea.

»Doch«, sagte ich. In einem Versuch, mich zu rechtfertigen, fügte ich hinzu: »Du vergisst, dass es ohne Sophie kein Stück geben würde.«

»Sie ist nicht in der Abschlussklasse«, quäkte Andrea.

»Na und? So was nenn ich Altersdiskriminierung.« Ich blickte kurz zu Ernie. Mit solchen Wortschöpfungen ließ er sich gerne ködern. Er wollte immer »in« sein, und die Theater-AG war für ihn »kein elitärer Club, sondern ein Geisteszustand«.

Andrea funkelte mich an. »Nur weil es dein Stück ist, müssen alle andern vor dir buckeln und zu allem Ja und Amen sagen.« Dann wandte sie sich ab. Sie flüsterte ihrer Nachbarin etwas zu. So laut, dass es alle hören konnten. »Es ist ja bekannt, was man auf der Couch des Regisseurs alles erreichen kann.«

Das war eine niederträchtige Gemeinheit. Ich funkelte sie an. Ich hasse Menschen, die über mich herziehen, selbst wenn ich – wie im Fall von Andrea Carter – nicht einen Funken Respekt für sie übrig habe. Und dass sie auch noch Sophie mit reingezogen hatte, war wirklich das Letzte. Ich konnte mich nicht erinnern, in den letzten Jahren jemanden so gehasst zu haben wie Andrea Carter. Aber ich konnte mich beherrschen und blickte unbeteiligt in die Gegend.

»Ich glaube nicht, dass uns dieser Kommentar weitergeholfen hat«, sagte Ernie.

Vanessa brachte wieder Ruhe in die Diskussion. »Ich finde, Sophie sollte vorsprechen«, sagte sie. »Immerhin hat sie einiges mit der Entstehung des Stücks zu tun.«

Ich sah dankbar zu ihr hinüber.

»Dann würde ich gerne einen Vorschlag machen«, sagte Ernie. »Wir anerkennen Sophies Hilfe zu diesem Stück, indem wir sie vorsprechen lassen. Als zusätzliches Entscheidungskriterium wollen wir von allen Bewerberinnen eine kleine Improvisation sehen.«

»Gute Idee«, sagte Laura. Ihr Wort gilt etwas in der Gruppe. Und plötzlich konnten wieder alle lächeln. Ich wusste, was in ihren Köpfen vorging. Sie hatten schon oft improvisiert. Sie machten das jede Woche. Sie glaubten im Vergleich zu Sophie im Vorteil zu sein. Wir würden es ihnen trotzdem zeigen. Mit ein bisschen Übung konnte Sophie sie alle in die Tasche stecken, bevor sie auch nur den Mund aufmachten. Sie war ein Naturtalent.

»Ich finde es einfach nicht in Ordnung, dass er die Schauspieler aussucht«, sagte Andrea und zeigte auf mich.

»Wir wählen die Schauspieler gemeinsam aus«, erwiderte Ernie überraschend scharf. »Wir werden die Auswahl gemeinsam treffen.«

Damit glätteten sich die Wogen ein wenig. Es war allerdings immer noch Getuschel zu hören. Vor allem aus Andreas Ecke. Aber die erste Runde war gewonnen. Sophie durfte vorsprechen. In meinem Innern tobten zwiespältige Gefühle. Einerseits war ich begeistert, andererseits war ich jetzt angreifbar. Ich fühlte mich nackt und ziemlich einsam. Als sie mein Stück das erste Mal gelesen hatten, war ich ihr Held gewesen. Jetzt hatte ich mich selbst abgeschossen. Ich war nur noch der Egozentriker, der versucht, seine kleine Freundin in die Aufführung einer Theater-AG des Ab-

schlussjahrganges zu hieven. Mir war heiß, und es war absehbar, dass es mir noch sehr oft heiß werden würde. Trotzdem, der Preis war nicht zu hoch. Jedenfalls nicht, wenn ich mir die katastrophale Alternative vor Augen hielt.
Nach der AG kam Vanessa zu mir. Ich dankte ihr für ihre Unterstützung. »Ich hab schon befürchtet, dass alle gegen mich sind.«
»Oh, armer Ben«, sagte Vanessa und nahm mich kurz ihn den Arm.
»Kapiert denn keiner, dass ich Sophie nur dabeihaben will, weil sie einfach wie geschaffen ist für diese Rolle?«
»Mhm«, machte Vanessa, mit den Gedanken ganz woanders. Sie sah mich nachdenklich an. »Wenn sich für mich jemand so eingesetzt hätte wie du dich für Sophie – ich wär auf Wolke sieben. Dein Stück gefällt mir übrigens wirklich supergut. Und ich glaube, dass ich die Rolle der Katie verstehe. Ich hab da so eine Theorie, was die Figur betrifft. Ich erzähle sie dir bei Gelegenheit. Aber echt, dein Stück ist gut, und ich würde wirklich gern mitspielen. Das soll jetzt kein Wink mit dem Zaunpfahl sein.« Sie lachte.
»Ach was, woher denn?« Ich lachte auch.
»Nein, im Ernst, so was wie die Aufführung wäre im Moment genau das Richtige für mich. Mit meinem Stiefvater rede ich kaum noch ein Wort und Nick – ich könnte ihn in Stücke lieben, aber er ist immer ganz woanders. Manchmal ersticke ich fast daran. – Ich glaube, du fehlst ihm. Er redet zwar nicht darüber, aber ich glaub es trotzdem.«
Ich lächelte verlegen. Dann sagte ich: »Erzähl Sophie bitte nichts von dem Theater heute.«

»Natürlich nicht«, antwortete Vanessa. »Kann aber gut sein, dass sie es selbst rausfindet. Kennst ja den Schulklatsch.«
Natürlich kam es Sophie tatsächlich zu Ohren.
Wir waren in meinem Zimmer, die Kerzen brannten, da meinte sie: »Die Theater-AG will mich nicht, stimmt's?«
»Wie kommst du denn darauf?«
»Ach, Ben, stimmt doch.«
»Ja, ein paar ...«
»So ungefähr die ganze AG.«
»Überhaupt nicht wahr. Vanessa ist für dich.« Ich überlegte.
»Eine.« Sie lachte. »Wahnsinn.« Dann sagte sie: »Man kann ihnen keinen Vorwurf daraus machen. Ich gehöre ja nicht mal zur AG.«
»Du hast mir beim Schreiben geholfen.«
»Doch nicht wirklich.« Sie drehte sich weg. »Ich hab es gelesen und ein paar winzige Vorschläge gemacht – das war doch nichts. Und jetzt kommen alle aus meiner Klasse und löchern mich: ›Stimmt es, dass jemand ein Theaterstück über dich geschrieben hat? Und du spielst sogar selbst mit?‹ Allmählich leide ich unter Verfolgungswahn.«
»Wieso?«
»Weiß nicht. Weil alle so viel von mir erwarten – so gut bin ich nicht. Wirklich nicht.«
»Du willst alles hinschmeißen, nur weil ein paar Leute neidisch sind?« Mein Kopf dröhnte. »Meinetwegen, soll doch Andrea die Rolle spielen und das ganze Stück kaputtmachen ... Dann stellt sich allerdings die Frage, warum ich

noch hingehen und es mir ansehen soll.« Wütend stand ich auf. »Weißt du, dass du mir heute auf den Geist gehst?«
Sie starrte mich an. »Warum?«
»Weil du Talent hast und nichts daraus machen willst, weil du Schiss davor hast, was die anderen sagen.«
»Stimmt doch gar nicht«, sagte sie mit überraschender Schärfe. »Ich mache, was ich will. Und da redet mir keiner rein. Keiner.« Dann sah sie zu mir hoch. Ich hielt ihrem Blick stand. Halbe Ewigkeiten vergingen. »Also gut«, sagte sie schließlich leise.
»Du musst nicht.«
»Richtig. Ich will aber.«
»Und wenn diese Neider wieder ihre Mäuler aufreißen – wenn sie ...«
»Mir egal«, sagte sie und zuckte mit den Schultern. »Du bist sowieso der Einzige, von dem ich mir was sagen lasse.«
In dem Augenblick empfand ich so viel für Sophie, dass mir die Luft wegblieb. Und gleichzeitig hatte ich Angst. Zum ersten Mal in meinem Leben war mir ein anderer wichtiger als ich selbst. Bevor ich Sophie begegnet war, war ich wohl eher der Ego-Typ. Ich weiß noch, wie ich einmal in die Stadt gegangen bin, um Mama ein Geburtstagsgeschenk zu besorgen. Am Ende hatte ich mein Geld für mich ausgegeben.
In den Tagen vor der Sprechprobe gab es nur noch eins: Ich arbeitete jeden Abend mit Sophie an ihrer Rolle. Sie hatte den Text schnell drauf, und ihre Stimme war gut. Nur ihr Gang machte mir Sorgen. Ihr Gang ist das Einzige, was mir an Sophie nicht so sehr gefällt. Sie bewegt sich ein bisschen plump, vielleicht sogar ein wenig tapsig. So schonend wie

möglich hab ich ihr gesagt, dass sie versuchen soll, sich langsamer und eleganter zu bewegen. Außerdem haben wir Improvisationen gemacht. Sophie war dabei manchmal so witzig, dass wir uns halb krummlachten.
Dann war es so weit. Am Valentinstag war Vorsprechen. Ich betrat den Saal. Alle anderen waren schon da – nur Sophie fehlte. In der Schule hatte ich den ganzen Tag versucht, sie zu sehen. Wir hatten zwar grundsätzlich vereinbart, in den Pausen nicht miteinander zu reden, aber an so einem besonderen Tag wollte ich ihr wenigstens viel Glück wünschen. Ob sie Angst bekommen hatte? War ihr doch alles zu viel geworden? Endlich ging die Tür auf, und sie kam herein. Als sie auf mich zusteuerte, stotterte ich: »Deine Haare.«
»Ja, genau.« Sie lächelte. »Wollte mal was Neues ausprobieren. Wie findest …«
»Wahnsinn«, fiel ich ihr ins Wort. Und das war untertrieben. Oft sieht es ziemlich daneben aus, wenn Mädchen sich blond färben, weil es überhaupt nicht zu ihnen passt. Sophie wurde dadurch nur noch schöner. Sie wirkte geheimnisvoller, älter. Sie hätte glatt für zwanzig durchgehen können.
Ich sagte: »Jetzt bist du endgültig *Sophie.* Ich meine die Sophie aus dem Stück.«
»Mama hat mich für verrückt erklärt«, sagte sie. »Aber ich hatte einfach Lust drauf.«
Ich gab ihr die Hand. »Du bist die Beste«, sagte ich leise.
»Und du der Beste«, flüsterte sie zurück.
Dann kam Ernie und meinte, wir würden mit ein paar Im-

provisationen anfangen und anschließend die Rollen vorsprechen. Gestern Abend hatte Sophie meine Frage, ob sie nervös wäre, lachend abgewehrt. Jetzt saß sie mit krauser Stirn voll konzentriert auf ihrem Platz und kaute an ihrer Lippe. Wie ein kleines Mädchen vor dem Zahnarzttermin. Wie gern hätte ich ihr jetzt den Arm um die Schultern gelegt und ihr noch einmal gesagt, dass ich sie und keine andere in dieser Rolle haben wollte.

In der Improvisation sollte eine Zugfahrt dargestellt werden. Ernie verteilte die Rollen. Sophie sollte so eine nervige Ziege darstellen, die sich über einen Raucher im Nichtraucherabteil aufregt. Anfangs war sie zu leise und bewegte sich hölzern. Aber je länger sie spielte, desto sicherer wurde sie, und am Ende hatte sie sogar ein paar Lacher. Meiner Ansicht nach hatte sie das ganz gut hingekriegt.

Im Anschluss daran kam das Vorsprechen. Andrea war fürchterlich. Sie brüllte die Rolle. Voll daneben. Sie als Sophie? Das ganze Stück wäre im Eimer gewesen. Sophie sprach als Letzte vor. Sie kaute am Daumennagel, als sie auf die Bühne trat. Ich versuchte, ihr Zeichen zu geben, dass sie das lassen soll. Ernie hat nämlich ein Auge für solche Kleinigkeiten. Aber dann spielte sie ihre Szene: Ihr Geliebter ist tot, ihre Angehörigen haben ihr gerade gesagt, dass sie ihn vergessen soll. »Ich soll ihn vergessen?«, sagte Sophie. Ihre Stimme zitterte kaum hörbar. Dann fuhr sie voller Verachtung fort: »Sie wissen nicht, was sie reden …«, sie hob ihre Stimme, wie ich es mit ihr einstudiert hatte, und dann kam etwas, was ich in meinem eigenen Text vorher selbst nie so stark empfunden hatte: abgrundtiefe Verzweiflung. »Ihn vergessen, hieße, mich selbst zu verleugnen.« Man musste sich vorbeugen, um die letzten Worte noch wahrnehmen zu können: »Ich werde warten … nie werde ich aufhören, auf dich zu warten.«

Ich starrte sie an, stellte mir vor, dass sie diese Worte bald für die Videoaufnahme sprechen würde. Die ganze Zeit würden wir zusammen sein, um dann in der Schlussszene gemeinsam in der Ferne zu verschwinden. Eines fernen Tages würden wir das Video unsern Enkelkindern zeigen. Natürlich wusste ich, dass das alles gesponnen war. Aber eines war sicher, sie würde verdammt noch mal diese Rolle ganz fantastisch, umwerfend und wunderbar spielen.

Ernie und ich gingen zur Beratung in sein Büro, das etwa so groß wie ein Wandschrank ist. An den Wänden hängen ein paar Theaterplakate, die sich jederzeit lösen und auf den Teppich segeln können. Wie immer hing ein bemerkenswerter Schweiß-Tabak-Geruch in der Luft. Das war allerdings nicht der Grund dafür, dass mir allmählich schlecht wurde.

Es waren die Nerven, und es waren die Selbstvorwürfe, die an mir nagten. Es war mein Stück, MEIN THEATERSTÜCK! Und trotzdem war es mir vollkommen gleichgültig, wer *Alex* und *Katie* spielen würde. Ich konnte nur noch an eines denken …

»Und jetzt die Rolle der *Sophie*«, sagte Ernie. Zack, war ich wieder hellwach. »Ich finde, beim Vorsprechen haben sich zwei deutlich von den andern abgehoben«, fuhr er fort. »Sophie und Emma.«

EMMA. Ich musste zugeben, sie vollkommen verdrängt zu

haben. »Emma war ganz gut«, sagte ich langsam. »Aber sie hat keinen bleibenden Eindruck auf mich gemacht.«

»Mhm«, brummte Ernie nachdenklich. »Für mich hat sich Emma sehr gut bewegt, sehr grazil. Sophie war ein wenig schwerfällig. Vor allem bei den Improvisationen. Stimmtraining braucht sie auch noch. Aber trotzdem …« Er schwieg einen Moment. »Insgesamt war Sophie bemerkenswert.«

Ich sah zu ihm rüber und fühlte eine kumpelhafte Zusammengehörigkeit, die ich sonst nur spüre, wenn ich einem anderen Fan der *Tottenham Hotspurs* begegne. Ihm ging es anscheinend genauso. Ich konnte mich nicht mehr zurückhalten: »Für mich war sie total spitze. Sie war *Sophie*.«

Warum konnte ich nicht einfach meine Klappe halten? Ich hätte mich prügeln können.

Ernie sah mich freundlich besorgt an. »Du willst Sophie in der Rolle haben?«, fragte er vorsichtig.

Direkt nach Ernies Bekanntgabe der Rollenverteilung kam Sophie zu mir. »Mann, war ich nervös. Ich wollte dich einfach nicht enttäuschen.«

»Das hast du auch nicht«, sagte ich. »Ganz bestimmt nicht.«

Wir lächelten uns an. »Ohne dich«, sagte Sophie, »und ohne die Nachhilfestunden abends in deiner Bude …« Sie grinste frech. Dann sagte sie leise: »Ich hab das alles dir zu verdanken.«

»Verlass mich nicht«, sagte ich. »Dann wirst du bestimmt ein Star, und irgendwann kannst du dich vor Autogrammwünschen nicht mehr retten.«

Damit war die Unterhaltung beendet, weil *einige* (man beachte die Hervorhebung) Sophie gratulierten. Vanessa schloss Sophie in die Arme. Dann lächelte sie mich traurig an. Mir war klar, dass sie enttäuscht war, weil sie nicht die *Katie* spielen durfte.

»Die Entscheidung war echt knapp«, sagte ich. Vanessa hatte sich wirklich gut geschlagen. Ernie war jedoch der Ansicht gewesen, Laura würde auf der Bühne mehr Persönlichkeit zeigen. Deshalb kam sie zum Zuge.

»Vielleicht hätte ich es mit ein paar deiner Nachhilfestunden auch geschafft«, sagte Vanessa, als wäre es ein Witz. Aber niemand lachte. Sie schien zu glauben, ich hätte sie im Stich gelassen. Hätte ich ihr etwa die Rolle zuschanzen sollen, nur weil wir befreundet waren? Sophie hatte ihre Rolle bekommen, weil sie besser als die andern war. Das hatte nichts mit Beziehungen zu tun. Vanessa würde das schon begreifen. Vanessa seufzte. »Ich weiß ja nicht mal, ob ich die Rolle angenommen hätte. Ich habe zurzeit so viel zu tun.« Am Ende dieser Sitzung meldete sich Vanessa von der Theater-AG ab. Und außer ihr noch zwei weitere Mädchen. Es gab dann keine Gelegenheit mehr, mich mit Sophie zu unterhalten, weil sie kurz darauf mit Vanessa wegging. Chauffeur Nick hatte ergeben auf die beiden gewartet. Sein Angebot, bei ihnen mitzufahren, lehnte ich ab. Ich versprach Sophie, sie später anzurufen. Aber vorher hatte ich noch etwas Wichtiges zu erledigen.

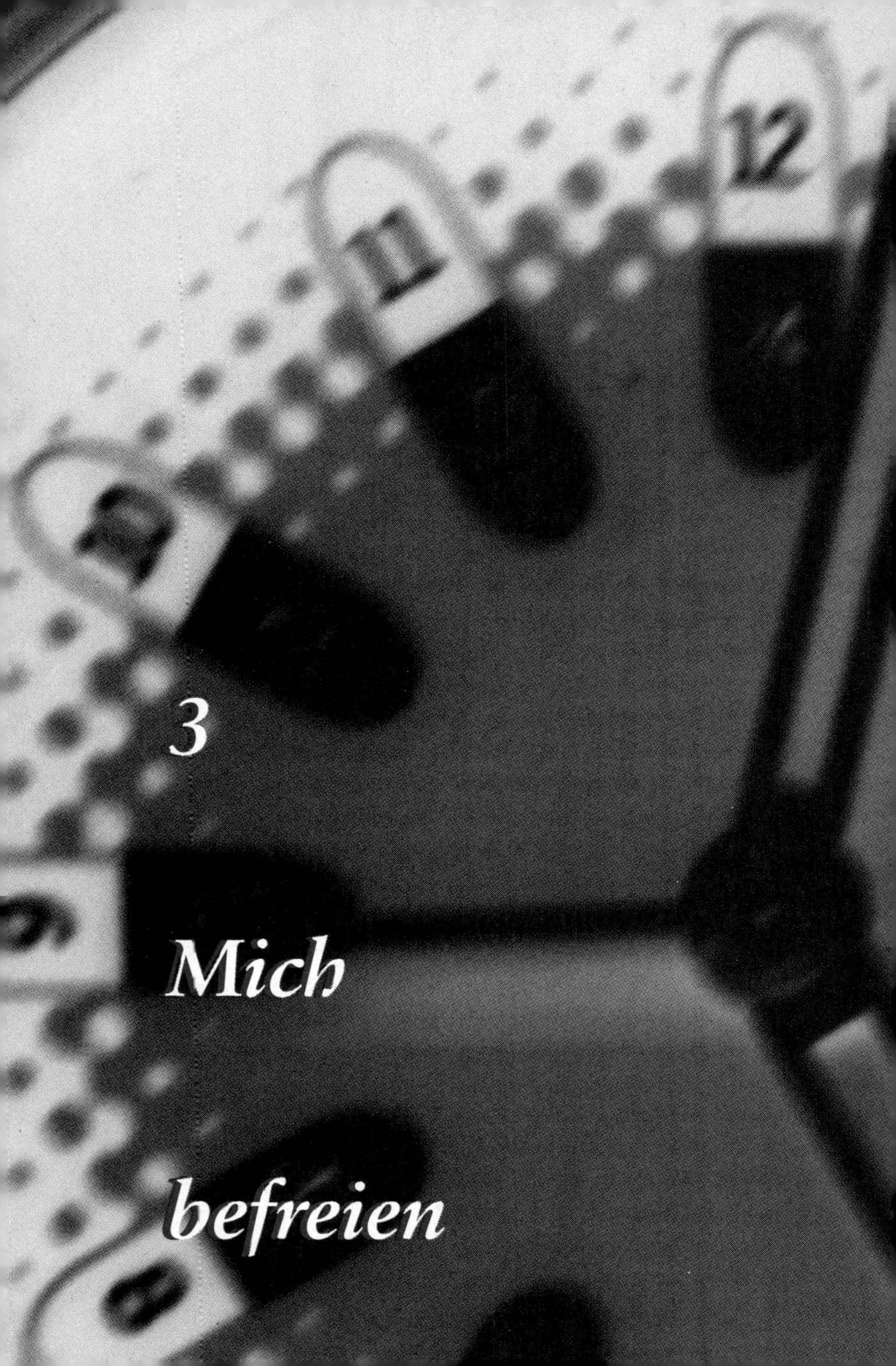

3

Mich befreien

3

Außer mir befanden sich noch zwei Typen im Blumengeschäft. Wir musterten uns gegenseitig aus den Augenwinkeln. Uns allen war die Umgebung nicht ganz geheuer. Nur so extreme Notfälle wie ein Valentinstag zwangen unsereinen, hierher zu kommen.

Ich erinnerte mich an das Aufsehen, das Ryan mit seinen Rosen für Sophie erregt hatte. Um ihr zu zeigen, wie sehr ich sie liebte, wollte ich ihr zwölf rote Rosen schenken. Aber dann hatte ich noch eine bessere Idee: Elf rote und eine weiße Rose würden erstens zeigen, wie viel größer meine Liebe im Vergleich zu Ryans war. Und zweitens konnte Sophie diese Zusammenstellung als eine Art Herausforderung verstehen, sich ein klein wenig mehr zu bemühen.

Ich ging eilig nach Hause und betete, dass mich keiner sah; mit den Blumen kam ich mir ziemlich spießig vor. Ich wollte die Rosen auf mein Bett legen und daneben eine Karte: »Herzlichen Glückwunsch, dass du *Sophie* bist. In Liebe, Ben.« Sie würde die Doppeldeutigkeit schon verstehen.

Ich hatte gerade unsere Auffahrt erreicht, da kam prompt Papa mit dem Auto. Er grinste schon beim Aussteigen.

»Für mich, Ben? Das wäre doch nicht nötig gewesen.«
Mir war's nur peinlich. »Ich hab sie für Sophie besorgt. Sie hat eine Rolle in meinem Stück bekommen«, sagte ich, den Blick fest auf unsere gepflasterte Auffahrt gerichtet.
»Schön, wirklich sehr schön«, sagte Papa. Er grinste noch mehr. »Aber – bist du nicht selbst die Jury gewesen?«
»Ein Mitglied der Jury«, korrigierte ich ihn.
»Ah, ja, verstehe«, sagte er.
Mama stand vor der offenen Haustür. »Ihr seid heute aber früh dran«, sagte sie.
»Heute ist es viel zu schön, um den ganzen Nachmittag im Büro zu bleiben«, sagte Papa. Er schaute sich um, wo Glen sein könnte. Der kam normalerweise klatschend und johlend um die Ecke: »Mein Papa ist da! Mein Papa ist da!«
Als könnte sie seine Gedanken lesen, sagte Mama: »Glen feiert bei Josh Kindergeburtstag. Hab ich dir heute früh aber gesagt.«
»Ja, sicher.« Er holte hinter seinem Rücken ein kleines Rosensträußchen hervor. »Hier, bitte schön.«
»Oh, ich hätte nicht erwartet, dass du daran denkst.« Mama war aufrichtig entzückt. Sie küsste ihn auf die Wange.
»Kann allerdings nicht leugnen, dass mich mein eigener Sohn um ein Vielfaches übertrumpft hat.«
Mama lächelte zaghaft. »Ich nehme an, für Sophie.«
»Sie hat eine Rolle in meinem Stück gekriegt. Damit will ich ihr gratulieren«, nuschelte ich und eilte die Treppe hoch, um dem Schauplatz zu entfliehen.
Immer wenn ich was regelmäßig mit einem Mädchen habe, versuche ich meinen Eltern vorzumachen, dass es sich um

reine Freundschaft handelt. Kommt das Mädchen dann nach einer Phase häufiger Besuche plötzlich nicht mehr zu mir, weil sie sich mit meinem Vorgänger versöhnt und mit mir Schluss gemacht hat, bleibt meinen Eltern natürlich nicht verborgen, dass etwas nicht stimmt. In solchen Krisenzeiten setze ich in der Küche immer mein Fragt-mich-bloß-nicht-Gesicht auf.
Sie sind die Letzten, mit denen ich über so was reden will. Nichts gegen meine Eltern. Bestimmt nicht. Aber es kommt eben der Zeitpunkt – mit zwölf, dreizehn Jahren –, da ziehst du dich nicht mehr nackt vor ihnen aus. Und auch was Mädchen angeht, hast du null Bock, deine Erfahrungen ausgerechnet mit den Eltern zu teilen. Deshalb war ich ziemlich genervt, dass sie mich mit den Blumen erwischt hatten. Ich hoffte inständig, dass sie genügend Feingefühl hatten, die Sache schnell wieder zu vergessen. Wenige Minuten später rief mich Papa nach unten: »Ben, kommst du mal kurz?«
»Ich habe gerade den Tee fertig«, sagte Mama. Sie saß neben Papa auf der Couch. Seitdem sie von der Schwangerschaft wussten, gingen sie sehr *liebevoll* miteinander um.
»Danke, für mich keinen Tee«, sagte ich. Ich setzte mich ihnen gegenüber auf den Sessel. Ich hatte kein gutes Gefühl. Sie saßen vor mir wie ein Untersuchungsausschuss.
Papa lächelte. »Keine schlechte Nachricht, dass Sophie in deinem Stück spielt.«
Mama nickte und rang sich ebenfalls ein Lächeln ab. Das war anscheinend nur das Vorspiel gewesen. Ungeduldig wartete ich auf die große Enthüllung.

»Du bist in letzter Zeit sehr viel mit Sophie zusammen«, sagte Mama.
Darauf wollten sie also hinaus. Ich hatte aber keine Lust, mit ihnen über Sophie zu reden. Und so schon gar nicht.
»Das finden wir auch schön«, fuhr Mama fort. »Sie ist ein nettes Mädchen, und wir freuen uns für dich. Und – wir wissen natürlich, dass Kinderzimmer nicht mehr das sind, was sie in unserer Kindheit mal waren. Ich hatte meines ausschließlich, um darin zu schlafen. Ihr empfangt dort auch eure Freunde. Da ist auch nichts gegen einzuwenden.« Sie überlegte. »Aber ich muss dir sagen, dass ich es nicht gerne sehe, wenn du um ein Uhr nachts durch die Gegend spazierst.«
»Ich spaziere nicht durch die Gegend«, sagte ich. »Ich bringe Sophie nach Hause. Sie wohnt fünf Minuten von hier.«
»Du bist länger unterwegs als fünf Minuten«, sagte Mama. »Und das weiß ich deshalb so genau, weil ich in der Zeit immer wach liege und die Risse in der Tapete zähle. Ich kann nicht schlafen, bevor du nicht wieder zu Hause bist.«
»Deine Mutter braucht ihren Schlaf. Im Augenblick mehr denn je«, sagte Papa.
»Ich versuche in Zukunft leiser zu sein«, sagte ich.
»Man sieht ja auch die Lichter an- und ausgehen«, sagte er.
»Von eurem Schlafzimmer aus geht das doch gar nicht«, sagte ich. »Aber egal, ich brauche kein Licht, wenn ich komme.«

»Red keinen Unsinn.« Mama lächelte. »Deinem Vater macht das nichts aus. Der schläft sowieso durch. Aber ich – ich mache mir eben Sorgen, wenn du nachts durch die Straßen gehst.«

Das klang schon versöhnlicher. Voller Verständnis sagte ich: »Um die Zeit ist wirklich niemand mehr unterwegs, Mama. Es ist sogar sicherer als tagsüber.«

»Und was halten Sophies Eltern davon, dass sie Nacht für Nacht so spät nach Hause kommt?«, bohrte Mama weiter.

»Denen ist das egal«, sagte ich. Das stimmte nicht ganz. Sophie hatte mir erzählt, dass sie wegen der langen Nächte anfingen rumzumosern. Aber das musste ich ihnen ja nicht unter die Nase reiben.

Dann war Papa wieder dran. »Bringen wir die Sache auf den Punkt, Ben. Wir müssen alle früh raus zur Arbeit. Deshalb halten wir gewisse Einschränkungen für recht und billig. Wir möchten, dass du abends um halb zwölf zu Hause bist.«

»Halb zwölf?«, fragte ich erschüttert.

»In der Woche ist das eine vernünftige Zeit. Über die Wochenenden lässt sich reden.«

Ich dachte, ich hör nicht richtig. Sollte ich etwa dauernd auf die Uhr sehen, wenn ich mit Sophie unterwegs war? Tut mir Leid Sophie, um halb zwölf ist Feierabend. Mami und Papi sind sonst böse auf mich. Und das mir! Mit achtzehn Jahren!

»Vergiss bitte nicht, dass du einen Berg Arbeit vor dir hast«, warf Mama ein. »Die Prüfungen stehen an – und wir wollen nicht, dass du dir vor lauter Vergnügen deine Zukunft verbaust.«

Ich betrachtete sie misstrauisch. Was sollte denn das schon wieder bedeuten?

»Was meinst du mit Zukunft verbauen?«, fragte ich.
Die beiden sahen einander an. Ein Sollen-wir-es-ihm-sagen-Blick. Man fühlt sich sofort ausgeschlossen, wenn Leute so was machen. Ich kann das überhaupt nicht ab.
»Wir denken nur an dich«, sagte Mama. »Wir wollen nur, dass du dir nicht mehr auf den Buckel packst, als du tragen kannst.«
Ich zuckte mit den Schultern. »Keinen Schimmer, worauf ihr hinauswollt.« Natürlich hatte ich eine starke Vermutung.
Mama ließ nicht locker. »Wir sagen doch nur, dass eine Menge Arbeit auf dich zukommt und dass du deinen Kopf beieinander haben musst. Wir wollen nicht, dass du dich ablenken lässt.«
»Ablenken?«, stieß ich hervor.
»Wir wollen dir doch nur deutlich machen«, sagte Mama betont langsam, »dass wir mitbekommen haben, wie viel Zeit du mit Sophie verbringst. Und dagegen haben wir auch gar nichts einzuwenden. Sie ist ein nettes Mädchen, und wir mögen sie beide sehr. Aber …« Dieses Aber schwebte Unheil verkündend im Raum. »Aber wir machen uns Sorgen, dass ihr ganz unbewusst in etwas hineinschlittert.«
Ich sah Mama schweigend an. Mach jetzt bloß nichts kaputt, dachte ich. Strick jetzt bloß kein Riesenproblem aus Sophie und mir. BITTE.
»Ihr beiden seid euch in sehr kurzer Zeit sehr nahe gekommen«, sagte Mama. »So weit ich das jedenfalls mitkriege.« Sie lachte entschuldigend. »Schließlich bin ich ja nicht mit in deinem Zimmer.«

»Wie wär's mit einem Sitzplatz in der ersten Reihe?«, fragte ich.
»Kein Grund, so einen Ton anzuschlagen«, blaffte Papa.
Wieso mischten sie sich überhaupt ein? Sie kapierten das doch sowieso nicht, und es ging sie auch rein gar nichts an.
»Wir wollen dir nur helfen«, sagte Papa. »Und wir sehen, dass es gefährlich werden könnte.«
»Gefährlich«, knurrte ich. Ich wollte mich nicht der Mafia anschließen! Ich traf mich mit einem Mädchen!
»Wir wollen dir nur ersparen, dass du alles aufs Spiel setzt, wofür du bisher gearbeitet hast«, sagte Papa. »Und das ist nicht so abwegig. So was passiert schnell. James, der Sohn eines Arbeitskollegen, ist ein Jahr älter als du. Vielleicht erinnerst du dich, dass ich ihn schon mal erwähnt habe.«
Ich zuckte mit den Schultern. Mir war es ja so egal, ob ich James' Namen schon gehört hatte oder nicht.
»Jedenfalls sollte James vor einem Jahr die Schule abschließen. Es sah alles sehr viel versprechend aus. Dann lernte er ein Mädchen kennen. Er ließ sich voll auf die Beziehung ein und verbrachte seine ganze Freizeit nur noch mit ihr. Er verhaute sämtliche Prüfungen und hatte keine Chance auf einen Studienplatz. Und am Ende trennten sich die beiden auch noch.« Papa legte eine bedeutungsschwangere Kunstpause ein.
»Wow, tolle Geschichte, echt«, sagte ich.
»Wie du meinst«, sagte Papa.
»Nein, wirklich, vielen Dank, dass du mir das erzählt hast. Wahrscheinlich werde ich bis an mein Lebensende darüber nachdenken.« Wenn es etwas gibt, was Papa auf die Palme

bringt, dann ist es dieser Ton. Damit traf ich ihn auch jetzt voll am Nerv, und genau das hatte ich auch beabsichtigt. Ich fand es unerträglich, dass sie mich behandelten wie einen kleinen Jungen.

Papa brauchte einen Augenblick, um mit zusammengebissenen Zähnen seinen Ärger zu bezwingen. Dann sagte er sachlich: »Wir wollen dir in keiner Weise in deine Lebensweise hineinreden. Wir wissen, dass du achtzehn bist. Wir erwarten lediglich, dass du deine Abendzeiten etwas mäßigst – wir wollen dir in so einer arbeitsintensiven Zeit nahe legen, mit Sophie ein bisschen auf Sparflamme zu gehen.«

Jetzt musste ich mich zusammenreißen. »Danke für den hilfreichen Tipp. Soll ich Sophie jetzt sofort anrufen?«

Mama sammelte die Tassen ein. »Du arbeitest längst nicht so viel, wie du es früher getan hast. Das weiß ich genau. Wenn du so weitermachst, kannst du froh sein, die Prüfungen überhaupt zu bestehen. Von einem Abschluss, den du selbst gerne haben würdest, kann dann wohl kaum mehr die Rede sein.« Mit einem Seufzer wandte sie sich an Papa. »Es hilft nichts – manchmal muss man die Leute ihre eigenen Fehler machen lassen, damit sie was lernen.«

Bevor ich etwas Falsches sagte, verkniff ich mir lieber die Antwort und ging in den Flur zum Telefon. Ich blieb stehen. Ich war wütend und konfus. Eigentlich war ich immer gut mit ihnen ausgekommen. Sogar vor drei, vier Jahren, als alle andern mit ihren Eltern im Clinch gelegen hatten, lief es bei uns ganz gut.

An diesem Abend war ich zum ersten Mal so richtig ent-

täuscht von ihnen. Sie hatten alle meine Signale, die ihnen den Zutritt zu meiner Privatsphäre verwehrten, einfach missachtet. Zwischen ihnen und mir hatte sich ein Graben aufgetan.
Ich wählte Sophies Nummer.
»Hallo.« Mich mit Namen zu melden, war nicht mehr nötig.
»Ben – hallo – hallo.« Ich hatte erwartet, dass sie nach ihrem Triumph in der Theater-AG bester Stimmung sein würde. Sie hörte sich jedoch sehr zurückhaltend an.
»Hast du was?«
»Nein, wieso? Mir geht's gut.«
Ich fand aber immer noch, dass sie merkwürdig klang.
»Können wir reden?«, fragte ich. Wenn Nick oder ihre Eltern in der Nähe waren, war sie oft kurz angebunden.
»Nein, es ist – ich hab einen Gast.«
Einen Gast. Eine sehr förmliche Art zu sagen, dass jemand da war.
»Wer ist denn dein Gast?«, fragte ich, beinahe amüsiert.
»Ähm, Ryan.«
Mein Herz fing an zu rasen. »Wie lange ist er schon da?«
»Er hat im Auto gewartet, als ich nach Hause gekommen bin. Mit ihm hab ich am allerwenigsten gerechnet. Er ist einfach da gewesen. Echt merkwürdig.« Sie wirkte ziemlich durcheinander.
Es viel mir schwer, meine Stimme zu kontrollieren. »Wie lange will er denn noch bleiben? Die Nacht über …?«
»Nein, Ben, hör zu. Ich komm rüber, so bald ich kann. Bald. Bis gleich, ja?«

Und schon hatte sie aufgelegt. Ihre Gedanken waren im Verlauf des Gesprächs sowieso keinen Moment bei mir gewesen. Ein Besuch von Ryan, und ich war nicht mehr wichtig. Die ganze gemeinsame Zeit war wie weggewischt. Sein Timing war wirklich makellos. Garantiert war er mit einem besonders tollen Valentingeschenk bei ihr aufgetaucht – noch ein Griff in seine Trickkiste. Vermutlich hat er sie wie damals mit den Rosen auch diesmal wieder schwer beeindruckt.

Was hatte er bei ihr zu suchen? Blöde Frage. Sollte ich noch einmal bei ihr anrufen, um sie zu warnen? Nein – vermutlich war es besser, wenn sie von jemand anderem gewarnt würde.

Ich rief Jenny an.

»Hallo«, meldete sie sich krächzig und atemlos, wie ich es von ihr kannte.

»Hallo, Jenny, wie geht's?«

»Nicht so gut«, sagte sie.

»Stimmt ja, Simon hat erzählt, dass du eine dicke Erkältung hattest.«

»Und du hast kein einziges Mal angerufen, um zu fragen, wie es mir geht – Mistkerl.«

Ich fühlte mich schuldig. »Ich hatte es fest vor. Tut mir Leid.«

»Das ist das Mindeste. Übrigens war ich nicht erkältet. Ich hatte eine akute Lungenentzündung.«

»Echt? Lungenentzündung? Eine stinknormale Erkältung tut's bei dir wohl nicht.«

Sie lachte. »Verarschen kann ich mich selbst. Immerhin

musste ich Antibiotika und so Zeug schlucken. Was verschafft mir jetzt die Ehre deines Anrufs?«

»Eine gute und eine schlechte Nachricht. Die gute ist, dass Sophie in meinem Stück spielt.«

»He, das ist toll. Vergiss nicht, uns zwei Karten zu besorgen.«

»Geht klar. Die Aufführung ist Ende Mai.«

»Egal wann, egal wo, wir werden da sein. Ich finde das echt spannend. Die schlechte Nachricht ist vermutlich, dass du selbst auch mitspielst.«

»Nein – « Ich zögerte.

»Es ist doch hoffentlich nichts wirklich Schlimmes?«, fragte Jenny.

»Nun warte doch, ich sag es dir ja.« Meine Stimme wurde immer schriller. »Ryan ist bei Sophie zu Hause aufgetaucht.«

»Ryan?«

»Ihr Ehemaliger. Der mit ihr Schluss gemacht hat«, antwortete ich ungeduldig.

»Ach so, der. Und – was will er? Ich dachte, er ist mit 'ner andern zusammen. War's nicht sogar seine Chefin?«

»Genau. Und ich will nicht, dass Sophie das alles noch einmal durchmachen muss. Jetzt, wo sie ihr Leben gerade wieder im Griff hat und mit was Neuem angefangen hat. Wenn du mich fragst, ist die Rolle in meinem Stück unheimlich wichtig für sie. Sie war wirklich großartig beim Vorsprechen.«

»Mhm«, machte Jenny.

»Und jetzt kommt dieser Ryan und reißt alte Wunden auf.«

Plötzlich wurde mir bewusst, dass ich fast in den Hörer schrie, und ich gab mir Mühe, meine Stimme zu mäßigen. »Jen, könntest du mal mit ihr reden und sie warnen?« Am anderen Ende herrschte Sendepause. »Jen? Bist du noch dran?«

»Ja, ich denke nach«, raunzte sie. In freundlicherem Ton redete sie weiter: »Ich glaub nicht, dass ich das kann.«

»Warum nicht?«, fragte ich.

»Ich kenne sie doch kaum. Wie kann ich sie da anrufen und ihr Ratschläge geben? Außerdem halten mich sowieso alle für ein Großmaul, weil ich meine Klappe immer zu weit aufreiße. Wenn sie bei mir anrufen würde, wär das was anderes. Aber so… nein.«

»Wie du meinst. Ist in Ordnung«, sagte ich knapp.

»Sei doch nicht gleich eingeschnappt, Ben. Ich würde gern helfen.«

»Ja, das merk ich.«

»He, pass mal auf, das ist nicht fair.«

»Ich weiß«, sagte ich ganz ruhig.

»Ben, sei mir jetzt bitte nicht böse, aber ich muss dich das fragen: Was seid ihr beide, du und Sophie? Gute Freunde oder geht ihr miteinander, oder was?«

»Also, am Anfang hab ich Sophie nur helfen wollen. Dabei sind wir uns eben näher gekommen.« Ich stockte. Eigentlich hatte ich gedacht, wir wären uns schon so nahe, dass uns nichts mehr trennen konnte. Das war meine Vorstellung gewesen. In Wirklichkeit stellte sich die Sache ganz anders dar: Sophie würde zu Ryan zurückkehren, und ich würde als der treue Freund zur Seite treten – Mr Nice Guy.

Großzügig lächelnd würde ich zusehen, wie die beiden im Licht der untergehenden Sonne verschwinden. Ich hatte Magenkrämpfe vor Ärger.

»Ich weiß, dass Sophie dich wirklich mag«, sagte Jenny.

»Oh ja, als Freund. Aber Ryan ist derjenige, den sie …«

»Hör auf, Ben, das weißt du doch überhaupt nicht. Oder hat sie es dir gesagt?«

»Nicht nötig. Ich hab es ihr angehört. Sie konnte mich am Telefon gar nicht schnell genug loswerden.«

»Es dauert, bis man über Trennungen wegkommt.«

»Ach ja? Soll ich dir sagen, was läuft? Mädchen wollen doch nur immer einen Kerl, der mit ihnen rummacht, wie der geile Kater auf'm Dach. Und sonst wollt ihr nichts.«

»Nein, keineswegs. Ganz sicher nicht.«

»Oh, doch. Ihr spürt dann dieses Kribbeln von Gefahr oder so was. Wirklich nette Typen werden dagegen ums Verrecken fertig gemacht, als hätten sie was Ansteckendes.«

»Ben, was redest du da? Alle meine Freundinnen sagen, dass du ein gut aussehender und …«

»Ich hab mir doch so viel Mühe mit ihr gegeben. Und wozu das Ganze?« Mir was es peinlich, als ich merkte, dass ich fast ins Telefon heulte.

»Ben, hör zu. Ganz sicher hast du Sophie viel geholfen. Aber könnte es nicht sein, dass du es ein klein wenig übertrieben hast?«

»Ihr seid es einfach alle nicht wert. Nicht eine Einzige.«

»Dir ist klar, dass ich dir jetzt eine scheuern würde, wenn ich bei dir wäre?«

»Tut mir Leid«, sagte ich.

»Oh, Mann, halt bloß die Klappe«, erwiderte Jenny und lachte.
Damit brachte sie auch mich zum Lachen. Wir wurden wieder etwas lockerer. Jenny sagte: »Simon hat mir gestern erzählt, das Lombard würde wieder aufmachen. Lass uns hingehen und ein bisschen Spaß haben. Nur wir drei, das letzte Mal war das – muss Jahre her sein.«
»Kommt man da nicht erst mit einundzwanzig rein?«
»Hast wohl Schiss, dass sie dich wegschicken?«
»Ich hab mir eher deinetwegen Sorgen gemacht.«
Sie lachte. »Die tun doch nur so groß, damit keine Kids antanzen. Wie wär's mit Freitag in einer Woche?«
»Warum nicht?«
»Das wäre doch super. Wir drei wieder mal zusammen. Macht bestimmt Laune.«
»Ich versuche, bis dahin wieder besser drauf zu sein.«
Jenny lachte. »Wehe, wenn nicht.«
»Danke, dass ich mich austoben konnte.«
»Wozu hat man Freunde?«, sagte sie. »Lass Sophie eine Chance, wenn sie bei dir vorbeikommt. Und ruf mich morgen an, versprochen?«
»Mach ich. Bis bald.«
»Pass auf dich auf, Schätzchen. Tschüss.«
Ich legte auf und ging in mein Zimmer. Unruhig wanderte ich hin und her. Die Rosen in der Cellophanhülle sahen aufgedonnert und wie lackiert aus. Schon musste ich wieder an Ryan denken. Ich schleuderte sie gegen die Wand. Blütenblätter rieselten auf den Fußboden. Nun war es aus mit der ganzen Pracht. Warum hatte ich sie bloß gekauft? Was war

ich doch für ein Idiot. Ich steckte sie in einen schwarzen Müllsack. Beim Abendessen ging es am Tisch sehr schweigsam zu. Ich stocherte appetitlos auf meinem Teller herum. Später entsorgte ich die Rosen unter einer Hecke und machte einen langen Spaziergang. Ich ging davon aus, dass Sophie in der Zwischenzeit bei mir vorbeischauen würde. Mama würde ihr die Tür aufmachen und sagen: »Ben ist nicht da. Er geht spazieren. Schon seit über einer Stunde. Ich frage mich, wo er bleibt.« Sollen sie sich alle fragen. Sollte sie sich doch fragen. Ich wusste sowieso nicht, ob ich sie jetzt ertragen konnte. Ich wollte ihr wehtun – das war es. Mich von ihr befreien. Nichts als Ärger hatte ich mir mit ihr eingehandelt. Was ich ihretwegen schon alles ertragen hatte – Zoff in der Theatergruppe, Zoff mit meinen Eltern ... selbst meine Freunde hielten weniger von mir, seit ich mich mit Sophie traf. Es war ihre Schuld, dass ich mir richtiggehend kleiner vorkam. Schluss, aus, vorbei.

Meine innere Stimme brüllte es hinaus: »Befreie dich endlich von ihr!« Ich machte mich auf den Heimweg. Zwei Straßen von zu Hause entfernt sah ich Sophie. Es fing an zu regnen. Sie rannte mir entgegen. »Da bist du ja. Wo warst du denn?« Sie brachte zwar einen fröhlichen Tonfall zustande, war aber offensichtlich ziemlich aufgewühlt.

»Mir war nach Spazierengehen«, sagte ich.

Sophie sah zum Himmel. »Genau das richtige Wetter dafür.« Sie lachte. Allerdings nicht über ihre ironisch gemeinte Bemerkung. Ihr Lachen spiegelte eine ganz andere Stimmung wider: Spielt einem das Leben nicht manchmal seltsame Streiche? Ich lachte auch. Dann fiel mir wieder ein, dass ich ja eigentlich sauer auf sie war und dass ich mich hatte von ihr befreien wollen. Auf unerklärliche Weise schien sich meine Wut jedoch in Nichts aufgelöst zu haben. Ich bewunderte stattdessen einmal mehr Sophies Lippen und stellte fest, dass ihre neue Frisur die wunderschöne Kinnpartie noch verstärkte.

»Hast du lange gewartet?«, fragte ich.

»Ja«, sagte sie und lächelte wieder. »Hab zwei Tassen Kaffee bei dir getrunken, bevor ich beschlossen hab, dich zu finden.«

»Tut mir Leid«, sagte ich. »Muss die Zeit vergessen haben.«

Wir sahen uns in die Augen. »Ich habe Ryan nicht eingeladen«, sagte sie. »Er war einfach da. Ich war echt froh, als du angerufen hast.«

»So, wirklich?«, fragte ich.

»Während er da war, hab ich nichts anderes gedacht als: Hoffentlich ruft Ben gleich an.«

»Was wollte er denn?«

»Ach, er hat jede Menge Blödsinn geredet«, sagte Sophie. »Ich möchte mit dir darüber reden und wissen, was du davon hältst.« Sie hakte sich unter, und wir gingen zu mir zurück.

Später, bei einem Glas Wein in meinem Zimmer, sagte sie: »Ryan kam vorbei, um mir zu erzählen, dass es zwischen ihm und Tania vorbei ist.«

»Wie interessant«, sagte ich beiläufig.

»Sie haben zwar noch nicht Schluss gemacht, aber es wäre nur eine Frage der Zeit.« Sie sah zur Seite. »Er sagte, er will wieder zu mir zurück.«

Ich schluckte. In meinem Hals steckte ein riesiger Kloß.
»Er hat gemeint, dass ich ihm fehle und er mich nie hätte verlassen dürfen. Ich wär sein Traummädchen.« Sophie erzählte alles mit einem frechen Grinsen. Als würde sie einen Witz erzählen.
Zynisch übernahm ich ihre lockere Art.
»Der hat Nerven.« In meinem Innersten war ich bitter enttäuscht. Ryan hatte meine Worte geklaut. Sophie war nicht sein Traummädchen, sondern meines. Weshalb holte ich mir die Worte nicht einfach zurück und sagte Sophie endlich, was sie mir bedeutete.
Es war nicht der richtige Moment. Ich wollte nicht, dass sie mich als eine Art Trostpreis betrachtete. Wenn sie mich haben wollte, dann bitte ohne Wenn und Aber.
Ich fühlte mich aber verpflichtet, sein Fehlverhalten an den Pranger zu stellen. Als wäre ich von seiner Unverschämtheit völlig überwältigt, sagte ich: »Ich kann Typen nicht ab, die Schluss machen und wieder anfangen wollen, wie es ihnen gerade passt. Wahrscheinlich will er nur wissen, ob er dich noch einmal rumkriegen kann.«
»Da muss er sich allerdings auf einiges gefasst machen«, sagte Sophie.
»Was hat er noch gesagt?«, fragte ich.
»Nicht viel«, antwortete Sophie. »Er möchte sich morgen Abend mit mir treffen und darüber reden. ›Ich will ja nur, dass du mich anhörst‹, hat er gesagt.«
»Und? Was machst du?«
»Ich hab gesagt, dass ich erst dich fragen möchte, ob wir schon was vorhaben. Haben wir?«

»Nicht, dass ich wüsste … du willst dich also mit ihm treffen?«

Sie zögerte. »Vielleicht ist es ganz lustig, wenn ich mir anhöre, was er zu sagen hat. Dann bekommt er auch direkt mit, wenn ich über ihn lachen muss.«

Ich versuchte es ebenfalls von der komischen Seite zu betrachten. Es gelang mir nicht. Sie hatte den Ryan-Virus immer noch im Körper. Ob ein weiteres Treffen die endgültige Immunisierung bringen würde? Ich wollte warten … noch einen Tag.

»Pass aber auf, dass er dich nicht solange bequatscht, bis du wieder mit ihm gehen willst«, sagte ich.

»Das schafft er nicht«, sagte sie.

»Unterschätze ihn nicht.«

»Die letzten paar Monate waren die schönsten in meinem ganzen Leben. Und jetzt auch noch die Aufführung. Ich habe das Gefühl, dass mir das alles zufliegt. Und alles nur wegen dir.« Schon wieder ihr freches Grinsen. »Sir Lancelot.«

Normalerweise hob es meine Stimmung, wenn Sophie mich in den Ritterstand erhob und Sir Lancelot nannte. Diesmal kam es mir allerdings recht trügerisch vor. »So viel Ritterliches habe ich wohl nicht zu bieten. Alles Show. Große Klappe, nichts dahinter«, sagte ich mit müdem Lächeln. »Hinter der Fassade ist es ziemlich hohl.«

Sophie legte ihren Arm um mich. Sanft wie immer. Kaum mehr als ein Kitzeln.

»Jetzt hör mir mal gut zu«, sagte sie leise. »Ohne dich hätte ich die letzten Wochen nie überstanden. Ich habe dir einiges zu verdanken.«

Ich fühlte, wie mir die Augen feucht wurden. Ich schnappte nach Luft und drückte sie fest an mich. Ein Grisli wäre blass geworden vor Neid. Wen wundert's, dass wir danach beide außer Atem waren.

»Weißt du, was mir gerade einfällt?«, fragte Sophie. »Du hast mir immer noch nicht deinen Ritterhelm gezeigt.«

»Ich wollte dich erst besser kennen lernen. Der Helm ist für einen Ritter etwas sehr Intimes. Na ja – nach so langer Zeit ...« Ich tauchte in meinen Schrank. »Dir ist hoffentlich klar, was dich erwartet.« Und so geriet mein unbestreitbar armseliger Helm doch noch mal ins Rampenlicht. Erst setzte ich ihn mir selbst auf, dann probierte Sophie ihn. Eigentlich war alles gar nicht so lustig. Aber wir lachten ohne Ende. Ich fühlte mich ihr so nah wie nie zuvor. Trotzdem jagte mir dauernd dieselbe Frage durch den Kopf. Endlich traute ich mich, sie auch auszusprechen: »Triffst du dich morgen Abend mit Ryan?«

Sophie zögerte. »Ich glaube nicht.«

Wahrscheinlich sagte sie das jetzt nur meinetwegen. Im Grunde genommen würde sie sich gerne mit ihm treffen. Und wenn auch nur, um die vollständige Entschuldigungsrede anhören zu können.

Solange sie das Treffen nicht hinter sich gebracht hätte, würde sie die Sache nicht aus dem Kopf bekommen. Und – viel schlimmer – die verpasste Aussprache würde sogar immer wichtiger für sie werden.

»Du solltest dich mit ihm treffen«, sagte ich.

Sie war überrascht.

»Echt?«

»Hör dir einfach an, was er zu sagen hat, dann kannst du dich entscheiden.«

Sie sah mich an. »Ich bin mir nicht mal sicher, ob ich ihn sehen will.«

»Verabrede dich mit ihm«, sagte ich. »Ruf mich an, wenn du wieder zu Hause bist.« Ich brachte Sophie heim. Bis halb zwölf schaffte ich es zwar nicht, aber immerhin war ich früher zu Hause als in letzter Zeit üblich. Ich legte mich ins Bett und klappte mein Buch auf – *On the Road* –, ein Umschlag rutschte zwischen den Seiten vor. *Für Sir Lancelot* stand darauf. Überrascht machte ich den Umschlag vorsichtig auf und holte eine selbst gemalte Karte heraus. Vorne drauf war eine Art Marsmännchen, das aus seinem Raumschiff sah. Ich klappte die Karte auf:

Wer sich so auf mich einlässt,
muss von einem anderen Stern sein.
Zum Valentinstag und auch in Zukunft
küsst dich in Liebe

Sophie

Obwohl ich die Worte schon auswendig konnte, hatte ich die Karte den ganzen, langen nächsten Tag überall dabei. Endlich, um zehn Uhr abends, rief Sophie an.

»Bist ja ganz schön früh zurück«, sagte ich. »Wie war's?« Meine Kehle war wie zugeschnürt.

»Er musste verschieben. Ein Freund ist achtzehn geworden, und keiner hatte was vorbereitet. Deshalb hat Ryan noch was organisieren müssen.«

»Ah, so«, sagte ich leise.
»Natürlich will er sich immer noch mit mir treffen. Aber er wollte auch seinen Freund nicht hängen lassen.«
Ich widersprach nicht, auch wenn ich anderer Meinung war. Die Tage, in denen ich Ryan insgeheim unterstützte, waren endgültig vorüber. Ich wechselte das Thema.
»Was hast du dann gemacht?«, fragte ich.
»Nichts Aufregendes. Hab mich in die Wanne gelegt.«
»Wenn du so sauber und rein bist, kann ich dich ja noch zu mir einladen.«
»Bin schon im Nachthemd«, sagte sie schüchtern.
»Umso besser ... Jede Wette, dass du sexy aussiehst.«
Sie kicherte. »Möchtest du die Wahrheit wissen? Mein Nachthemd ist ...«
Ich fiel ihr ins Wort. »Halt, mach bloß meine Seifenblase nicht kaputt.«
»Oh, tut mir Leid. War nicht meine Absicht.«
»Sag mir nur, welche Farbe dein Nachthemd hat. Nein, stopp, lass mich raten. Es ist blau. Ein sehr zartes Blau.«
Ich hörte ihre Verblüffung. »Woher weißt du das?«
»Weil ich die Farbe in meinen Träumen an dir gesehen habe.«
»Oh, Ben«, sagte sie mit einer Stimme, die mich schier zum Schmelzen brachte.
»Ach, Sophie, gestern Abend hab ich noch gelesen. *On the Road* – zack, kamst du mir entgegen. Du hast wirklich großes Talent, an den verrücktesten Stellen aufzutauchen.«

»Ja, ich komm ganz schön rum.«
»Danke, die Karte gefällt mir wirklich sehr, sehr gut.«

»Bin ich nicht eine ganz hervorragende Künstlerin?« Sie gab sich Mühe, locker zu klingen. Das wusste ich.

»Bist du enttäuscht, dass Ryan nicht gekommen ist?«

»Nein, überhaupt nicht.«

»Komm, bleib bei der Wahrheit. Ich weiß sowieso alles.«

»Dann müsstest du wissen, dass ich nicht enttäuscht bin. Ehrlich.«

»Na gut. – Ist auch besser so. Du wirst nämlich in nächster Zeit fürchterlich viel zu tun haben. Das Theaterstück und – ach, ja, fast hätte ich die Einladung vergessen.«

»Einladung? Welche Einladung?«

»Ins *Lombard*.«

»Ins *Lombard*?« Sie schien es kaum zu glauben.

»Es macht wieder auf, und – eine erlesene Zahl exklusiver Personen, namentlich Jenny, Simon und meine Wenigkeit, hat sich gefragt, ob du uns nicht begleiten möchtest.«

»Da kommt man doch erst mit einundzwanzig rein.«

»Sag bloß.«

»Und fürchterlich teuer ist es auch.«

»Ganz fürchterlich teuer. Ich lade dich ein.«

»Nein, kommt nicht in Frage.«

»Es ist mein verspätetes, aber allerherzlichstes Geschenk zum Valentinstag. Du kannst also gar nicht ablehnen.«

Sie schnappte nach Luft. »Ich bin total platt. Ich bin noch nie in einem Nachtclub gewesen.«

»Nicht ein einziges Mal?«

»Nicht ein einziges Mal«, wiederholte sie. »Und dann gleich das *Lombard* – was ist, wenn sie meinen Ausweis sehen wollen?«

»Dann kämpfe ich sie nieder«, sagte ich.
Sophie lachte.
»Kommst du mit am Freitag?«
»Ja, Ben – danke.« Dann wieder ihr freches Lachen. »Ich hoffe, du träumst schön von mir.«
»Mach ich doch jede Nacht«, antwortete ich.
Während der nächsten Tage sprach Sophie von nichts anderem. Nur noch vom *Lombard*. Ryan war Schnee von gestern. Ich war wieder voll im Rennen. Klar, ich hatte mir eine kleine Notlüge geleistet. Als wir über unseren gemeinsamen Abend im *Lombard* sprachen, war von Sophie nicht die Rede. Aber weshalb sollte Jenny was dagegen haben? Ich rief sie an und sagte irgendwann beiläufig: »Sophie freut sich auch schon auf Freitag.«
»Wie? Kommt Sophie mit?«, fragte Jenny.
»Ja, was dagegen?«, fragte ich.
»Natürlich nicht«, antwortete sie. »Und die Sache mit Ryan – ist das alles ...?«
»Alles gegessen«, sagte ich knapp.
Am Freitagabend holte ich meinen Cary-Grant-Anzug aus dem Schrank. Meine Eltern hoben fast ab, weil ich so gut aussah.
Das Klima war in letzter Zeit zwar etwas gereizt gewesen, aber ich im Anzug – das tat ihrer Stimmung richtig gut. Als Sophie kam, machten sie gleich bei ihr weiter. Sie stellten begeistert fest, wie schön und elegant sie aussah.
Zu meiner eigenen Überraschung hatten sie Recht. Nachdem sie nämlich gesagt hatte, dass sie sich zu diesem besonderen Anlass ein lila Abendkleid ausleihen wollte, hatte

ich das Schlimmste befürchtet. Das ausgesprochen dunkle Lila gab ihr allerdings einen Hauch von Erhabenheit.

Mama nahm mich beiseite und sagte leise: »Sophie sieht so hübsch aus – aber warum muss sie so unmögliche Stiefel dazu anziehen?«

»Das trägt man heute, Mama. Alle Mädchen haben die an.«

Sie schüttelte den Kopf. »Hätte nie gedacht, dass die Dinger je ein Come-back erleben.«

Sophie wirkte zwar ziemlich locker, war es aber nicht. »Komm, stell mich auf die Probe«, bat sie mich immer wieder, »frag mich nach meinem Geburtsdatum.« Je länger wir auf Jenny und Simon warteten – Jennys Vater wollte uns zum *Lombard* chauffieren –, desto zappeliger wurde sie. Schließlich rief ich bei Jenny an und bat sie, sich zu beeilen. Nach weiteren zwanzig Minuten kamen Jenny und Simon endlich an.

Jenny kam zur Haustür rein und maulte mich an. »Du mit deiner Ungeduld. Nicht mal richtig schminken kann man sich in so kurzer Zeit.«

Sie trug einen schwarzen Mini, einen schwarzen Body und eine eng anliegende, schwarze Weste. Sie sah umwerfend aus.

»Die Warterei hat sich aber gelohnt«, sagte ich. »Du siehst spitze aus.«

»Schön, dass es wenigstens einer merkt«, sagte Jenny. »Gewisse Leute nörgeln heute andauernd an mir herum.«

»Falls es jemand interessiert, sie spricht von mir«, sagte Simon. »Dabei hab ich nur ges …«

»Er hat nur gesagt«, unterbrach ihn Jenny, »dass wir allein, um da reinzukommen, schon einen Kredit aufnehmen müssen.«

»Zehn Pfund Eintritt sind nun mal kein Pappenstiel«, sagte Simon. »Außerdem sollte es ein Witz sein.«

»Und dann hast du darüber gemeckert, dass eine Flasche Cola drei Pfund kostet.«

»Stimmt«, sagte er. »Aber ich find's doch o.k. Es ist die Sache wert. Stellt euch vor – die ganzen Typen, die wir da treffen werden, und alle haben ihre arme, einsame Gehirnzelle dabei, damit die auch mal was erlebt.«

»Da seht ihr's«, sagte Jenny. »Mir zuliebe musst du nicht dorthin. Wenn du nicht möchtest, lassen wir es. Dann kannst du dir deine kostbare Kohle sparen.«

»Jenny, was soll das?«, fragte ich.

»Auf der ganzen Herfahrt hat er nur gestichelt. Ich kann so was nicht ab.«

Simon ging zu ihr hin, nahm ihre Hand und meinte ernst: »Ich möchte wirklich ins *Lombard*. Hab doch nur Witze gemacht, und es ist mir die Kohle wert.«

Jenny lachte. »Und wehe dir, wenn du das nicht auch wirklich meinst. Punkt. Ach – Sophie, hallo, mit dir redet überhaupt keiner. Dabei siehst du wirklich super aus.« Sie ging zu ihr und unterhielt sich mit ihr. Simon nahm mich zur Seite und raunte mir zu: »Schließlich wollen wir sie nicht vergrätzen, bevor wir zur Tür raus sind.«

Um halb zwölf waren wir dann endlich beim *Lombard*. Jennys Vater meinte, wir sollten uns melden, wenn wir wieder nach Hause wollten. Egal wie spät, er würde kommen.

»Toller Papa, was?«, sagte Jenny stolz, als wir uns aus dem Wagen schälten.

Sophie machte den Eindruck, als müsste sie schon wieder für eine Rolle vorsprechen.

»Du darfst dich gern auch amüsieren«, flüsterte ich ihr zu.

»Ich amüsiere mich ja«, sagte sie tapfer lächelnd. Ich drückte ihre Hand. Ein Abend im *Lombard* war eine große Sache für sie. Und ich war derjenige, der es ihr ermöglicht hatte.

Wir gingen die Treppen hoch. Zwei krummnasige, kahl geschorene Rauswerfer, die keine Krawatten, sondern Fliegen trugen, musterten uns kritisch.

»Immer schön nach vorne sehen«, raunte ich Sophie zu.

Sie zogen eine dicke Show ab, indem sie Simon und mich ordentlich filzten. Jenny und Sophie dagegen ließen sie einfach durch.

Endlich durften wir das glitzernde Reich betreten.

»Du hast es hinter dir«, flüsterte ich Sophie zu.

»Jetzt darfst du wieder atmen, Sophie«, sagte Jenny.

Wir gaben unsere Mäntel ab und gingen zunächst mal nach unten zur Bar.

»Die haben das aber auch hergerichtet«, sagte Jenny bewundernd. Wer wollte widersprechen? Es funkelte und blitzte an allen Ecken und Enden. Die Bar war leider schon von den üblichen Pilsbäuchen belagert. Sie waren nur mal etwas ordentlicher gekleidet und nahmen sich deshalb doppelt wichtig. Wenn sich einer von ihnen dicht an uns vorbeidrängelte, bekam man eine Nase voll Aftershave ab. Einer wie der andere hatte großzügig Gel verwendet, um die

Haare festzukleistern. Sie wirkten unsicher wie bei einem allerersten Vorstellungsgespräch. Sie waren aber auch Jäger, die nach Beute Ausschau hielten. Jenny und Sophie wurden gründlich gemustert. Ein Typ, der besonders exquisites Tuch am Leib hatte, versuchte Jenny anzumachen.

»Hören diese Beine denn niemals auf?«, fragte er.

»Eine Frage, auf die du garantiert nie eine Antwort kriegen wirst«, fuhr Jenny ihn an. »Kommt«, sagte sie zu uns, »gehen wir tanzen.«

Sie knuffte Sophie in die Seite. »Ben ist echt kein schlechter Tänzer. Traut man ihm eigentlich gar nicht zu. Ich war jedenfalls echt überrascht.«

»Pass bloß auf«, sagte ich. »Ich bin ein wahres Bewegungstalent.«

Jenny lachte. »Erzähl mehr davon.«

Wir gingen die Treppe hinunter. »Sogar in die Stufen haben sie Lämpchen eingebaut«, sagte Jenny.

Im selben Moment kam Sophie ins Straucheln. Sie konnte sich zwar noch am Geländer festhalten, aber einen Schmerzensschrei konnte sie nicht unterdrücken. Auf der Stelle war ich neben ihr.

»Alles in Ordnung?«

Sophie versuchte zu lachen. »Ja, ja. Hatte nur gerade mein ganzes Gewicht auf dem einen Bein, als ich umgeknickt bin.« Ich nahm sie bei der Hand. Sie glühte. Sophie lachte, schnappte aber gleichzeitig nach Luft. Offensichtlich hatte sie große Schmerzen.

»Wir suchen uns was zum Sitzen«, sagte ich. Sophie hängte sich an mich und humpelte mit mir zu einem der Tische, die rings um die Tanzfläche standen. Sie ließ sich auf einen Stuhl sinken. »Tut mir Leid«, flüsterte sie.

»Red keinen Quatsch«, sagte ich.

»Tut es sehr weh?«, fragte Jenny.

»Nein, nur so ein unangenehmes Ziehen«, sagte Sophie.

»Lüg nicht so«, erwiderte ich.

Eine Zeit lang herrschte betretenes Schweigen. Dann meinte Jenny: »Es sollte Kurse geben, in denen man lernt, wie man in diesen verdammten Stiefeln läuft.«

Jenny hatte mit dieser Bemerkung lediglich die Stimmung auflockern wollen. Sophie verstand es jedoch als Kritik und reagierte dementsprechend.

»Geht ihr nur tanzen. Ich kann genauso gut hier sitzen und zusehen.«

»Bin ich denn wahnsinnig?«, fragte Simon. Er zeigte zur Tanzfläche, wo vier Mädchen völlig ausgeflippt tobten. Und zwar jede für sich allein.

Wir setzten uns, machten Witze und gaben uns alle Mühe, gut drauf zu sein.

Aber der Abend war einfach nicht mehr zu retten. Irgendwie fanden wir uns schon kurz nach eins vor meiner Haustür wieder.

»Bist du sicher, dass ich dich nicht doch lieber nach Hause fahren soll?« wollte Jennys Vater von Sophie wissen.

»Nein, ich steig hier mit aus«, sagte Sophie. »Ist doch nur ein bisschen verstaucht. Tut mir echt Leid, dass ich allen den Abend verdorben habe.«

»Ach was, nichts hast du verdorben«, sagte Simon. »Ich hab dir doch erzählt, wie ich mal voll in den Spiegel gelau-

fen bin. Solche Sachen passieren eben in Nachtclubs. Die planen das extra so.«
»Mach dir bloß keine Gedanken«, sagte Jenny. »So was lässt sich doch wiederholen.«
Aber Sophie gab keine Ruhe: »Ich werd's wieder gutmachen. Morgen in zwei Wochen fahren meine Eltern in Osterurlaub. Da machen wir eine Fete.«
»Was? Du und Nick zusammen?«, fragte ich erstaunt.
»Ja, manchmal geschehen Zeichen und Wunder«, antwortete Sophie. »Ihr zwei müsst unbedingt auch kommen.« Sie wandte sich an Jennys Vater. »Und Sie auch.«
Er lachte. »Vielen Dank, Sophie. Aber dieses Mal lass ich mir den Gewinn ausnahmsweise in bar auszahlen.«
Ich half Sophie aus dem Auto und anschließend die Treppen hoch in mein Zimmer. Und dann lag sie wie hingegossen auf meinem Bett und trank den extra süßen Tee, den ich ihr gebraut hatte.
»Ich bin nicht wegen der Stiefel gestolpert«, sagte sie dann.
»Du weißt, dass Jenny …«
»Ach, komm, vergiss es.«
»Ja, aber es waren nicht die Stiefel. Ich hab sie schon zigmal getragen. Es war nur – ich hab einfach durch die Gegend geglotzt, um alles mitzukriegen. Zack, bin ich gestolpert. Und jetzt ist Jenny total sauer auf mich.«
»Was soll das? Es kann doch jeder mal stolpern.«
»Ben, ich bin …«
»Du hörst jetzt auf, dich zu entschuldigen, verstanden?«
Sie versuchte ein Lächeln. »Ja.«
»Bitte.«

»Und du hast nicht ein einziges Mal getanzt. Dabei hat Jenny gesagt, du wärst so ein guter Tänzer.«

»Blödsinn«, erwiderte ich. »Willst du die Wahrheit wissen? Das Getanze in Nachtclubs macht mich krank.«

»Echt?« Sophie wirkte geschockt.

»Weißt du, was passiert ist, als ich das letzte Mal im Nachtclub war?« Ich musste lachen. »Ich habe beim Tanzen irgendwann mal nach unten gesehen. Und was musste ich da erkennen? Seit etwa zehn Stunden war ich nicht von der Stelle gekommen. Also gut, dachte ich, ab jetzt werden die Füße bewegt. Ich hatte allerdings keinen Schimmer, wie ich das anstellen sollte.« Ich lachte noch mehr. »Aber wenigstens haben mir alle angesehen, dass ich total auf den Sound abfahre.«

Endlich war auch Sophie so weit und lachte mit. Also machte ich weiter: »Ich sag's dir, wenn die Akkus nach so einer Nacht im Club total leer sind, hat das nichts mit Tanzen zu tun. Du bist nur deshalb so fix und alle, weil du es keine Sekunde länger ausgehalten hättest, gute Laune vorzutäuschen. Total pleite verlässt du den Schuppen also gegen vier Uhr früh. Deine Augen sind blutunterlaufen, dein Kopf ist am Platzen, und zwei Wochen lang geht dir einer von diesen idiotischen Songs nicht mehr aus dem Gehirn. Aber – du bist dort gewesen. Es gibt nur eine Sache, die schlimmer ist als ein Besuch im Nachtclub: das Gefühl, einen Besuch verpasst zu haben.«

Ich japste nach Luft.

Sophie strahlte mich an. »Du bist echt komisch.«

»Soll das jetzt ein Kompliment sein?«, fragte ich.

»Ja, klar, was denn sonst?«, gluckste sie. »Ich finde es echt lustig, wie du die Dinge betrachtest. Du siehst sie so, wie sie in Wirklichkeit sind. Also – mir hilft das.«

»Kannst du noch mehr solche Wahrheiten ertragen?«, fragte ich. »Dann pass auf: Du warst einfach toll heute. Ich war echt stolz auf dich.«

»Echt?«

»Wenn ich's sage.«

»Dann sag's noch mal.« Sie schmiegte sich an mich.

»Und noch viel mehr. Ernie ist absolut zufrieden mit dir.«

»Bei den Proben sagt er das aber nie.«

»Das ist auch nicht seine Art. Aber ich weiß es. Du tust ja auch viel dafür.«

»Ja, doch, das glaub ich auch. Jedenfalls sind alle Mädchen in meiner Klasse neidisch.«

»Du erzählst ihnen, was du machst?«

»Was dagegen?«

»Nein, überhaupt nicht. Und zu Hause?«

Sie zuckte mit den Schultern. »Denen erzähl ich schon auch was«, sagte sie. »Aber richtig darüber reden geht mit denen nicht. Ist doch alles nur Schein. Meine Eltern tun schon ihr ganzes Leben lang nur so als ob. Der Urlaub zu Ostern ist das beste Beispiel. Für mich war vollkommen klar, warum sie den gebucht haben. Der wahre Grund kommt natürlich nie zur Sprache. Ich weiß aber, was los ist. Vor zwei Jahren ist mein Vater mal abgehauen. Er hatte eine andere kennen gelernt. Ich war zu der Zeit auf Ferienreise in Swanage. Als ich zurückkam, war er bereits wieder zu Hause. Mama hat mich gleich zu ihm ins Wohnzimmer geschickt. ›Dein Vater will dir etwas sagen‹, hat sie gesagt. Er saß in seinem Sessel und meinte, er hätte sich nicht sehr anständig benommen und so. Damit war das Thema erledigt. Für ein paar Monate. Ich war auf einer Neujahrsfete bei Freunden. Plötzlich wurde ich ans Telefon gerufen. Mama war dran: ›Er ist wieder weg.‹ Und dieses Mal hat es bedeutend länger gedauert, bis er zurückkam. Nie im Leben hätte ich gedacht, dass Mama ihn überhaupt noch mal reinlassen würde.« Sie lächelte schief. »Aber sie hat ihn ohne Zögern wieder aufgenommen. Jetzt hängt er die ganze Zeit in seinem Gewächshaus und telefoniert mit dem Handy. Bestimmt quatscht er dauernd mit einer seiner Frauen. Da ist was im Busch. Der Osterurlaub soll wohl retten, was zu retten ist. Andauernd versuchen sie was zu retten. Nur schaffen sie es einfach nie. Sie schleichen umeinander rum und tun als ob. Manchmal find ich das echt zum Kotzen.«

Eine Zeit lang herrschte Schweigen.

Dann sagte ich leise: »Was auch passiert, Sir Lancelot ist stets zu Diensten. Vergiss das nicht. Er wird dich nicht enttäuschen. Niemals.«

Sie hob den Kopf, und wir sahen uns in die Augen. Ich weiß nicht, wie lange. Ich erinnere mich nur noch an das großartige Gefühl.

Ich war bereit, ihr alles zu geben. Je mehr ich ihr gab, desto größer wurde mein Vorrat an dem, was ich ihr noch geben wollte. Das Leben – es war herrlich. Wenn das Röntgenbild

doch nur nicht diesen bösen Schatten zeigen würde: RYAN. Er meldete sich immer noch bei Sophie, er klagte ihr sein Leid, der falsche Kerl. Wenn es stimmte, was er von sich gab, machte seine Chefin neue Annäherungsversuche. Während er doch nur zurück zu Sophie wollte. Sophie war mittlerweile bedeutend vorsichtiger, was ihn anging. Aber sie machte sich seinetwegen immer noch Gedanken. Natürlich machte ich mir seinetwegen auch Gedanken. Vor allem, seit er mir durch Sophie unverschämterweise Botschaften übermitteln ließ: »Ryan lässt dich schön grüßen« oder »Ryan wünscht dir viel Erfolg mit deinem Stück«.

Ich hätte auch eine Nachricht für ihn gehabt: »Ryan, lass dich ausstopfen.«

Sophie meinte, dass er nur nett sein wollte. Mir war jedoch vollkommen klar, was dahinter steckte: »Du bist keine Konkurrenz für mich. Wenn es so weit ist, nehm ich dir Sophie einfach wieder weg.«

Und wenn es tatsächlich so war? Ich brauchte Klarheit. Es dauerte auch nicht mehr lange, und ich sollte sie haben. Das große Finale war für Sophies Fete angesetzt.

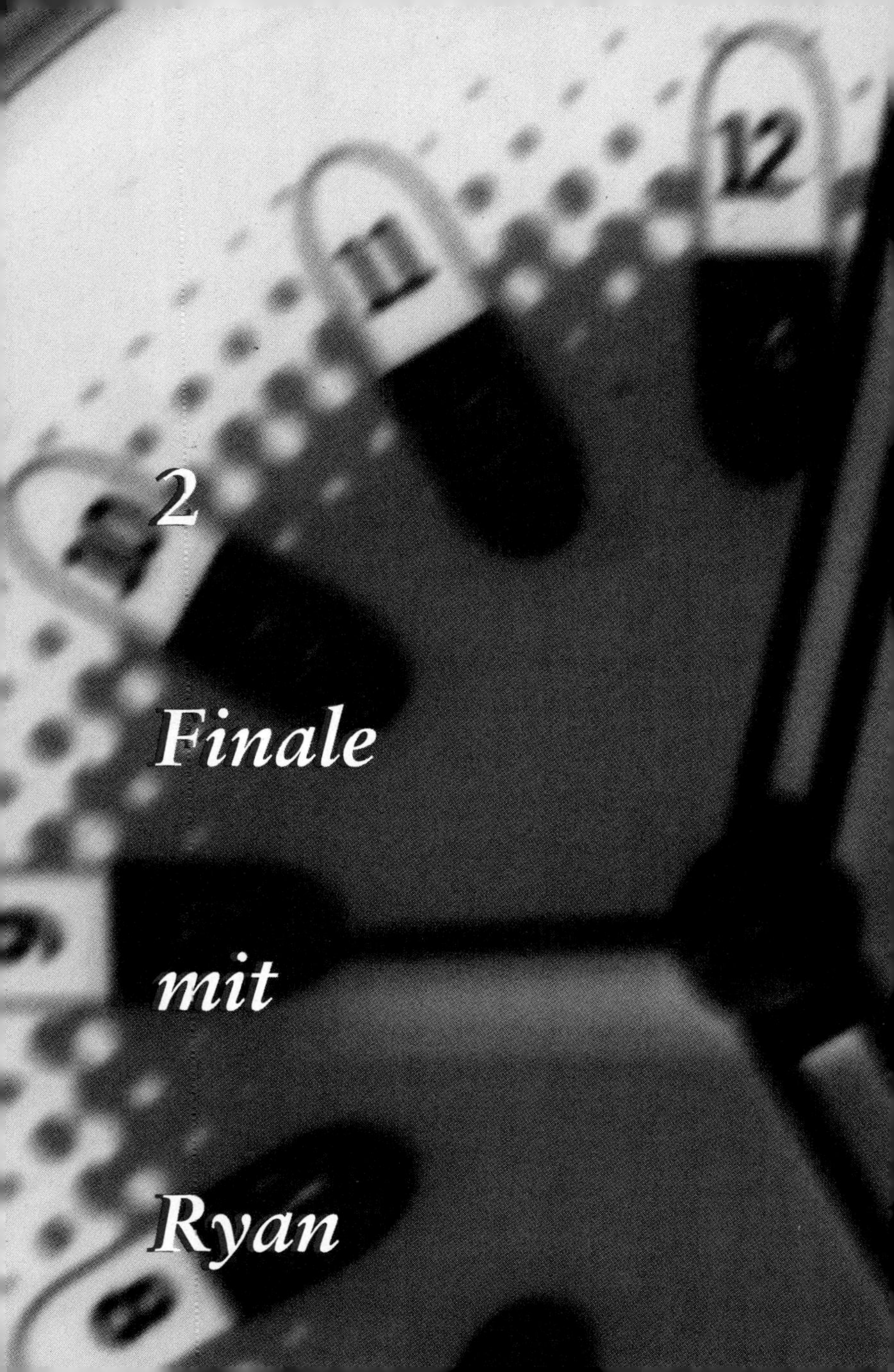

2 Finale mit Ryan

22

Weshalb hatte ich Angst vor dieser Fete? Weil ich mich schon bei den Vorbereitungen ausgeschlossen fühlte? Ich hatte in keiner Weise etwas damit zu schaffen. Außerdem würde Ryan ebenfalls kommen. Das war der größte Hammer.

»Warum er?«, wollte ich wissen, als ich es einen Tag vor der Fete von Sophie erfuhr.

»Er hat es irgendwie geschafft, sich selbst einzuladen«, sagte sie.

»Und woher hat er es gewusst?«

»Ich hab wirklich keine Ahnung.« Sophie blieb aufreibend unbestimmt. »Er muss davon gehört haben.«

Wir saßen in meinem Zimmer. Ich stand auf, machte die Kerzen aus und knipste stattdessen das grelle Licht an.

»Warum machst du das?«, fragte Sophie.

»Warum«, sagte ich matt. »Warum, weshalb, wieso? Wenn der Typ morgen auftaucht, gibt das noch mehr Chaos und noch mehr Ärger. Vor allem für dich«, sagte ich sauer.

»Sag mir, was ich machen soll«, drängte Sophie. »Ich kann ihn nicht einfach ausladen.«

»Warum nicht?«

»Soll ich ihm etwa die kalte Schulter zeigen?«
»Das hat er mit dir auch gemacht.«
»Nein, hat er nicht«, sagte sie ruhig.
»Na schön, er hat dich sitzen gelassen.«
Sie wurde rot. Das hatte gesessen. Ich bohrte nicht mehr weiter und setzte mich neben sie aufs Bett.
»Vielleicht kommt er ja gar nicht«, sagte Sophie. Sie starrte auf den Teppich. »Wäre mir sowieso am liebsten.«
Ich sagte nichts mehr.
Ausnahmsweise ging sie an dem Abend früh nach Hause. Sein Name hatte genügt, und die Atmosphäre zwischen uns war vergiftet. Ich fühlte mich allein gelassen, und ich hatte Schiss. Ich rief Simon an und überredete ihn, mit Jenny zur Fete zu kommen.
Um sieben waren die beiden bei mir. Jenny ging in die Küche und unterhielt sich ein bisschen mit Mama. Simon, Papa und ich redeten über den maroden Zustand des englischen Kricket. Eigentlich hab ich Samstagabende im trauten Heim noch nie ausstehen können. An dem Abend aber fühlte ich mich ausnahmsweise locker und geborgen. Ich wäre glatt zu Hause geblieben. Aber dann malte ich mir aus, dass Ryan längst um Sophie herumschwänzelte und ihr eine seiner Schluchzstorys vorjammerte. Ich musste hin.
Papa war so guter Laune, dass er uns mit dem Auto zu Sophie brachte. In den Fenstern hingen bunte Luftballons. Ein Hit aus den Charts dröhnte bis auf die Straße. Zu meiner großen Enttäuschung hatte es zum ersten Mal an dem Tag aufgehört zu regnen – die Idee, mit einem Gewittersturm anzukommen, war mir sehr sympathisch gewesen.

Vor der Haustür blieben wir stehen.
»Na los, nun klingle doch endlich«, sagte Jenny. »Wenn du so weitermachst, werde ich auch noch ganz nervös.«
Ich drehte mich hektisch zu ihr um. »Schon die Vorstellung, dass dieser Ryan da ist und mich mit seinem Schmalzlächeln anstrahlt …«
Simon klopfte mir von hinten auf die Schulter: »Keine Sorge, dein treuer Diener ist ja bei dir.«
Ich drückte den Klingelknopf. Von innen hörten wir schlurfende Geräusche. Durch die Glasscheibe sahen wir verschwommene Gestalten. Die Tür ließ sich nur mit Mühe öffnen. Sophie streckte ihren Kopf durch den schmalen Spalt. »Moment, da hat sich ein Turnschuh verklemmt … so, jetzt.« Sie trug nichts Besonderes. Nur ein paar ausgefallene Ohrringe. Die hatten es Jenny sofort angetan.
Strahlend ließ Sophie uns rein. »Ich hatte gehofft, dass ihr früher kommt. Schuhe ausziehen könnt ihr euch sparen. Es ist sowieso schon überall Chaos. Wenigstens haben wir bis jetzt noch keine Fremden hier. Sieht so aus, als wär's tatsächlich geheim geblieben.« Sophie war total aufgedreht.
Im Flur quetschten sich ein paar Leute an uns vorbei. Sophie stellte uns gegenseitig vor – es waren alles Mädchen aus ihrer Klasse, die uns neugierig musterten. Dann kam Nick die Treppe runter. Er sah mich und strahlte. »Der gute, alte Lord Carruthers.«
Ich freute mich genauso, ihn zu sehen, auch wenn *Lord Carruthers* für mich inzwischen eine Gestalt aus grauer Vorzeit war. Es war so, als würde ich einen Spitznamen aus der Grundschulzeit wieder hören.

Wir grinsten uns an. Wir mochten uns zwar immer noch, hatten uns aber nichts mehr zu sagen.
»Ganz schön was los hier«, sagte Simon.
»Ja, super«, stimmte ich zu. Ich machte Nick mit Simon und Jenny bekannt. Und er begrüßte beide ausgesprochen freundlich. Die darauf folgende Unterhaltung kam jedoch dauernd ins Stocken, und wir waren froh, als uns Sophie endlich in die Küche schob, damit wir uns was zu trinken holen konnten.
Um den runden Holztisch drängten sich Typen, die ich vom Fitnesscenter kannte. Ich nickte ihnen zu, ein paar winkten sogar zurück. Sie hatten vor sich einen Vorrat an Bierdosen aufgestapelt, als ob sie sich dahinter verschanzen wollten. In kurzen Abständen bebte der Tisch unter ihrem brüllenden Gelächter. Ansonsten schien die Küchenbesetzung aus Durchreisenden zu bestehen. Unter ihnen auch Vanessa.
»Wir haben uns schon gefragt, wo du bleibst«, sagte sie. »Sophie ist allmählich nervös geworden.«
»Wirklich?«, fragte ich. Im Augenblick war Sophie damit beschäftigt, Simon und Jenny mit Getränken zu versorgen. Vanessa sah mich kurz an. »Hab gehört, bei den Proben läuft alles gut.«
»Ja, wirklich nicht schlecht. Du musst unbedingt mit zur Aufführung kommen. Wir haben noch Karten übrig für … Freunde und Schlachtenbummler.«
»Vielleicht komm ich drauf zurück«, antwortete Vanessa.

Sie lachte, was mich sehr erleichterte. Plötzlich schnellte sie hoch wie ein Geschoss, griff sich einen Aschenbecher und stürzte an mir vorüber. »Wenn du den bitte benutzen würdest«, sagte sie zu einem Kerl, der ziemlich überrascht aus der Wäsche kuckte. »Weißt du, die Asche – das gibt überall Flecken, und stinken tut es auch.« Dann kam sie wieder zu mir.

»Wie wär's, wenn du auch noch Bierdeckel verteilst?«, fragte ich.

Sie lachte. »Ich werde drüber nachdenken. Hat dir Nick schon erzählt, dass ich hier eingezogen bin?«

»Nein, hat er nicht.«

»Dann erfährst du es eben von mir. Hab's zu Hause nicht mehr ausgehalten. Mein geliebter Stiefvater hat mich gestern wieder mal wegen der Uni fertig gemacht. Wenn ich nicht studiere, ist meine Mutter sehr enttäuscht von mir – und er auch. Ich hab ihm gesagt, dass er sich da rauszuhalten hat. Aber dann hat mir auch noch meine Mutter in den Ohren gelegen, warum ich ihm nicht mal den Hauch einer Chance geben würde. Angeblich will er mir doch bloß helfen. Immer muss sie zu ihm halten. Also gut, jetzt ist Schluss, hab ich gedacht. Und nichts wie weg. Sophie hat mir angeboten, ihr Zimmer mit mir zu teilen. Da hat zwar nicht mal sie richtig Platz, aber wenn ich nur endlich wegkomme, ist mir völlig egal, wo ich schlafe.«

Simon und Jenny kamen zu uns. Wir unterhielten uns ganz nett, bis es wieder klingelte. Ein Mädchen kam in die Küche und sagte: »Vanessa, schon wieder der Nachbar von vorhin.«

»Verdammt noch mal – ich muss mit ihm reden«, sagte Vanessa und war schon draußen.

»Sie ist echt in Ordnung«, sagte Jenny und machte mit dem

Kopf eine Bewegung hinter Vanessa her. »In der Schule hab ich sie nie leiden können. Ich finde, sie hat sich echt gebessert.«

Plötzlich stupste mich Jenny an. Sie zeigte zum Tisch. Jemand sprach sie von dort drüben an. Aber wer?

»Ist das nicht unsere Jenny? Diese Beine erkenne ich doch überall.« Dann war es eine Zeit lang still. »He, hier bin ich.«

Wir bückten uns und entdeckten unterm Tisch einen Typen mit struppigem Vollbart und einer Armeejacke.

»Hallo, Bob«, rief Jenny erfreut. »Was machst du denn da unten?«

»Komm runter, setz dich zu mir«, antwortete er. »Hier ist es schön ruhig, und trotzdem kriegst du alles mit. Komm schon, wir haben uns lange nicht mehr gesehen.«

Jenny kicherte albern. »Wenn du meinst«, sagte sie. »Wie steht's mit euch beiden?«

»Nein, danke«, sagte Simon. »Zu viel Aufregung ist nicht gut für uns. Viel Spaß.« Dann wandte er sich wieder an mich. »Ryan die Ratte ist noch nicht aufgetaucht.«

»Freu dich nicht zu früh«, sagte ich und sah mich um. Aus dem Augenwinkel sah ich Sophie hin und her flitzen. Mir war klar, dass sie sich um alle kümmern musste. Aber mit mir hatte sie bis jetzt kaum ein Wort gewechselt. War es da verwunderlich, dass ich eine große Kluft zwischen uns spürte? Fast kam es mir so vor, als hätte ich die besondere Rolle, die ich in ihrem Leben gespielt hatte, bereits zu Ende gespielt. Ich wurde immer gereizter und aggressiver.

Und dann kam Ryan. Er hatte eine Baseballmütze auf, trug

eine blaue Sportjacke, schwarze Jeans und Stiefel. In Los Angeles wäre er damit sicher gut angekommen. Aber hier – er sah aus wie der letzte Trottel. Grinsend kam er auf mich zu und streckte mir die Hand entgegen. Ich zwang ein Lächeln auf mein Gesicht.

»He, nett, dich wieder zu sehen«, sagte er. Ich machte ihn mit Simon bekannt, der nur ein kaltes Mundzucken für ihn übrig hatte. Sophie machte unsicher weiter ihre Runde. Endlich meinte Ryan, Vanessa begrüßen zu müssen und verduftete ins Wohnzimmer. Kurz darauf verschwand auch Sophie. Sie schenkte Ryan eindeutig mehr Aufmerksamkeit als mir.

Ich hörte, wie sich zwei Mädchen aus ihrer Klasse schnatternd unterhielten. »Dieser Ryan ist wirklich nett.«

»Stimmt, Sophie kann wirklich froh sein, dass sie ihn hat.«

Ich hielt es keine Sekunde länger aus. Ich drängte mich an ihnen vorbei und ging in den Garten hinterm Haus. Der Rasen war pitschnass. Ich atmete tief durch. Erst als ich wieder reingehen wollte, merkte ich, dass Simon neben mir stand.

Er lächelte. Zurückhaltend und schüchtern, wie immer. Erst jetzt fiel mir auf, dass ich die Hände zu Fäusten geballt hatte.

»Ich hab die Schnauze voll – endgültig. Was hältst du von ihm?«

»Ganz schön schmierig«, meinte Simon.

»Genau. Das muss man doch sehen. Ich kapier einfach nicht, weshalb sie ihn hier haben will. Ich verschwende bloß meine Zeit.«

»Ich finde eher, dass du dich viel zu leicht aufregst«, sagte Simon.
»Ich soll mich nicht aufregen, wenn dieser Ryan hier durch die Gegend grinst? Pass auf, heute kauf ich ihn mir.«
»Keine gute Idee. Lass uns lieber gehen, bisschen abkühlen. Wir reden darüber und denken uns was Vernünftiges aus.«
»Wenn ich jetzt gehe, hat Ryan gewonnen«, sagte ich.
»Blödsinn«, sagte Simon. »Wenn du gehst, blickt er überhaupt nicht mehr durch, was gespielt wird. Dann kann er nur spekulieren. Wenn er dich allerdings sieht, wie du hier in den Rasen heulst, na ja, dann hat er gewonnen. Mensch, mach hier bloß kein Theater.«
»Also gut«, antwortete ich. »Wir gehen. Aber erst suche ich Sophie und sag's ihr…« Was wollte ich ihr sagen? Der Schmerz in mir war so gewaltig, dass mir schwindlig wurde. »Ich will es ihr einfach nur sagen.«
Ich marschierte zurück in die Küche. Inzwischen war hier bedeutend weniger los. Nur die Typen mit der Dosenburg waren noch da, und unter dem Tisch hörte man Jennys Lachen.
»Jenny, wir gehen«, raunte Simon ihr zu.
Sofort kam sie hervor. »Bis dann, Bob«, verabschiedete sie sich. »Der Typ ist echt eine verrückte Nummer. Ich hab Seitenstechen bekommen. Warum wollt ihr schon los?« Dann sah sie mein Gesicht. »Schon kapiert.«
»Ich will nur noch Sophie Tschüss sagen«, sagte ich.
 »Wahrscheinlich ist sie im Wohnzimmer«, sagte Jenny. »Da tobt die Fete.«
Das Wohnzimmer bestand aus einer einzigen unüberschau-

baren Masse mit stampfenden Füßen. Alles tanzte. Ich bahnte mir einen Weg durch die Menge. Ich sah Vanessa, die ihren Kontrollblick schweifen ließ. Von Sophie keine Spur.

»Verdammt noch mal, wo steckt sie?«, brüllte ich. »Ich habe die Schnauze voll. Ich will nicht mehr suchen ... mein ganzes Leben suche ich sie schon.«

»Irgendwo wird sie schon sein«, schrie Jenny zurück. »Wir finden sie schon.« Sie fragte eines der Mädchen: »Hast du Sophie gesehen?«

»Ja. Sie und Ryan sind ...« Sie zog die Augenbrauen hoch, »... nach oben gegangen.«

Mit Jenny und Simon im Schlepptau stürmte ich aus dem Wohnzimmer.

»Ich weiß, was du denkst«, sagte Jenny.

»Ach, wirklich?«, fuhr ich sie an.

»Ja, du solltest keine voreiligen Schlüsse ziehen.«

»Vielleicht sollten wir jeder für sich suchen«, schlug Simon vor. Ich war allerdings schon auf der Treppe.

»Ben, was hast du vor?«, zischte Jenny durchdringend hinter mir her.

Ich gab keine Antwort. Ich rannte einfach hoch. Ich hörte Jenny rufen. Aber unbekannte Kräfte zogen mich weiter. Es gab kein Zurück. Ich kannte die Zimmer. Sophies Tür stand einen Spalt offen. Es war dunkel, leer.

Ich warf einen Blick in Nicks Zimmer. Auch leer. Sie konnte nur im Schlafzimmer ihrer Eltern sein. Nichts wie rein – nein, lieber nicht. Ich ging wieder in Sophies Zimmer. Keine Ahnung weshalb. Dort stand ich und hörte auf den Regen, der gegen die Scheiben trommelte. Ein merkwürdig trauriges Geräusch. Ein merkwürdiges Zimmer. Einmal mehr war ich von seiner Winzigkeit überwältigt. Ich setzte mich auf die Bettkante. Das letzte Mal war ich hier gewesen, um sie zu trösten, als Ryan sie verlassen hatte. Seit dem Tag hatte ich ihr mein Leben verschrieben. Und was war der Dank? Sophie wälzte sich mit ihm im elterlichen Ehebett.

Ein paar Abende zuvor hatte ich mit ihr bei uns auf dem Sofa gelegen. Wir hatten uns ausgiebig geküsst. »Du hast mich sechsmal geküsst«, sagte sie am Ende. Für sie war Küssen immer noch eine zählenswerte Angelegenheit. Als wäre jeder einzelne Kuss etwas ganz Besonderes. Sie hatte auch nicht gewusst, was sie beim Küssen mit ihren Händen anfangen sollte. Bis sie sich schließlich traute, ihre Arme fest um mich zu schlingen. Es gefiel mir, wie sie ihre Unerfahrenheit als selbstverständlich hinnahm. Irgendwann würden wir auch miteinander schlafen. Ich hatte mir das schon öfter vorgestellt: Vor dem knisternden Kamin würden wir liegen. Ganz vorsichtig und behutsam wollte ich sein – und wir würden beide unheimlich viel Liebe füreinander empfinden ...

Wie es schien, wollte sie diese Szene allerdings lieber mit Ryan spielen. Dieser hirnlose, intrigante Idiot, der immer nur den großen Kerl markierte. Ich sprang auf. Hier drin kriegte ich Platzangst. Ich rannte wieder nach unten; Jenny und Simon warteten mit finsteren Mienen.

Ich sah die beiden an. Dann sah ich noch einmal nach oben. »Tschüss dann!«, brüllte ich. »Wir gehen!« Ich atmete tief durch. Die Tür oben öffnete sich geräuschlos. Wie in einem

Traum. Sophie stand am Treppenabsatz und sah auf uns herunter. In der trüben Beleuchtung wirkte sie geisterhaft.
»Wieso geht ihr? Stimmt was nicht?«, fragte sie.
»Wir haben gedacht, dass es dir sowieso nicht auffällt, wenn wir weg sind«, blaffte ich. Jenny verpasste mir einen Rippenstoß. Ich sollte den Mund halten. Zu spät. Die Worte sprudelten aus mir heraus. »Jetzt hast du ja endlich deinen Ryan. Wie du es dir von Anfang an gewünscht hast. Endlich brauchst du uns nicht mehr.«
Sie war blass und starrte uns an. »Nein, wartet«, sagte sie. Fast rannte sie die Treppen herunter. »Ich will nicht, dass ihr geht«, sagte sie, noch bevor sie ganz unten war.
»Dann hast du eine sehr merkwürdige Art, das zu zeigen«, sagte ich. »Mit dem da oben zusammen.«
»Er ist nur völlig von der Rolle.«
Ich wandte mich ab. »Und was ist mit mir?«, fragte ich laut.
»Ich hab versucht ihm klarzumachen, dass es so nicht weitergeht«, sagte Sophie. »Ich wollte eine Freundschaft und ihm helfen, aber … es funktioniert eben nicht. Mir reicht es. Zwischen uns ist nichts mehr, und was er mit seiner Chefin macht, ist sein Ding. Und genau das habe ich versucht, ihm klarzumachen, gerade als ich dich gehört hab.«
»Echt?«, fragte ich ungläubig.
»Und die ganze Zeit, während ich mit ihm da oben war, hab ich gewusst, dass ihr, Jenny und Simon und du, hier unten seid. Und ich hab nichts anderes gewollt, als mit euch zusammen sein. Das musst du mir glauben.«
Die Schlafzimmertür ging zum zweiten Mal vorsichtig auf. Ryan stellte sich oben ans Treppengeländer. Zur Abwechs-

lung ohne zu lächeln. Er starrte mich an – mit einem Blick, wie ich bis dahin noch nie einen erhalten hatte. Dann kam er herunter. Sophie rückte ein Stück näher zu mir. Auf der untersten Stufe hielt er kurz an. Inzwischen hatte ich Sophie im Arm. Zu meiner Überraschung ging er wortlos an uns vorbei. Er hatte nur noch ein schiefmäuliges, düsteres Lächeln für uns übrig. Dann ging er langsam zur Tür. Ich sah Sophie an. Ihr Gesicht war ausdruckslos und leer.

Ein Mädchen kam aus der Küche gestürzt. »Sophie, kommst du mal? Es sind ein paar Gläser zu Bruch gegangen.«

Sophie wirkte zunächst etwas orientierungslos. Dann hatte sie sich wieder in der Gewalt. »Ja, ich komme. Gleich wieder da«, flüsterte sie mir zu. Sie ging in die Küche. Jenny begleitete sie. Simon blieb grinsend neben mir stehen.

»Was hätte ich sonst machen sollen?«, fragte ich schließlich. »Ich konnte doch nicht zulassen, dass Sophie dermaßen ausgenutzt wird.«

Er nickte. »Wie er dich angesehen hat«, sagte er. »Jetzt weiß ich endlich, was man unter einem tödlichen Blick versteht.«

Ich fühlte mich, als hätte ich einen Preis gewonnen. Endlich hatte Ryan begriffen, dass ich keinen Narren aus mir machen lasse. Ich war sein Feind geworden. Wenig später kam Jenny wieder aus der Küche. Sie sah fertig aus. »Geht's dir gut?«, fragte ich.

»Und wie's mir gut geht«, antwortete sie. »Wie soll's mir sonst gehen, wenn du Sophie so anschreist? Wir hatten ja keine Ahnung, was noch alles passieren würde.«

»Komm schon, Ryan hat endlich gekriegt, was er längst verdient. Das war die Sache wert«, sagte Simon grinsend.

Jenny schüttelte den Kopf. »Mann, und ich hatte Schiss, dass irgendwann die ganze Horde im Flur steht und Publikum spielt. Also, ich regle so was lieber in Ruhe.«

»Was hätte ich sonst machen sollen?«, wiederholte ich leise.

»Doch nicht hier«, sagte Jenny.

Im selben Moment kam Sophie zurück.

»Ist da drin alles in Ordnung?«, fragte ich.

»Geht so. Aber darüber mache ich mir erst morgen Gedanken. Kommst du ein bisschen mit an die frische Luft?«

»Sicher. Gern.«

Sophie und ich gingen vor die Haustür. Sie machte die Tür hinter uns zu, und wir spazierten los.

»Haben wir ein Ziel?«, fragte ich.

»Wer weiß?« Sie lächelte.

»Als Ryan gegangen ist ...«

»Er ist weg«, sagte sie schlicht.

Aber damit gab ich mich nicht zufrieden. »Es tut dir seinetwegen also nicht Leid?« Es hatte aufgehört zu regnen. Aber die Temperatur war gefallen, und es blies ein böiger Wind. Sophie sprach so leise, dass ich sie gegen den Wind kaum verstehen konnte: »Ich hatte geglaubt, du würdest mich verlassen.«

Ich blieb stehen und sah sie an. »Dich verlassen? Niemals«, sagte ich viel zu leise. Der Wind schien meine Worte forttzutragen. Deshalb sagte ich es noch einmal: »Niemals!« Fast ein Schrei. Und sie lächelte ihr einzigartiges, liebevolles, offenes Lächeln. Dann hakte sie sich bei mir unter.

1 Vorgeschmack aufs Paradies

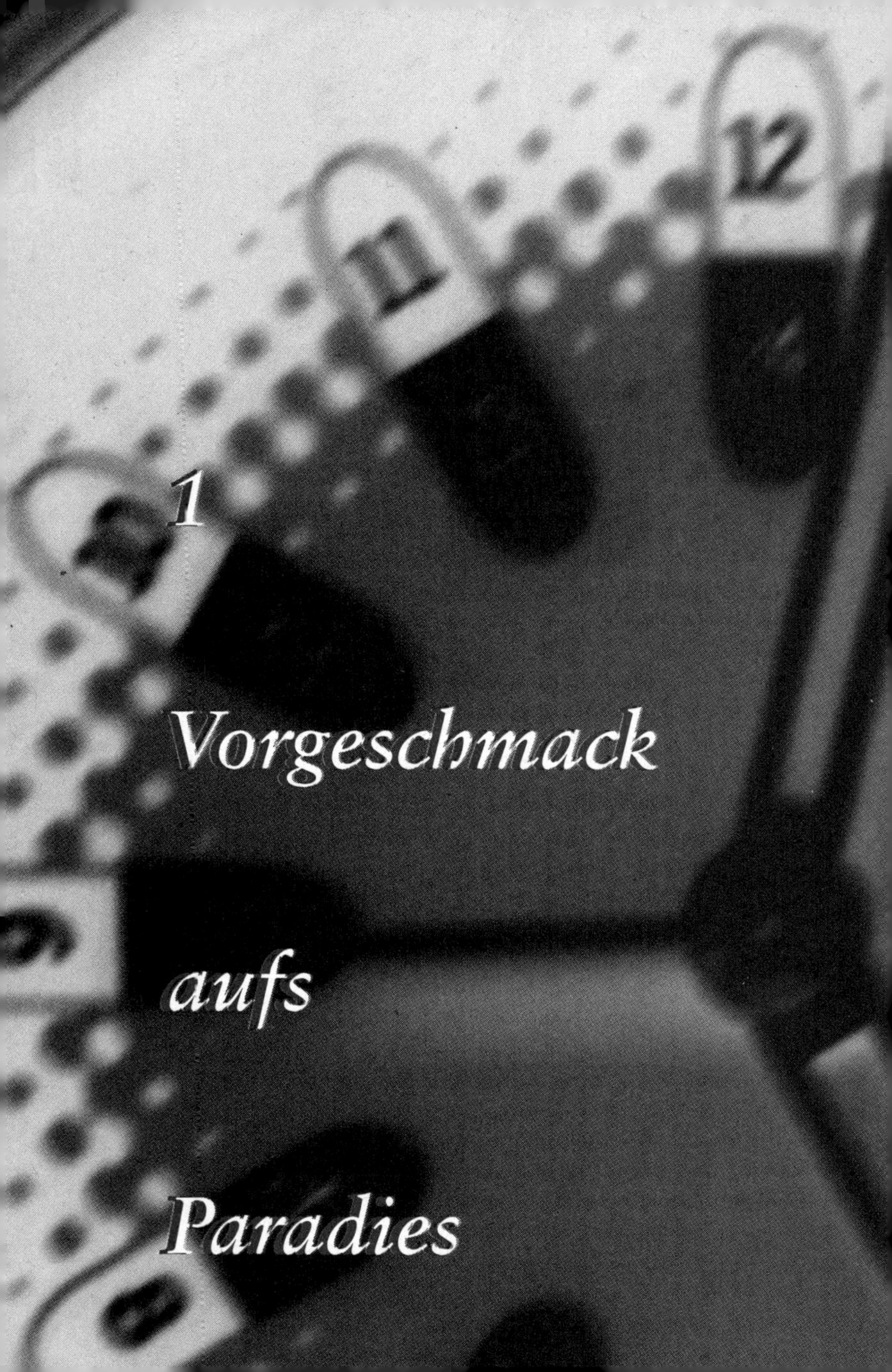

Die nächsten zehn Wochen und vier Tage wurden zu den schönsten meines Leben. Wenn ich mich nur noch an all die Einzelheiten erinnern könnte. Es gab so ungeheuer viele tolle Momente, dass ich sie kaum auseinander halten kann. Kein Wunder – Sophie und ich waren täglich zusammen.
Wir bemühten uns allerdings, Zeit für die Abschlussklausuren freizuhalten. An einem Abend hatten wir verabredet, uns ausnahmsweise nicht zu treffen, weil ich am nächsten Morgen eine Prüfung hatte. Kurz nach acht rief Sophie an, um sich zu erkundigen, wie's denn so läuft. »Soll ich kommen und dich abfragen?«, fragte sie schließlich. Selbstverständlich sagte ich ja. (Obwohl der Stoff, den ich gerade paukte, absolut nichts mit Abfragen zu tun hatte.) Als sie da war, wurde mir sofort wieder bewusst, dass ich mit ihr mein Traummädchen gefunden hatte. Sie konnte nie genug bei mir sein. Was die Abschlussklausuren anging, schwebte ich wie unter Narkose durch sie hindurch. Während der Prüfung konnte ich natürlich nicht gut gelaunt vor mich hinsingen. Also hab ich einfach meine innere Stimme weiterträllern lassen. Egal, was die Zukunft noch bringen

würde, ich war überzeugt, meine schönste Belohnung bereits bekommen zu haben. Kein Preis der Welt würde sie jemals übertreffen.

Am Dienstag nach der Fete schickte ich Sophie zwölf rote Rosen. *Ich liebe dich, dein Sir Lancelot*, hatte ich auf die Karte geschrieben. Weil ich ihr unbedingt noch etwas schenken wollte, fragte ich sie, was sie gerne hätte.

»Lass doch«, sagte Sophie, »du hast schon genug für mich getan.« Ich bestand aber darauf, und sie wollte mir Bescheid geben, sobald ihr etwas Passendes eingefallen war.

Am nächsten Tag bekam ich eine rote Rose. Auf der Karte dazu stand: *Schenk mir dein Kissen, auf dem du deine Träume hast – ich schick dir meines dafür.* Erst glaubte ich, sie hätte sich das selbst ausgedacht. Aber dann stellte ich fest, dass sie einen Song von *Morrissey* zitiert hatte. Jedenfalls werde ich diese Karte bis an mein Lebensende aufbewahren. Auch wenn es kitschig klingt, ich habe ihr wirklich eins meiner Kissen gegeben. Tief in unserem Innern war etwas geschehen. Und das mussten wir irgendwie zum Ausdruck bringen.

Sophie war von der leichenblassen Sophie, die ich im Januar kennen gelernt hatte, Lichtjahre entfernt. Noch nie hatte ich mich einem anderen Menschen so nahe gefühlt. Die Beziehung zu Simon und Jenny eingeschlossen. Es war ein Gefühl zum Abheben. Ich baute an einem Wolkenkratzer. Und jedes Mal, wenn ich Sophie sah, kam ein Stockwerk dazu.

Eines Tages würde ich dem Himmel so nah sein, wie man ihm nur nah sein kann.

Diese Wochen waren – so kann man es nennen – ein Vorgeschmack aufs Paradies. Das erste Mal in meinem Leben konnte ich mich selbst ganz gut leiden. Ich war mehr, als ich vorher gedacht hatte. Ein Höhepunkt folgte dem andern. Wenn ich trotzdem ein Ereignis besonders hervorheben soll, weiß ich allerdings sofort, welches.

Für den Abschlussjahrgang wurde die übliche Jahresfete veranstaltet, und ich hatte selbstverständlich auch eine Einladung. Das Programm hörte sich ganz gut an, und die ganze Sache war außerdem umsonst. Also hatte ich vor, auch hinzugehen. Die meisten wollten die Freundin oder den Freund mitbringen. Ich hab Sophie eingeladen.

»Ich möchte lieber nicht«, sagte Sophie.

»Ach komm, sei doch nicht so«, drängte ich.

»Ich glaube nicht, dass ich es dort aushalten würde.«

»Wieso nicht?«

»Ich gehöre dort nicht hin«, sagte sie. »Es würde mir keinen Spaß machen.«

Obwohl ich schwer enttäuscht war, habe ich es dabei bewenden lassen. Als wir uns an diesem Abend verabschiedeten, war die Stimmung kühler als sonst. Ich musste allein zur Fete und fühlte mich alles andere als wohl. Ich kam mir vor wie ein Zuschauer, der nur herumgehen und beobachten kann. Ich redete mit Leuten, tauschte Telefonnummern aus und versprach, Kontakt zu halten. Aber alles war ziemlich belanglos, was garantiert nur an mir lag. So ist das, wenn man das Gefühl hat, nichts Interessantes erzählen zu können. Ich glotzte gelangweilt in die Gegend, und – große Überraschung – da stand sie. Sie unterhielt sich mit Laura aus der Theater-AG. Sophie hatte eine blauweiß gestreifte

Jacke an, die ich noch nicht kannte, und sie wirkte darin bemerkenswert erwachsen. Sie sah zu mir herüber, lachte mich an und redete weiter mit Laura.
Ich fühlte mich ungewohnt verlegen, als ich dann mit ihr sprach. »Bist ja doch noch hier.«
»Im Fernsehen kam nichts. Da hab ich gedacht, ich könnte genauso gut herkommen. Hab mich als Liegestuhl verkleidet.« Sie zeigte auf ihre blauweiß gestreifte Jacke.
»Ich bin …« Mir fehlten einfach die Worte. Ich zuckte mit den Schultern und strahlte sie an.
Sophie nahm meinen Arm. »Kommt, Sir Lancelot, wenn hier schon alles umsonst ist, möchte ich jetzt was zu trinken haben«, sagte sie. Und da war es wieder, ihr überraschendes, verwirrendes Lächeln. Mir war, als würden wir Versöhnung feiern, ohne uns vorher ordentlich gefetzt zu haben.
Ich war hin und weg, wie locker und selbstsicher Sophie an diesem Abend war. Andererseits – sie überraschte mich ja ständig. Sie ist eben einfach unglaublich. Später hat sie mir gesagt: »Du glaubst nicht, wie nervös ich wegen dieser Fete war. Aber mir war klar, dass du enttäuscht sein würdest, wenn ich zu Hause geblieben wär. Also hab ich mir vorgestellt, ich bin auf der Bühne und soll die Rolle einer superintelligenten Besucherin einer Abschlussfete spielen. X-mal hab ich geprobt, wie ich reinkommen werde, was ich sagen will, …«
»Ernie wäre stolz auf dich«, sagte ich.

Ernie war von Sophie ohnehin recht angetan. Sie zeigte großes Engagement bei den Proben, und Ernies Ansichten bezüglich der Schauspielerei kamen gut bei ihr an.

Einmal sagte sie nach den Proben zu mir: »Ernie hat gemeint, ich kann beim Text überhaupt nichts mehr falsch machen, wenn ich erst mal die richtige Einstellung zu meiner Rolle gefunden habe.«

Also arbeiteten wir intensiv an Sophies Einstellung zu ihrer Rolle. Abends saßen wir vor dem Fernseher und sahen uns haufenweise alte Filme an, damit Sophie die typische Atmosphäre fühlen konnte.

Es dauerte allerdings bis zum Abend der Aufführung, ehe ich kapierte, wie gut sie tatsächlich spielte. Aufgemacht als alter Mann erzählte ich meiner Enkeltochter und ihrem Verlobten vom einzigen Mädchen, das ich je geliebt hatte. Dann startete ich den Videorekorder. Und da war Sophie. Man sah sie nur schemenhaft. Dennoch spürte man, dass das Publikum sofort auf sie reagierte. Vor allem bei ihrer letzten Zeile: »Ich werde warten … nie werde ich aufhören, auf dich zu warten.« Ernie hatte befürchtet, dass sie zu leise gesprochen hätte. Aber im Theater herrschte absolute Stille. Unmittelbar nach der Szene kam Unruhe auf: »Wer war denn das?«

Ich bin fest davon überzeugt, dass an diesem Abend ein Star geboren wurde. Ich war unbeschreiblich stolz. Die Rückkehr in die Wirklichkeit – der erste Platz im Wettbewerb – war schon fast ein Abstieg. Na gut, ich geb's zu, Erster zu werden, war ganz schön aufregend. Vor allen Dingen, weil wir das Stück im August beim Festival in Edinburgh noch einmal aufführen konnten. Die Reisekosten (auch die von Sophie, obwohl ihre Rolle schon auf Video war) wurden übernommen.

Aber das war noch lange nicht alles. Der Regisseur eines Tourneetheaters hatte mein Stück gesehen. Er wollte mich verpflichten, ein Dreißigminutenstück über Gewalt an der Schule zu schreiben. Als ich ihr das erzählte, flippte Sophie beinahe aus.

»Ich freue mich irre für dich«, sagte sie immer und immer wieder. Sie sagte es so oft, dass ich lachen musste.

Darauf reagierte sie allerdings beleidigt. »Lach nicht über mich. Du hast anscheinend keine Ahnung, wie viel du mir bedeutest.«

Genau das waren ihre Worte. Und drei Tage später machte sie Schluss. Ich verstehe immer noch nicht, weshalb. Es lief doch alles so gut. Wir hatten auch nie Streit. Alles stimmte. Trotzdem muss irgendwas passiert sein, was ich überhaupt nicht mitgekriegt habe. Ich muss den Auslöser finden, der die Katastrophe ins Rollen gebracht hat. Sophie hatte ein paar schwere Migräneanfälle gehabt und Tabletten nehmen müssen. Aber das hatte doch nichts mit mir zu tun. Was war sonst noch passiert? Das Verhältnis zwischen Jenny und Sophie war ziemlich gespannt.

»Ich hab nicht das Gefühl, dass Jenny mich besonders gut leiden kann«, hatte Sophie einmal zu mir gesagt.

»Wie kommst du darauf?«, fragte ich. »Natürlich kann sie dich leiden.«

»Ich weiß nicht, ist nur so ein Gefühl …« Sie zögerte.

»Sag schon.«

»Du musst mir versprechen, dass du Jenny nichts sagst.«

»Ja, gut«, sagte ich.
»Nein, du musst es versprechen.« Sie war sehr ernst.
»Schön, ich verspreche es«, sagte ich.
»Du erinnerst dich an den Abend, als Ryan ging?«
Ich stöhnte leicht genervt. Wir mieden das Thema Ryan weitestgehend.
»Ich hab doch wegen der zerbrochenen Gläser in die Küche gemusst und Jenny ist mitgekommen. Sie hat zu mir gesagt: ›Du hast unsere volle Unterstützung, wenn du mit Ryan gehen willst.‹«
Ich sah Sophie fassungslos an. »Das soll Jenny gesagt haben?«
»Und noch mehr. Ich hatte das Gefühl, dass sie mich in Richtung Ryan drängen wollte, um mich loszuwerden.«
»Das würde Jenny nicht machen«, verteidigte ich sie. Allerdings nur mit halber Kraft. Natürlich fiel mir jetzt wieder ein, wie merkwürdig sich Jenny damals benommen hatte. Es hatte wirklich so ausgesehen, als wäre sie nicht sehr glücklich darüber gewesen, dass Ryan von der Bildfläche verschwunden war.
Ich hielt Sophie gegenüber mein Versprechen. Kein Wort zu Jenny. Aber ich besprach mich unter dem Siegel absoluter Vertraulichkeit mit Simon. Er spielte die Angelegenheit herunter, was durchaus zu ihm passte. »Jenny hat, wenn ich dabei war, noch nie etwas gegen Sophie gesagt. Sie mag sie.« Er dachte kurz nach und sagte dann: »Nein – sie mag Sophie – wirklich.«
Trotzdem wurde ich das Gefühl nicht los, dass er etwas verschwieg. Wir hatten einen Punkt erreicht, an dem wir nicht

mehr in jeder Hinsicht offen und ehrlich zueinander waren. Das gefiel mir überhaupt nicht. Als ich den Auftrag für mein nächstes Theaterstück in der Tasche hatte, ergriff ich die Gelegenheit, uns vier zu einer kleinen Fete zusammenzubringen.

So, nun sind wir endlich beim entscheidenden Datum angelangt: Freitag, 22. Juli. Ein gemütlicher Abend, der zur Katastrophe werden sollte. Meine Eltern waren mit Glen bei Tante Annie. Papa hatte mich vorher noch mal angerufen und mir gesagt, dass im Kühlschrank eine Flasche Champagner steht. Ich sollte mit meinen Freunden auf das Stück anstoßen. Wir ließen den Korken knallen und stellten fest, dass die Pulle nicht so toll war wie erhofft. Ehrlich gesagt, war sie sogar ziemlich lahm.

Wie der ganze Abend.

Ich erinnere mich noch, dass ich ein Video eingelegt hatte und später auch noch Musikkassetten. Wir waren alle merkwürdig aufgekratzt. Simon und Jenny schauten sich schließlich Videoclips im Fernsehen an, Sophie und ich hockten auf der Treppe und redeten. Erst war alles ganz locker und wir flirteten miteinander rum. Sie trug einen neuen Pulli, und ich sagte ihr wieder mal, wie gut sie aussehen würde. Ich sagte ihr auch, dass ich ihre Hilfe brauchen würde, wenn ich mich an das neue Stück über Gewalt an der Schule machte. Ich schlug vor, den Plot mit ihr zusammen zu entwickeln ... Lauter harmlose Dinge also.

Schließlich sagte ich, dass sie hier bleiben konnte, so lange sie wollte, weil meine Eltern nicht da waren.

»Lieber nicht«, sagte sie mit bedauerndem Lächeln. »Meine

Eltern würden das gar nicht gut finden.«
»Deine Eltern?«, fragte ich.
»Sie haben in letzter Zeit ständig gemotzt – sie machen sich Sorgen.«
»Worüber?«, wollte ich wissen. »Über alles. Zum Beispiel, was ich im Anschluss an dieses Schuljahr machen will.«
»Hast du ihnen denn nicht erzählt, was du in letzter Zeit alles geschafft hast? Du hast doch irre viel erreicht. Kapieren die das nicht?«
Wieder lächelte sie. »Für die bedeutet das alles nichts.«
Allmählich wurde ich sauer. »Denen würde ich überhaupt nichts mehr erzählen.«
»Sie wollen, dass ich mehr zu Hause bin und nicht mehr so lange wegbleibe. Sie meinen, ich soll alles etwas langsamer angehen.« Sie zuckte mit den Schultern. »Es wird wohl das Beste sein, ich halte mich daran.«
»Wieso denn? Du hast doch mehr erreicht, als sie sich in ihrer beschränkten, kleinen Welt vorstellen können. Und ab morgen arbeiten wir an einem neuen Stück, das an etlichen Schulen aufgeführt werden soll.«
»Weiß ich doch. Und ich finde es auch toll.« Sie klang allerdings nicht sehr überzeugend. Urplötzlich schien sie mir davonzudriften. Ich wurde sauer. Ich hatte Angst.
»Was du da sagst, ist nicht gerade sehr schmeichelhaft für mich«, fuhr ich sie an. »Schließlich tue ich das alles nur für dich. Und du lässt alles von deinen Eltern wieder kaputtmachen.«
»Überhaupt nicht.«
»Dann kapier ich das nicht!«

»Ich habe nur gesagt, dass ich nicht einfach auf Durchzug schalten kann, wenn meine Eltern mir was sagen.«

»Dann erzähl mir bitte, was sie schon für dich getan haben? Ich bin doch derjenige, der ... Ich glaub dir einfach nicht.«

Sie saß auf der Treppe, sah mich an und sagte kein Wort.

»Also gut, vielen Dank. Du bist nicht besser als alle meine vorherigen Freundinnen; jede hat es geschafft, mich zu enttäuschen. Und du schaffst es genauso.« Ich hätte mich sofort und auf der Stelle entschuldigen sollen. Das war mir vollkommen klar. Allerdings nur in einer weit entfernten Außenstelle meines Gehirns. Ich sah, wie ihr die Tränen in die Augen stiegen. Und ich genoss diesen Anblick sogar in vollen Zügen. Und dann war es zu spät. Plötzlich stand nämlich Jenny neben uns und fragte: »Was macht ihr zwei denn hier draußen auf der Treppe?«

Wir lächelten Jenny gequält an und folgten ihr ins Wohnzimmer. Im Fernseher quäkten immer noch die Clips. Sophie blieb stehen und sah mit leerem Blick auf den Bildschirm. Mit den Gedanken war sie ganz woanders. Ich wollte mich entschuldigen. Zuerst ging ich aber in die Küche, um Tee zu machen. Als ich die Haustür ins Schloss fallen hörte, stürzte ich ins Wohnzimmer. Panisch sah ich mich um.

»War das Sophie?«, fragte ich.

»Ja, sie meinte ganz plötzlich, dass sie gehen muss«, sagte Jenny.

Ich rannte zur Haustür. Sophie war erst ein paar Meter weit gekommen.

»Sophie«, rief ich ihr nach.

Sie ging einfach weiter. »Sophie!«, brüllte ich. »Bitte! Warte!«
Mit einem Ruck drehte sie sich zu mir um. »Tut mir Leid, dass ich dich so enttäuscht habe.«
Voller Schuldgefühle und Schmerz sah ich sie an. Aber schon hatte sie sich wieder abgewandt, um zu gehen.
»Sophie, hör zu, du musst mir zuhören.« Ich überholte sie und sprach sie von vorne an. »Was ich gesagt hab, war absoluter Blödsinn und überhaupt nicht wahr.«
Sie sah mich nicht an, und sie schien mich nicht einmal zu hören. »Sophie, bitte, geh jetzt nicht so weg. Bitte.« Ich streckte meine Hand nach ihr aus.
»Nein!«, schrie sie mich an. »Nein!«
Augenblicklich zog ich meine Hand wieder zurück. Sie fing an zu rennen. Ich rannte hinterher. »Sophie«, rief ich, »lass mich wenigstens Entschuldigung sagen. Ich möchte mich entschuldigen, tut mir Leid! Was kann ich denn mehr sagen? Sophie, bitte, geh nicht so weg.«
Meine Stimme hallte durch die dunkle, verwaiste Straße. Aber nichts schien Sophie zu erreichen. Sie rannte weiter, immer schneller, weg von mir. Schließlich brüllte ich: »Also gut, geh doch, wenn du dich unbedingt albern benehmen willst. Geh!«
Ich ging zurück. Ich war sauer. Hatte sie mir auch nur die geringste Chance gegeben, etwas zu erklären? Sicher würde sie das selbst bald einsehen und merken, wie blöd sie sich verhalten hat. Warum sollte ich gegenüber Jenny und Simon auch nur ein Wort verlieren? Schon morgen – nach Sophies Entschuldigung – würden Sophie und ich darüber

lachen. Selbstverständlich würde ich keine große Nummer daraus machen. Ich würde nur ganz ruhig feststellen, dass wir nie wieder voreinander weglaufen dürfen. So was muss ja wohl nicht sein.
Simon und Jenny warteten vor der Tür. »Alles in Ordnung?«, fragte Jenny.
Ich versuchte locker zu wirken. »Alles bestens«, sagte ich. »Sophie hat wieder mal Kopfschmerzen. Ich glaube, dass sie ihr allmählich ganz schön auf den Geist gehen. Sie lässt schön grüßen und hofft, euch bald wieder zu sehen.«
Ganz offensichtlich konnte ich damit weder Simon noch Jenny überzeugen.
»Hab ich was Falsches gesagt?«, fragte Jenny. »Bestimmt hab ich wieder was Falsches gesagt.«
»Erzähl keinen Quatsch. Es war ein Migräneanfall.«
Kurze Zeit später riefen sich Jenny und Simon ein Taxi, um nach Hause zu fahren. Und ich lag auf dem Bett und ging in Gedanken unseren Streit durch. Wieder und wieder. Wenn ich es nur nie gesagt hätte. Nicht ein einziges Mal hatte mich Sophie enttäuscht. Sie hätte sich doch nur umdrehen und mir ordentlich Bescheid stoßen müssen: »Du darfst so etwas nie wieder behaupten.« Wie viel lieber wäre es mir gewesen, wenn sie mir anständig den Kopf gewaschen hätte, anstatt einfach wegzurennen. Sie war diejenige, die alles dramatisierte.
Etwa gegen vier bin ich endlich eingeschlafen. Drei Stunden

später war ich wieder wach. Als ich mir Tee und Toast zum Frühstück machte, schienen mir die gestrigen Ereignisse weit entfernt. Es musste ein böser Traum gewesen sein. In weniger als zwanzig Sekunden würden Sophie und ich die Angelegenheit bereinigen. »Tut mir Leid«, würde ich sagen, und sie würde antworten: »Nein, mir tut es Leid«, und dann würden wir einander um den Hals fallen – Krise beendet.

Einigermaßen beruhigt ging ich ins Wohnzimmer und glotzte Frühstücksfernsehen. Für elf hatten wir uns verabredet. Sophie wollte kommen und mit mir über das neue Theaterstück sprechen. Ich rief also nicht extra bei ihr an. Sophie kam jedoch weder um elf, noch um fünf nach elf, noch um zehn nach ... Um halb zwölf griff ich zum Telefon. Nichts. Allmählich wurde ich nervös. Äußerst seltsam, dass überhaupt niemand dranging. Ich sprintete also zu ihr. Dass es goss wie aus Kübeln, nahm ich kaum wahr. Ich klingelte zweimal. Keine Antwort. Im Haus blieb es totenstill. Wartend blieb ich im Regen stehen. Nach einiger Zeit stellte ich mich in einer Telefonzelle am Ende der Straße unter. Bald waren die Scheiben beschlagen und ich konnte kaum mehr was erkennen. Sobald jemand vorüberging, sprang ich aus der Telefonzelle, um zu sehen, ob es Sophie war. Dann rief ich wieder bei ihr an. Obwohl ich wusste, dass niemand zu Hause war, ließ ich aus unerfindlichen Gründen pausenlos ihr Telefon klingeln.

Schließlich bin ich auf die Idee gekommen, Simon anzurufen. Als ich nur noch zehn Pence hatte, hab ich ihn gebeten, zurückzurufen.

»Wo steckst du denn?«, fragte er.

»In einer Telefonzelle.«

»Das ist mir klar. Aber wo?«

»An der Straßenecke, wo es zu Sophie hochgeht.«
Es war erleichternd, jemandem davon erzählen zu können, was passiert war. Nachdem ich mit meinem Bericht zu Ende war, sagte er: »Sophie ist also weggelaufen – das machen Mädchen ja öfter. Damit wollen sie zeigen, dass du sie verletzt hast.«
»Ich hab mich entschuldigt ...«
»Richtig. Aber erst sollst du noch ein bisschen leiden.«
»Was? Noch mehr?«
»Gehört alles zum Spiel«, sagte Simon. »Erinnerst du dich an Vicky?«
»Ja.«
Simon war vor zwei, drei Jahren mit Vicky gegangen.
»Die ist ständig abgehauen«, sagte Simon. »Bei ihr hat es allerdings nie länger als vierundzwanzig Stunden gedauert. Weißt du noch?«
»Ja, erinnere mich«, sagte ich.
»War wohl so eine Art Vierundzwanzigstunden-Virus«, sagte Simon. »Du darfst Mädchen bei so was nicht drängen. Ich würde bis morgen warten.«
Morgen war Dekaden entfernt.
»Wenn du mich fragst, braucht sie einfach Zeit«, sagte Simon. »Aber sie wird zurückkommen. Mann, sie mag dich. Und im Grunde genommen ist sie echt in Ordnung.«
»Das weiß ich. Deshalb passt dieses Verhalten auch nicht zu ihr.« Meine Stimme brach. »Ich darf sie nicht verlieren, Simon.«
»Du wirst sie nicht verlieren«, sagte Simon. »Gib ihr Zeit, um darüber hinwegzukommen. Ich an deiner Stelle würde

jetzt dem Telefonkerker entfliehen. Wieso treffen wir uns nicht? Bei dir oder bei mir?«
»Ich glaube, bei dir wäre mir lieber«, sagte ich. »Zu Hause würde ich es im Moment nicht aushalten.«
»Alles klar. Komm vorbei. Dann stellen wir noch was Aufregendes an. Wie wär's mit – ich lasse mir was einfallen.« Nach einer kurzen Pause fügte er schnell hinzu: »Ich an deiner Stelle würde heute nichts mehr unternehmen.«
In Krisenzeiten ist Simon eine Trumpfkarte. Als ich aber bei meinem kurzen Abstecher zu Hause – ich hatte mich nur schnell umziehen wollen – das Telefon sah, blieb ich davor stehen wie das Kaninchen vor der Schlange. Warten? Unmöglich. Ich wählte mir die Finger wund, dann endlich – es war bereits halb fünf – nahm Vanessa den Hörer ab.
Unglaublich, menschlicher Kontakt. »Hallo Vanessa, hier ist Ben.«
»Ja, klar, ich kenn doch deine Stimme«, sagte sie. Nett und freundlich wie immer. Sie flirtete fast mit mir.
»Ist bitte Sophie da?«
»Ja, gerade reingekommen. Ich hol sie.«
Na bitte, alles wie gewohnt. Doch dann war wieder Vanessa in der Leitung. »Tut mir Leid, Ben. Sie will nicht ans Telefon.« Sie hörte sich verwundert an.
»Oh, nein!«, rief ich.
»Was ist denn passiert?«, fragte Vanessa.
»Ich habe was gesagt, was ich nicht hätte sagen sollen. Was ziemlich Idiotisches. Ich hab's aber nicht so gemeint. Ich wollte mich entschuldigen ... Bitte, hol sie ans Telefon, bitte, bitte.«

»Ja, ist gut, Ben«, sagte Vanessa besänftigend. »Bleib dran. Moment.«

Zitternd wartete ich ab. Wie konnte ich mich vor Vanessa nur so gehen lassen? Ich hatte ja fast ins Telefon geheult. Vielleicht hatte sogar Nick mitgehört. Egal – wenn ich nur Sophie ans Telefon bekam.

Dann hörte ich Sophie, fast tonlos: »Hallo.«

»Sophie«, fing ich an. »Ich möchte mich entschuldigen …«

»Nein, ich muss mich entschuldigen, weil ich so eine Enttäuschung für dich bin.«

Sie war mir ins Wort gefallen. Sie klang zutiefst verletzt. Mir blieb fast das Herz stehen.

»Sophie, du bist keine Enttäuschung für mich. Ich hab das nicht so gemeint …«

»Und über meine Familie hast du auch nicht herzuziehen!«, rief sie. Ihre Stimme bebte.

»Ich hab doch überhaupt nichts …« Es war sinnlos, weiterzureden. Die Leitung war tot. Fassungslos starrte ich aufs Telefon. Ich hatte eine einzige dumme Bemerkung fallen gelassen. Und Sophie gab mir keine Chance, mich zu entschuldigen. Es hatte doch keinerlei Bedeutung, was ich da gesagt hatte. Das musste sie doch wissen. Wie konnte ich das nur wieder zurechtbiegen? Eigentlich sollte ich längst bei Simon sein. Ich hätte wirklich erst mal Ruhe geben sollen. Aber ich ging noch einmal zu Sophie und klingelte. Vanessa kam an die Tür.

»Hallo, Ben«, sagte sie. Ich hörte ihr sofort an, dass sie Bescheid wusste, und sie reagierte nicht gerade so, als ob ich gute Karten hätte.

»Bitte, bring sie dazu, mit mir zu reden, Vanessa. Ich weiß, dass wir das schnell bereinigt haben, wenn sie mir nur eine einzige Chance gibt. Wenigstens die ist sie mir schuldig.«
Vanessa nickte ernst. Dann meinte sie tatsächlich: »Warte hier.« Sie ließ mich auf der Türschwelle stehen. Normalerweise wurde ich immer hereingebeten. Heute hatte ich nichts zu melden. Vor der Tür zu warten ist eigentlich nur eine harmlose Form der Bestrafung. Trotzdem war ich tief getroffen.
Vanessa blieb ewig weg. Ob das ein gutes Zeichen war? Ständig suchte ich nach guten Zeichen. Die Sonne brach durch. Noch ein gutes Omen! Doch dann kehrte Vanessa zurück. »Tut mir Leid, Ben. Sie will dich nicht sehen.«
»Das ist doch idiotisch«, sagte ich aufgebracht. »Sie macht aus einer Mücke 'nen Elefanten. Ich hab mich über sie geärgert und mich zu einer einzigen dummen Bemerkung hinreißen lassen. Was ist mit all den guten, schönen Sachen, die ich Sophie gesagt habe? Alles vergessen? Wegen eines einzigen kleinen Fehlers? Das steht doch in keinem Verhältnis.«
»Vielleicht hast du Recht«, sagte Vanessa. »Aber sie ist sauer und – pass auf, das Beste, was du tun kannst, ist, die Sache ruhen lassen. Dann kommt sie sicher irgendwann vorbei. Lass ihr Zeit.«
Frustriert hob ich die Hand. »Aber wenn sie mich anhören würde, könnte ich ihr alles erklären. Eigentlich gibt es nicht mal was zu erklären.«

»Vielleicht liegt es nicht nur daran, was du gesagt hast.« Vanessa sprach leise. »Die Situation hier im Haus war in

letzter Zeit auch ziemlich kritisch … Nick und ich gehen nächste Woche jedenfalls weg.«
»Wohin?«
»Wir gehen zu meinem Vater nach Devon. Ich hab ihm erzählt, wie mies mich meine Mutter und ihr Typ behandeln. Da hat er Nick und mich einfach eingeladen. Wir können bei ihm wohnen, so lange wir wollen.« Sie war richtig stolz. »Er hat auch gemeint, dass es nicht richtig ist, mich rauszuschmeißen, bloß weil ich nicht zur Uni will.«
»Da wird's euch bestimmt gut gehen«, sagte ich.
»Ich freu mich drauf – ich rede noch einmal mit Sophie.«
»Danke, Vanessa.«
»Lass ihr ein bisschen Zeit, sich abzuregen.«
Danach ging ich zu Simon.
Den halben Abend verbrachten wir damit, das Vorgefallene zu rekapitulieren. Weil ich Simons Rat nicht befolgt hatte, kam ich mir natürlich erst mal ziemlich blöd vor. Aber Simon ging darüber hinweg und lenkte seine Aufmerksamkeit aufs Krisenmanagement.
»Du solltest dich lieber auf eine längere Wartezeit einstellen. Das klingt hart, aber so ist es nun mal.«
»Du bleibst also dabei, dass ich nicht noch mal anrufen oder zu ihr gehen sollte.«
»Absolut«, antwortete Simon ohne Umschweife. »Sie weiß, wie du dich fühlst. Jetzt ist sie dran.«
Ich war ganz seiner Meinung – bis ich mich auf den Weg nach Hause machte. Ich wusste, dass ich um zwei Uhr nachts nicht mehr anrufen konnte. Aber irgendwas musste ich tun. Ich nahm meinen Schreibblock und ging hinauf

zum Windmill Hill. Dort wollte ich Sophie einen Brief schreiben – letztlich wurden es dann mehrere.
Und für diesen habe ich mich am Ende entschieden:

Liebe Sophie,

ich bin hier oben auf Windmill Hill. Die Nacht ist mild, es weht ein sanftes Lüftchen. Am Himmel stehen unzählige, winzige Sterne. Wenn ich mit dir zusammen wäre, würde ich sagen, es ist eine wunderschöne Nacht. Ohne dich lässt sie mich kalt.
Weißt du, dass ich hier oben nach dir Ausschau halte? Ich habe mir sogar vorgestellt, dass du vielleicht auf mich wartest, wenn ich hier ankomme. Dann hätte ich dich ganz fest in meine Arme genommen und dir leise ins Ohr geflüstert, mir bitte zu vergeben.
Was ich letzten Freitag gesagt habe – meine Worte verdienen nicht, wiederholt zu werden –, war nichts weiter als ein Ausbruch von Egoismus. Ich hab mich geärgert und war wütend. Ich hatte das Gefühl, ich wäre dir nichts wert. Ganz schön traurig, was? Und weil der Frust so groß war, wollte ich auch dir wehtun. Es tut mir wirklich Leid. Ich hatte kaum gesagt, was dich so verletzt hat, da wusste ich schon, wie falsch es gewesen war.
Du hast einmal zu mir gesagt, ich wär der Einzige, der dir etwas sagen darf. Erinnerst du dich? Ich hab das sehr schmeichelhaft gefunden. Bitte, lass mich jetzt

noch einmal etwas sagen. Was ich dir da an den Kopf geworfen habe, hatte rein gar nichts mit dir zu tun. Es war einfach nur mein Egoismus.
Die letzten Stunden ohne dich waren die schlimmste Folter, die ich mir vorstellen kann. Aber ich habe begriffen, dass man Zeit braucht, um Wunden heilen zu lassen. Ich akzeptiere das. Aber, bitte, bleibe nicht so lange fort. Lass es uns so schnell wie möglich aus der Welt schaffen.
Nächste Woche wird mein Vater für ein paar Tage hier sein. Am Freitag dann werde ich unser Haus wieder ganz für mich haben. Vielleicht rufst du mich mal an, oder komm einfach vorbei. Ich werde den ganzen Tag da sein und warten. Wenn dir Telefonieren lieber ist, RUF AN. *Bis dahin wird eine Woche vergangen sein – in einer Woche können Wunden heilen –, und nach einer Woche können wir doch sicher wieder zusammen weitermachen.*
Es tut weh, hier ohne dich zu sitzen, Sophie. Jede Sekunde ohne dich ist Zeitverschwendung.
Bitte, bitte, ruf am Freitag an. Auch dann, wenn du mir eine ordentliche Abreibung verpassen willst. Wenn du dich nicht meldest, weiß ich, was mir bis an mein Lebensende fehlen wird.

Ich liebe dich

Ben, mit vielen Küssen

Soweit das viel zitierte Was-bisher-Geschah. Ein Blick auf meine Uhr: halb neun. Draußen dämmert es allmählich. Mein Count-down neigt sich dem Ende zu. Wo bleibt sie? Wird sie auch diesmal plötzlich da sein, wie auf der Abschlussfete? Will sie mich wieder überraschen? Sophie, wo auch immer du jetzt steckst: Ich habe einen Fehler gemacht, den ich aufrichtig bereue. Mein einziger Wunsch besteht darin, da weiterzumachen, wo wir aufgehört haben. Hörst du, Sophie? Gibst du mir noch eine Chance?

Was soll die Fragerei? Das bringt mich doch auch nicht weiter. Bevor ich nicht weiß, was Sache ist, schreibe ich kein Wort mehr. Ab sofort werde ich – Mann, hab ich Hunger. Ich muss was essen. Ich werde mir was kochen. Sonst kommen die Leute doch auch immer genau dann, wenn man am Herd steht.

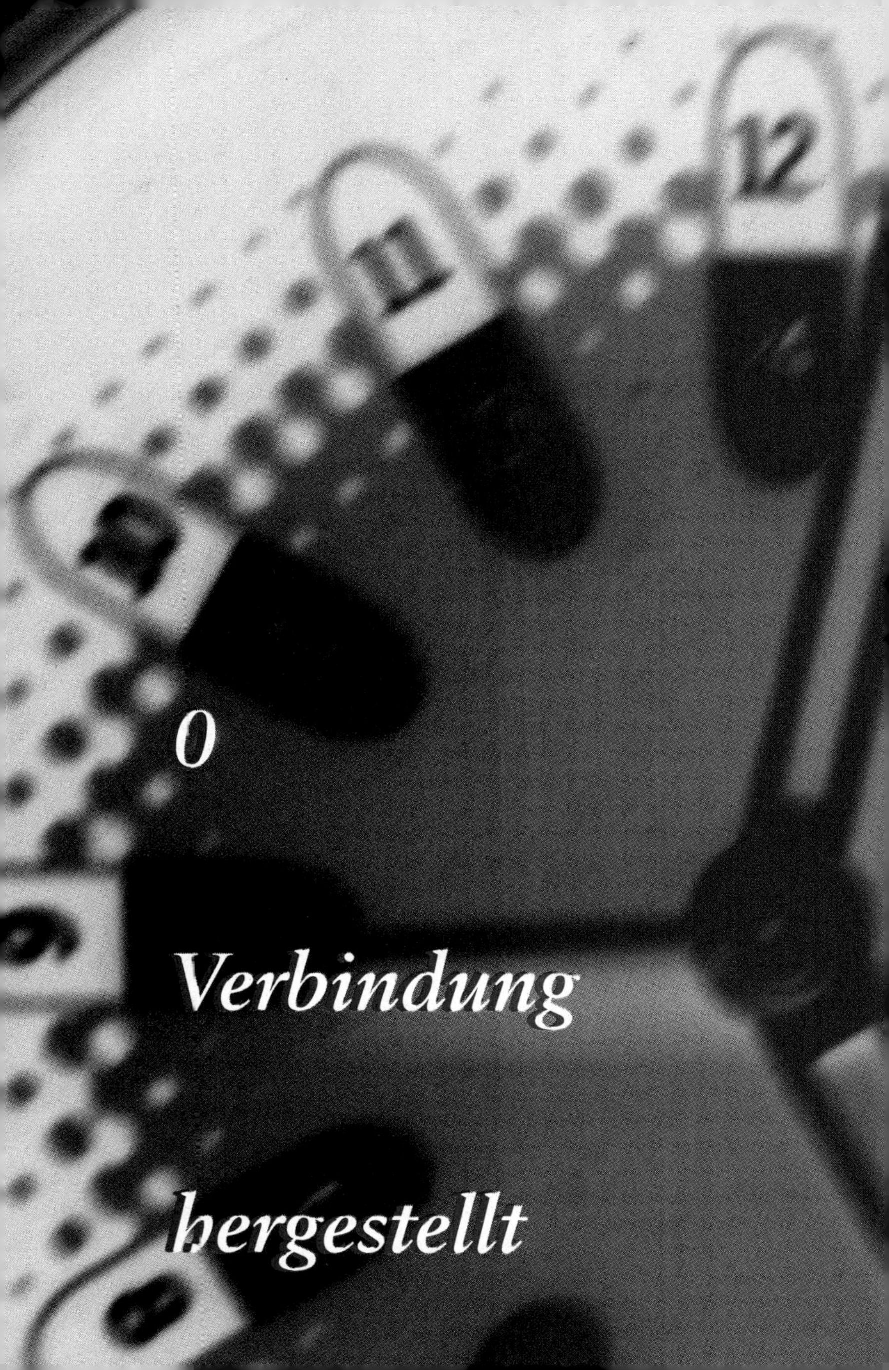

0 Verbindung hergestellt

Inzwischen ist es elf. Der Count-down ist abgelaufen. Wenn man will, kann man behaupten, dass so etwas wie eine Kommunikation stattgefunden hat – wenn man will. Folgendes ist passiert: Ich war in der Küche und machte Spaghetti auf Toast. Als ich mich zum Essen an den Tisch setzte, klingelte das Telefon. Startschuss. Blitzschnell war ich auf den Füßen. Allein das Telefon zu hören, war wie ein Sieg. Während ich den Hörer abnahm, fuhr ich mir durch die Haare. Warum? Keine Ahnung. »Hallo«, meldete ich mich oberfreundlich. Alles würde gut werden. Ich war ganz sicher.

Dann drang die Stimme durch die Leitung. »Ben, ich bin es, Tante Annie. Ich habe tolle Neuigkeiten. Deine Mutter hat das Baby bekommen. Einen lieben, kleinen Jungen. Die Wehen haben schon heute Nachmittag eingesetzt, aber wir wollten dich noch nicht anrufen, damit du dir keine unnötigen Sorgen machst.«

Mama, ich liebte Mama. Aber an diesem Tag – muss ich zugeben – hatte ich nicht eine Sekunde an sie gedacht.

»Geht's ihr gut?«, fragte ich atemlos.

»Mutter und Kind geht es ausgezeichnet«, sagte meine

Tante. »Wenn du möchtest, mein Lieber, holt dich dein Onkel gleich ab – aber vermutlich musst du morgen wieder in aller Frühe im Videoladen arbeiten.«
»Ja, richtig«, log ich. In Wirklichkeit hatte ich mich in dieser Woche mehrmals krankgemeldet.
»Dein Vater ruft dich an, sobald er es einrichten kann. Aber du solltest es wenigstens schon mal wissen. Ist es nicht eine tolle Nachricht?«
»Ja, echt super«, sagte ich.
Hätte ich jetzt nicht im Kreis meiner Familie weilen müssen, um mit ihnen zu frohlocken? Wen wundert es, dass ich von Gewissensbissen geplagt wurde?
Als ich den Hörer dann aufgelegt hatte, fühlte ich nur noch niederschmetternde Enttäuschung, die alle anderen Gefühle überlagerte. Warum war es nicht Sophie gewesen?
Ich ging zurück in die Küche, wo mein Toast mit Spaghetti auf mich wartete. Ich wärmte ihn in der Mikrowelle auf. Trotz des Hungers brachte ich keinen Bissen runter. Mit einem satten Plonk ließ ich alles im Mülleimer verschwinden. Was für eine sinnlose Verschwendung. Eine verschwendete Mahlzeit. Ein verschwendeter Tag.
Ich glotzte auf die Küchenuhr. Schon nach neun. Schluss mit der Warterei. Sie hatte kein Recht, die Sache noch weiter in die Länge zu ziehen. Wie oft sollte ich mich denn noch entschuldigen? Ich hatte angerufen, war bei ihr gewesen, hatte einen Brief geschrieben. Was konnte ich denn noch tun? Jetzt war sie am Zug. Eindeutig. Was wollte sie damit erreichen?
Bevor ich nicht Klarheit hatte, würde ich keine Ruhe fin-

den. Ich war knapp davor, sie doch anzurufen. Das Maß war endgültig voll. Aber erst ging ich in mein Zimmer und legte eins ihrer Lieblingsstücke auf. Ich versuchte alle erdenklichen positiven Schwingungen heraufzubeschwören. Sie liebt dieses Stück. Ich spielte es so oft, bis mir so war, als hätte ich sie tatsächlich bei mir. Sie saß mit übergeschlagenen Beinen in meinem Zimmer und lächelte, weil ich was Komisches gesagt hatte. Sie sagte mir, wie sehr ich ihr geholfen habe. Gemeinsam feierten wir den ersten Platz, den ich mit meinem Stück belegt hatte – es gab schon so viele wunderschöne Momente, die wir zusammen erlebt hatten. Wenigstens die konnte mir keiner mehr nehmen. Ich spielte das Stück noch einmal und drehte den Ton lauter, damit man es hören konnte, wenn ich unten telefonieren würde. Zitternd wählte ich Sophies Nummer. Die vielen schönen Erinnerungen, die ich gerade heraufbeschworen hatte, ließen mich hoffen. Ja, sie gaben mir sogar ein bisschen Selbstvertrauen.

Sophie war beinahe sofort am Telefon. Sie klang ziemlich kaputt und müde, aber wenigstens war sie selbst drangegangen.

»Hallo, Sophie, ich wollte dich fragen, wie es dir geht«, blubberte ich los. Aber auf diesen Augenblick hatte ich schließlich den ganzen Tag gewartet. Eine kleine Pause entstand, und dann wich ich erschrocken zurück. Wie ein Schlag ins Gesicht traf mich das Geräusch, das der aufgeknallte Hörer gemacht hatte.

Fassungslos stand ich vor dem Telefon. Das hätte sie nicht tun dürfen. Mein erster Gedanke war, sie gleich noch mal

anzurufen. Ich wollte ihr sagen, dass jetzt wohl ich dran wäre, sauer zu sein. Aber dann ließ ich es und lief durchs Haus, um all die vielen Teebecher einzusammeln, die überall herumstanden. Die einen halb voll, andere noch randvoll und jeder einzelne eine peinliche Erinnerung an diesen sinnlosen Tag. Ich lief hin und her, stapelte sie im Spülbecken, spritzte etwa fünfmal so viel Spülmittel drüber wie nötig und drehte die Wasserhähne voll auf. Die ganze Küche schäumte. So was hatte ich nicht mehr gemacht, seit ich neun war. Wie hatte ich dieses Geräusch geliebt. Ich sah zu, wie die Wasserlinie allmählich alles überflutete. Gleichzeitig liefen mir die Frusttränen übers Gesicht. Nach dem Spülen knallte ich die Teebecher in den Schrank. Ich wollte sie nicht mehr sehen. Dann ging ich ins Wohnzimmer zurück – und entdeckte noch einen Becher. Das fiese Stück hatte sich hinter einer Zimmerpflanze versteckt. Frust. Ich brüllte ihn an. »Dich werde ich nicht spülen!«
Ich nahm ihn und schmetterte ihn gegen die Tischkante. Er landete auf dem Teppich, der Tee schwappte darüber und schließlich trampelte ich auf dem zerbrochenen Becher herum, bis ich ihn in kleinste Scherben zermalmt hatte. Erst als ein Gefühl von Triumph in mir aufkeimte, war ich zufrieden. Dem hatte ich es gegeben. Jawohl. Für heute hatte ich genug der süßen Rache geübt.
Immer noch nicht ganz abgekühlt, holte ich den Staubsauger und saugte hingebungsvoll die Überreste meiner Wut auf. Da ich in Vorbereitung auf Sophies Besuch heute früh schon einmal gesaugt hatte, kam mir letztlich auch diese Aktion vollkommen sinnlos vor. Völlig leer ließ ich mich in

den Sessel sinken. Fast war ich dankbar für meine Müdigkeit. Ein sicheres Zeichen, dass ich diesen Tag bald verlassen durfte.

Und nun liege ich im Bett und starre in die Dunkelheit. Wie viel Uhr es inzwischen sein mag? Ist das nicht vollkommen egal? Ich habe ihr gestanden, dass ich sie liebe. Ich habe ihr gesagt, dass mir nichts bleibt, wenn sie nicht zu mir zurückkehrt. Sie ist nicht gekommen. Jetzt – im Dunkeln – ist das allerdings alles bedeutungslos. Leben wir nicht ohnehin in ständiger Dunkelheit? Wir tasten blind umher und sehen – nichts. Wir können nicht einmal ausmachen, wie der Nächste empfindet. Alles Schein und Illusion. Und ganz zuletzt lösen wir uns sogar vollständig in dieser Dunkelheit auf. Keiner ist davon ausgenommen. Im Moment spüre ich nichts als Resignation. Und es stört mich nicht einmal.
Den Tod sich vorzustellen, ist schlimmer als der Tod selbst. Woher kenne ich das? Egal, jedenfalls ist es wahr. Ich bin von Dunkelheit umgeben. Wie gern würde ich mich ihr vollkommen hingeben und mich von ihr davontragen lassen. Das ist mein augenblicklicher Wunsch. Mein einziger.

Das Leben danach

29. Juli

Woran ich längst nicht mehr geglaubt hatte – ich redete schließlich doch noch mit Sophie. Sie sagte: »Ich hatte nie vor, nicht mehr zu dir zurückzukommen. Aber über den richtigen Zeitpunkt musste ich selbst entscheiden können.« Sie lächelte. »Tut mir Leid.«

Ich grinste sie an. »Es ist einfach nur schön, dich wiederzuhaben.«

»Es war alles so lächerlich«, meinte sie kopfschüttelnd.

Und dann lachten wir. Wir konnten nicht mehr aufhören zu lachen. Mir tat der Bauch weh, als ich endlich die Augen aufmachte.

Da blieb mir das Lachen im Halse stecken. Ich war wieder allein. Ich lag im Bett – völlig aufgewühlt von meinem Traum. Hatte er eine Bedeutung? Hatte Sophie vergangene Nacht vielleicht auch von mir geträumt? War es ein Zeichen? Weshalb musste ich aus allem und jedem ein Zeichen konstruieren?

Trotzdem dachte ich, als ich die Vorhänge zurückzog, neuer Tag, neues Glück. Trotz all der bitteren Ereignisse der letz-

ten Woche war ein bisschen Hoffnung geblieben. Zu Hause hielt ich es allerdings keine Sekunde länger aus.
Ich überlegte, ob ich Simon besuchen sollte. Er würde mir auch nicht helfen können. Sophies Trotzreaktion war eben doch keine Vierundzwanzig-Stunden-Geschichte. Was dann? Ein objektiver Ratgeber wäre mir jetzt am liebsten gewesen: Vielleicht ein Psychotherapeut? Ich war nicht ganz sicher.
Ich entschied mich für die Bibliothek und durchforstete die Psychoregale. Die meisten Titel waren mir zu trocken und abgehoben. Schließlich fiel mir zwischen den vielen Fachbüchern doch noch ein schmales Taschenbuch über das Thema Trotzreaktionen auf. Als hätte es auf mich gewartet. Ich setzte mich an einen Lesetisch und ging es Seite für Seite durch. Es war wie Balsam für meine Wunden, Berichte von Leuten zu lesen, die Ähnliches erlebt hatten. Wie gerne hätte ich den einen oder andern angerufen, um mich mit ihnen auszutauschen. In dem Buch stand, Trotz wäre ein Mittel, um Leute zu bestrafen, von denen man zuvor in seinen Gefühlen verletzt worden ist. Sophie hatte mich demnach sehr gründlich bestraft. Ich konnte dem Buch entnehmen, dass Trotz eine Möglichkeit ist, um Machtanteile innerhalb einer Beziehung zurückzugewinnen. War es das, was Sophie wollte? Nie wäre ich von selbst darauf gekommen, unsere Beziehung mit so etwas in Verbindung zu bringen. Vermutlich hatte ich in vielen Fällen tatsächlich die Führung übernommen. Aber doch nur, um Sophie aus ihrer Krise zu retten, um ihr ein neues Leben zu zeigen. Sie hatte sich sogar schon mal dafür bedankt.

Und warum hat sie nie was gesagt, wenn sie sich von mir unter Druck gesetzt fühlte? Es ist doch nicht so, dass wir nicht geredet hätten. Wie oft haben wir uns stundenlang über Gott und die Welt unterhalten. Wenn es stimmte, was in diesem Buch stand, durfte man eines auf keinen Fall tun: die Trotzreaktion durch Zwang beenden. War das mein Fehler gewesen? Wer weiß, vielleicht wären Sophie und ich längst wieder zusammen, wenn ich auf Simon gehört hätte. Wer weiß?

Als ich nach Hause kam, waren Papa und Tante Annie da. Wir tranken Tee und fuhren gemeinsam ins Krankenhaus, um Mama zu besuchen. (Glen hatte sie schon besuchen dürfen und war jetzt bei unserem Onkel geblieben.)

Mama saß im Bett. Ich war überrascht, wie gesund sie aussah. Jedenfalls gesünder als vor ein paar Wochen. Ich lächelte ihr verlegen entgegen. »Gut gemacht«, sagte ich.

»Danke, Ben.« Obwohl sie ebenfalls lächelte, wirkte sie sehr ernst. Es schien für sie ein fürchterlich wichtiger Augenblick zu sein. Sie beugte sich zur Seite und holte aus dem kleinen Bett neben ihr ein Knäuel, das große Ähnlichkeit mit einem Wäschebündel hatte. »Und das hier ist dein neuer Bruder«, sagte sie. »Er soll Theo heißen. Das bedeutet Geschenk.«

»Garantiert werden ihn alle für einen Griechen halten«, sagte ich. »Aber was soll's.«

»Wenn du möchtest, kannst du ihn halten«, sagte Mama.

Ich beugte mich hinunter. Alles, was ich sehen konnte, war ein winziges Gesicht. Mama legte ihn mir in die Arme.

»Du musst nur den Kopf stützen, das ist alles«, sagte sie.

Staunend sah ich ihn an. Er war nahezu federleicht. Die Augen waren fest geschlossen. »Ist alles in Ordnung mit ihm?«, fragte ich besorgt.
»Alles bestens.« Mama lächelte. »Was erwartest du? Er ist erst einen Tag alt.«
»Einen Tag. Das ist wirklich unverschämt jung«, sagte ich.
»Er erinnert mich sehr an dich, als du ein Baby warst«, meinte Mama.
»Ich bin doch niemals so winzig gewesen.«
»Doch, warst du«, sagte Mama. Sie lachte. »Ich habe sogar Fotos, mit denen ich das beweisen kann.«
Schließlich kamen Papa und Tante Annie herein. Ich legte Theo vorsichtig wieder in sein Bett, damit Tante Annie ihn nach Herzenslust betatschen konnte.
Als ich gehen wollte, sagte Mama: »Du siehst schmal aus, Junge. Isst du denn richtig, du weißt, es sind genug Sachen im …«
»Ich bin in Ordnung«, unterbrach ich sie.
»Schläfst du denn auch genug?«, fragte sie.
»Also, gestern am Telefon hat er auch ziemlich angespannt und besorgt geklungen«, sagte Tante Annie.
Mama richtete sich auf und gab mir einen Kuss. Dann flüsterte sie: »Es geht mir gut und Theo ebenfalls. Brauchst dir keine Sorgen zu machen.«
Hinter meinen Augenlidern sammelten sich Tränen. Mama freute sich, dass ich mich um sie sorgte. In Wirklichkeit war ich nur ein mieser Betrüger.

Auf dem Nachhauseweg haute Papa in die gleiche Kerbe. Ob ich nicht doch zu viel im Videoladen arbeitete? Er bestand darauf, dass ich am nächsten Tag zum Abendessen zu Tante Annie kommen sollte und steckte mir eine Zwanzigpfundnote zum Feiern zu. Je netter er mir gegenüber war, desto näher war ich den Tränen. Gleich würde ich heulen und uns beide in noch größere Verlegenheit bringen.

Sobald ich wieder allein war, kehrten meine Gedanken zu Sophie zurück. Schließlich hatte ich eine Idee, und ich schrieb ihr einen zweiten Brief. Vielleicht wollte sie ja gar nicht über letzte Woche reden. Vielleicht wusste sie, dass sie überreagiert hatte, und vielleicht hatte sie sogar ein schlechtes Gewissen. Ich teilte ihr einfach mit, dass ich Ende August einen Entwurf meines Stückes einreichen sollte und dass ich noch immer keine Idee hatte. Ob sie mir eventuell helfen könnte? Ich schrieb ihr von Theo und dass Mama am Mittwoch wieder nach Hause käme. Wenn es ihr passte, könnte sie am Dienstag zu mir kommen – Dienstagvormittag –, um mir bei dem Stück zu helfen.

Ich warf den Brief persönlich bei ihr ein. Dann ging ich nach Hause und wartete. Plötzlich war ich wieder voller Hoffnung. Ist es nicht seltsam, dass die Hoffnung immer wieder zurückkehrt? Jede neue Stunde war für mich die Stunde, in der Sophie zurückkommen würde.

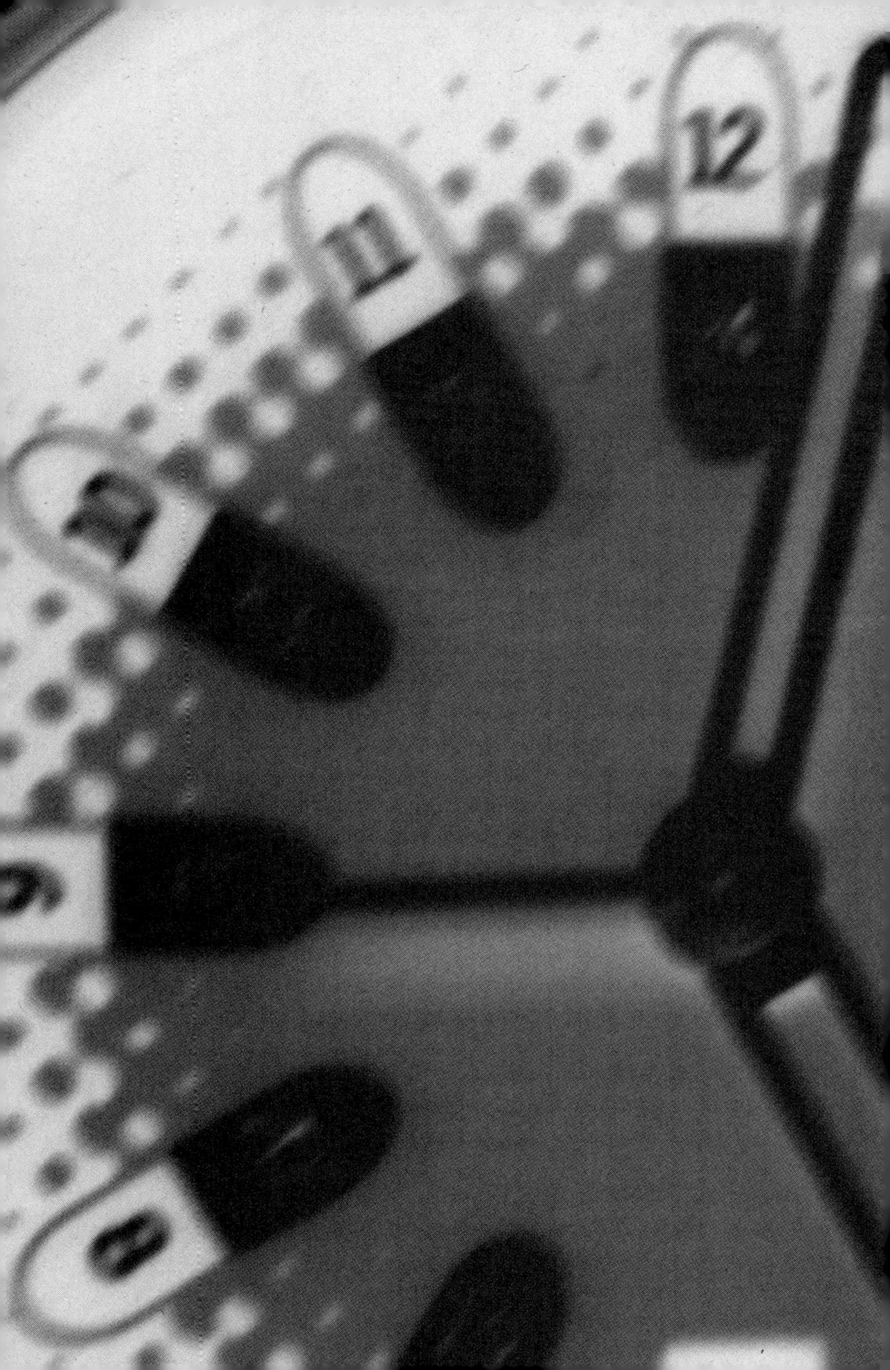

Dienstag, 2. August

Das Geheimnis ist gelüftet. Jetzt weiß ich, woran ich bin. Hier die Einzelheiten: Sophie kam heute nicht zu mir. Punkt. Sie tauchte einfach nicht auf. Fast zwei Wochen sind jetzt seit meiner dummen Bemerkung vergangen. In der Zeit schafft es wohl jeder, darüber hinwegzukommen.

Ich war wild entschlossen, zu ihr zu gehen und mit ihr zu reden – wenn nötig, würde ich mit Gewalt ins Haus eindringen. Als ich bei mir losging, war es fünf. Zielstrebig legte ich den Weg zu ihr zurück. Erst auf der Außentreppe zögerte ich noch einmal. Wenn nun wieder Vanessa die Tür aufmachte? Nein, unmöglich, sie und Nick mussten inzwischen weg sein. Eigentlich schade, schließlich waren sie für mich so was wie Verbündete. Vielleicht kam ja Sophie auch selbst zur Tür.

Ich klingelte zweimal, um klarzustellen, dass ich es ernst meinte und um mir Selbstvertrauen zu geben. Ich wartete. Mein Herz schlug bis zum Hals. Ich betrachtete die Tür. Dann ging sie auf – Sophies Mutter. Ich war gewohnt, von ihr angelächelt zu werden. Heute sah sie mich dermaßen feindselig an, dass ich zurückwich.

»Ist Sophie da?«, fragte ich.

»Nein«, sagte sie knapp. »Sie ist mit Ryan weg.«

Ryan. Einen Moment lang glaubte ich, das Bewusstsein zu verlieren.

»Ryan hat sie zum Essen eingeladen«, fügte Sophies Mutter hinzu.

Macht dir wohl Spaß, mir das zu sagen, dachte ich. Du hasst mich, dabei kennst du nicht mal meine Version der ganzen Geschichte. Ein unüberlegtes Wort von mir, und Sophie geht zurück in Ryans Arme, und du bist auch noch auf ihrer Seite. Spielt ja keine Rolle, dass ich wirklich was für Sophie empfinde und er sie nur benutzt.

Na gut, wenn Sophie das nicht glauben will, muss sie es eben selbst herausfinden. Ich für meinen Teil bin fertig mit ihr. Ich sagte ziemlich gelassen: »Danke, würden Sie Sophie bitte ausrichten, dass ich mich ab jetzt nicht mehr bei ihr melden werde.«

Ihre Mutter hatte keine Ahnung, wie sie das verstehen sollte. Jedenfalls war ich froh, dass sie die Tür zumachte und mich nicht beim Weggehen beobachtete. Wie ein geprügelter Hund schlich ich mich weg. Dabei hatte ich doch gar keine Prügel bezogen. Nein – ich hatte mich befreit. In jenem Augenblick schwor ich mir, dieses Haus nie wieder zu betreten. Ich würde auch nicht mehr anrufen. Dies sollte die letzte Erniedrigung gewesen sein, die ich ihretwegen erfahren hatte. Endgültig überließ ich sie Ryans jämmerlichen Gnaden.

Noch am selben Abend lud ich Jenny und Simon zum Feiern ein. »Zwischen Sophie und mir ist nun endgültig Schluss«, gab ich bekannt. »Ihr glaubt gar nicht, wie froh ich darüber bin. Endlich hab ich sie nicht mehr am Hals und kann wieder mein eigenes Leben führen. Jetzt schreibe ich erst mal mein zweites Theaterstück, dann fahre ich nach Edinburgh zur Aufführung von meinem ersten Stück, und außerdem will ich endlich wieder mit meinen lieben, guten Freunden Jenny und Simon Spaß haben.«
Simon und Jenny sahen mich aufmerksam an. Sie waren sich offenbar nicht ganz sicher, was sie davon zu halten hatten. Schließlich ergriff Jenny das Wort: »Bis jetzt hab ich noch nicht so viel zu eurer Trennung gesagt. Du weißt ja, dass bei mir die Dinge manchmal anders herauskommen, als ich sie meine. Und mir war klar, dass das für dich eine äußerst schwierige Zeit gewesen ist. Deshalb habe ich, einfühlend wie ich bin, lieber das Maul gehalten.« Sie lachte. Wie immer war ihr Lachen ausgesprochen ansteckend. »Aber jetzt kann ich es dir ja sagen. Als Simon mir erzählt hat, was zwischen euch abgelaufen ist, hat es mir nicht sehr Leid getan. Sophie ging mir nämlich tödlich auf den Geist. Wenn wir abends zusammen waren, verstehst du, da drehte sich alles immer nur um Sophie. Sophie hier, Sophie da, Sophie überall.«
»Du meinst, ich hab sie zu sehr in den Mittelpunkt gerückt?«, fragte ich. Ich gierte förmlich danach, Negatives über Sophie zu hören.
»Absolut«, stimmte Jenny zu. »Ohne jeden Zweifel.« Sie sah hinüber zu Simon.

»Sie war ein nettes Mädchen«, sagte er ruhig. »Deswegen ist ihr Verhalten auch so … Ich versteh es einfach nicht. Ich hab sie eigentlich immer ganz o.k. gefunden.«

»Ich auch«, sagte Jenny. »Jedenfalls am Anfang. Und mir war klar, dass du ihr helfen wolltest. Deswegen habe ich mir ja auch alle Mühe gegeben, dass sie sich bei uns wohl fühlte. Aber – irgendwie war alles zu viel. Außer Sophie zählte niemand mehr.«

»Stimmt doch nicht«, widersprach ich sofort.

»Es sah aber ganz danach aus«, sagte Jenny. »Alles drehte sich um sie. Wenn sie Kopfschmerzen hatte, hieß es sofort, oh, wie fürchterlich, und dass ihr bloß alle schön leise seid. Und als ich krank war – und das auch noch ernsthaft –, hast du nicht mal angerufen, um zu fragen, wie's mir geht.« Sie lächelte. »Das soll jetzt kein Vorwurf sein, kapiert?«

Ich grinste zurück. »Klar, woher denn auch?«

»Manchmal sind Simon und ich allerdings ganz schön sauer hier weggegangen«, sagte sie.

»Hättet ja mal was sagen können«, brummte ich.

Jenny sah wieder zu Simon. »Weiß auch nicht, warum wir es gelassen haben«, sagte sie leise. »Simon und ich haben jedenfalls viel drüber geredet. Aber du warst so – anders.«

»Anders?«

Nun wurde sie wieder lauter.

»Du warst ein komplett anderer Typ. Ziemlich unnahbar für uns.«

Ich hörte mir das alles mit einem seltsamen Grausen an. Irgendwie faszinierte mich das. Vor mir saßen meine besten Freunde und erzählten, dass ich mich in einen anderen

Menschen verwandelt hatte. Und sie hatten Recht. Sophie hatte alles andere aus meiner Umgebung verdrängt.
»Es tut mir Leid«, sagte ich.
Simon wollte protestieren.
Aber Jenny war schneller: »Wahrscheinlich wirst du mich dafür hassen. Darf ich dir trotzdem sagen, was mir am meisten gestunken hat?«
»Sag schon.«
»Sophies Fete.« Sie zögerte. »Ich weiß, was Sophie gesagt hat, was ich angeblich gesagt haben soll. Simon hat es mir erzählt.«
Simon war sichtlich unwohl. »Ich dachte, Jenny hat ein Recht darauf zu erfahren, was Sophie von ihr behauptet.«
»Schon gut«, sagte ich. Obwohl ich entsetzt war, dass Simon mit Jenny darüber geredet hatte.
»Das ist übrigens ein gutes Beispiel für deine Veränderung«, sagte Jenny. »Den ganzen Blödsinn zu glauben, den Sophie dir erzählt hat. Du müsstest mich eigentlich besser kennen. Soll ich dir sagen, wie es sich wirklich abgespielt hat? Mir war es peinlich, zu sehen, wie du von unten zu Sophie hinaufgeschrien hast. Ehrlich. Ich an deiner Stelle hätte das mit Sophie unter vier Augen abgehandelt und nicht in aller Öffentlichkeit.«
»Ich war sauer«, warf ich ein.
»Das weiß ich, Schätzchen. Soll kein Vorwurf sein. Ich erzähl dir nur, was ich gedacht hab. Trotzdem hat mir auch Sophie Leid getan. Ich fand, du hattest sie ganz schön vorgeführt – und in eine peinliche Situation gebracht. Deshalb bin ich ihr nachgegangen. Ich hab zu ihr gesagt: ›Ben hat

das nur gemeint, weil er nicht will, dass du dich von Ryan an der Nase herumführen lässt.‹ Und sie sagte: ›Ja, ich weiß.‹ Ich hab ihr meine Hilfe angeboten und sagte: ›Du musst dich wirklich entscheiden, welchen von den beiden du haben willst. Ben oder Ryan. Letztendlich brauchen beide Klarheit.‹ Und ganz zum Schluss hab ich gesagt: ›Falls du lieber Ryan willst, wäre es das Beste, sofort damit rauszurücken. Auch wenn's schwer fällt. Und du kannst sicher sein, dass wir dich unterstützen und weiter deine Freunde sein werden. Egal, für wen du dich entscheidest …‹«

»Du hattest kein Recht, so was zu sagen.«

»Kann schon sein«, sagte Jenny. »Hab allerdings auch gedacht, dass es nicht gut ist, wenn sie den einen Abend sagt, ich will Ben, und in der nächsten Woche zieht sie wieder mit Ryan los. Ich wollte eine endgültige Entscheidung provozieren.«

»Es wäre besser gewesen, du hättest dich rausgehalten.« Ich zitterte.

»Ja, das wünsche ich mir inzwischen auch«, grummelte Jenny. Einen Moment sahen wir uns schweigend in die Augen.

»Und trotzdem«, sagte ich matt, »hast du irgendwie Recht gehabt. Vermutlich hab ich sie an dem Abend auch gedrängt, sich zu entscheiden. Was soll's? Jetzt ist sie sowieso wieder bei Ryan.«

»Und damit ist genau das passiert, was ich immer befürchtet habe«, sagte Jenny. »Ich wollte eine klare Aussage. Ein für alle Mal. Ich wollte dir helfen. Und ihr genauso. Ich hab versucht, die Wogen zu glätten. Und was kam dabei raus?

Sie jammert dir vor, dass ich sie loswerden will. In Wirklichkeit hat sie versucht, mich loszuwerden.«

»Glaubst du wirklich?«

»Klar. Sie wollte der Mittelpunkt in deinem Leben sein«, sagte Jenny. »Wenn ich sie zufällig dabei ertappte, wie sie mich ansah, war mir alles klar. Wenn's darum geht, gewisse Schwingungen zu registrieren, bin ich ziemlich gut.«

»Jetzt ist sie ja weg«, sagte ich. So etwas auch nur auszusprechen, löste sehnsüchtiges Verlangen bei mir aus. Mittlerweile ebbte dieses Verlangen aber auch schnell wieder ab. Im einen Moment wünschte ich sie mir zurück, im nächsten war ich voller Bitterkeit.

»Ich kapier's trotzdem nicht ganz«, sagte Simon. »Dieses Verhalten passt nicht zu ihr. Manchmal wirkte sie zwar ein bisschen verloren, im Grunde war sie aber ganz sympathisch und nett und …«

»Du mochtest sie«, unterbrach ihn Jenny.

»Ja – nein.« Er grinste. Dann fuhr er fort. »Von außen betrachtet sah es so aus, als wärt ihr zwei sehr glücklich miteinander. Übrigens auch ein wichtiger Grund, warum wir dir nicht sagen konnten, dass du dich verändert hattest.«

»Ich war ja auch glücklich«, sagte ich langsam. »Aber es war wohl ein sehr trügerisches Glück – viel Getue und nichts dahinter. Wenigstens hab ich ein paar schöne Highlights erlebt.«

»Was ja nicht so schlecht sein soll«, sagte Jenny.

»Wisst ihr, wie ich mir vorkomme? Als wäre ich süchtig gewesen, und die Droge hieß Sophie. Und jetzt versuche ich, davon loszukommen. Ich schaffe das auch. Wisst ihr wie? Ich werde die Hoffnung, dass Sophie Ryan verlassen wird, um zu mir zurückzukommen, einfach streichen. Hoffnung ist echt das schlimmste Gift: Sicher wird sie schon morgen wieder bei mir anrufen. Blödsinn. Aus. Vorbei. Und schon wieder kriegte ich das Zittern. »Gibt es was Dümmeres, als sich krampfhaft an eine Sache zu klammern, die längst vorbei ist?«

Simon und Jenny sahen mich sehr ernst an.

»Was stiert ihr mich so an«, sagte ich. »Für mich ist das ein durchaus positiver Augenblick in meinem Leben. Es geht mir nämlich ganz plötzlich besser. Die Wirklichkeit hat mich wieder.«

»Willkommen zu Hause«, sagte Jenny. »Wir haben dich vermisst. Die Freundschaft zu dir ist was ganz besonders Wertvolles ...«

»Oh, halt die Klappe«, sagte ich. »Ich kann so ein Gesülze nicht ab.«

»So, jetzt reicht's aber«, fuhr Jenny mich an und stand auf. »Und wahrscheinlich hab ich dich ebenfalls enttäuscht.«

»Und wie«, schrie ich zurück.

»Wenn das so ist, dann geh ich jetzt. Und zwar für immer.« Sie stampfte bis zur Haustür, kehrte aber wieder um. Das Gesicht ein einziges Grinsen. »Du hättest hinter mir herrennen müssen und versuchen, mich aufzuhalten. Du darfst mich nicht gehen lassen. Also – das üben wir noch.«

Endlich konnten wir wieder lachen. Wir drei zusammen. Wir amüsierten uns köstlich. Sophie hatte sich einfach theatralisch aufgeführt. Sie hatte unser höhnisches Gelächter verdient. Und mehr würde sie von mir nie wieder bekom-

men. Ich wollte sie aus meinem Leben streichen, wie auch sie mich längst aus ihrem gestrichen hatte.
Deshalb beende ich hiermit meine Eintragungen bezüglich Sophie. Ich will nichts mehr über sie schreiben und keinen weiteren Gedanken mehr an sie verschwenden.
Sie kommt in meinem Leben nicht mehr vor.

Freitag, 2. September

Ich hätte nicht gedacht, dass ich meinen Bericht jemals weiterschreiben würde. Aber es hat sich etwas Neues getan. Es ist so verrückt, dass ich es aufschreiben muss.

Nachdem Sophie mit mir Schluss gemacht hatte, lief alles ganz ausgezeichnet. Ich schrieb den ersten Entwurf von *Kein Zurück*. (Darin geht es um einen Jungen, der von der gesamten Klasse gequält wird.) Und wir probten weiter für die Aufführung von *Die Träume rufen* beim Edinburgh-Festival. Inzwischen arbeitete ich ganztags im Videoladen, um mir ein bisschen Extrakohle zu verdienen, und meine Abschlussnoten hatte ich mittlerweile auch bekommen: Eine Zwei und zwei Dreien – gerade genug, um mir in Birmingham einen Studienplatz zu sichern. Außerdem war ich viel mit Simon und Jenny unterwegs. Jenny erzählte andauernd von irgendwelchen Mädchen, die sich für mich interessieren würden.

»Ich weiß, was du vorhast«, sagte ich.

»Wovon sprichst du?«, fragte sie.

Ich lächelte finster. »Hör endlich auf, mir ständig unter die

Nase zu reiben, dass es im weiten Ozean mehr als nur einen Fisch gibt.«

Simon lachte. Jenny mimte die Beleidigte. »So was würde ich nie tun. Es würde sowieso nicht funktionieren. Ich weiß, dass man so 'ne Geschichte nicht so einfach vergessen kann.«

»Na ja«, sagte ich. »Manchen gelingt das offenbar ganz gut.«

»Die sind nur gut im Verdrängen. Leiden tun sie trotzdem«, behauptete Jenny.

»Du glaubst, dass Sophie leidet?«

»Klar.« Sie fragte Simon: »Was denkst du?«

Simon überlegte einen Augenblick, bevor er, fast traurig, antwortete: »Ich weiß, was du hören willst. Vielleicht denkt Sophie genau in diesem Augenblick an dich. Die grausame Wahrheit sieht wahrscheinlich ganz anders aus. Bestimmt hat sie seit Wochen keinen einzigen Gedanken an dich verschwendet. Manche Leute haben nun mal die Fähigkeit zu gehen, ohne sich umzudrehen.«

»Echt?«, fragte Jenny.

»Sicher«, sagte Simon überzeugt.

»Was spielt das denn für eine Rolle«, sagte ich. »Ich denke ja selbst nur noch ganz selten an sie. Und falls ihr sie mal Arm in Arm mit Ryan herumspazieren seht, oder jemand erzählt euch davon, dann will ich es nicht wissen – kapiert?« Jenny und Simon nickten feierlich. »Sophie ist für mich Vergangenheit.«

Bald darauf flog ich mit Ernie, Laura, Ethan und zwei weiteren Mitgliedern der Theater-AG nach Edinburgh. Natür-

lich fragten alle nach Sophie. Ich erzählte ihnen keine Details, sondern behauptete nur, dass sie Urlaub im Ausland macht. Mir war klar, dass sie es nicht glaubten.
Um die Mittagszeit kamen wir in Edinburgh an. Nachdem wir uns im Hotel eingetragen hatten, gingen wir essen und anschließend besichtigten wir das Theater, in dem *Die Träume rufen* aufgeführt werden sollte. Wir trafen auch die Sponsoren der Veranstaltung und unterhielten uns mit Leuten von den anderen Theatergruppen.
Unser Stück war als erstes dran. Um halb sieben. Ernie wollte, dass wir uns vorher mit der Bühne »vertraut machen«; angeblich hat Laurence Olivier das auch immer so gehalten.
»Da haben wir's – jetzt bin ich noch aufgeregter als vorher«, sagte Laura. »In letzter Zeit werde ich sogar schon kribbelig, wenn ich nur zum Zuschauen ins Theater gehe.« Sie schüttelte über sich selbst den Kopf.
»Ich will nur noch, dass es vorbei ist«, sagte Ethan. »Ich kann diese Warterei nicht ausstehen.«
Ich war derjenige, der sie beruhigte. Im Nachhinein wundere ich mich selbst am meisten darüber, dass ich kaum nervös war.
Hinter der Bühne hörten wir, wie sich die Reihen füllten. Ethan konnte es nicht lassen, immer wieder heimlich durch den Spalt des Vorhangs zu sehen. »Schon wieder zwei Reihen voller Schulkinder«, gab er weiter.
 Dann hörten wir eine Frau, die ihrem Dialekt zufolge eindeutig aus Edinburgh war: »Die Autoren der Stücke, die heute zur Aufführung kommen, sind alle jünger als zwan-

zig. Als Erstes sehen wir *Die Träume rufen*. Der Autor, Ben Chaplin, ist achtzehn Jahre alt.
Laura flüsterte mir zu: »Bete dafür, dass ich nicht alles vermassle.« Dann trat sie mit Ethan auf die Bühne. Ich hörte auf den Text, meinen Text. Dann mein Stichwort. Ich schlurfte mit meinem Altmänner-Kostüm hinaus. Ich hatte Lampenfieber, fühlte mich aber gut. Alles unter Kontrolle. Ich beherzigte sogar Ernies Rat: »Versuche nicht den alten Mann zu mimen. Vergiss nicht, dass jeder Mensch in seinem Innern jung bleibt. Das ist des Lebens wahre Tragödie.«
Ich ging also über die Bühne und schaltete den Videorekorder ein. Den ganzen Nachmittag hatte Ernie technische Probleme befürchtet. Aber alles funktionierte einwandfrei. Bild und Ton, beides perfekt.
Einen Augenblick spürte ich Erleichterung. Dann sah ich auf den Bildschirm. Das Mädchen dort war so unglaublich: die blonden Haare, die großen Augen ... Ich hatte sie einmal gekannt, ich hatte sie einmal in meinen Armen gehalten, ihre Berührungen waren immer so sanft gewesen, ein leichtes Kitzeln nur – ich hatte einmal geglaubt, sie würde mich lieben. Und nun war es, als wäre sie gestorben. Was mich betraf, war sie gestorben. Übrig war nur noch eine geisterhafte Gestalt, die sagte: »Ihn vergessen, hieße, mich selbst verleugnen.« Du hast mich aber doch vergessen, Sophie.
»Du bist fort, doch immer noch trifft dein Blick den meinen. Ich werde warten ... nie werde ich aufhören, auf dich zu warten.«

Lügen, alles Lügen.

Dann hörte ich eine Stimme. »Sophie, ohne dich bin ich ein niemand. Bitte, verlass mich nicht.« Ich bekam gerade noch mit, dass das meine eigene Stimme gewesen war.

Was um Himmels willen machte ich? Ich sprach einen völlig falschen Text. Ich kämpfte mich zurück ins Stück. Doch dann überfiel mich ein heftiger Schmerz und eine so tiefe Traurigkeit, dass ich nur noch einen gewaltigen Seufzer ausstoßen konnte. Der Schmerz war erdrückend. Ich kam nicht dagegen an. Ich konnte nicht einmal mehr schreien.

In kaltem Schweiß gebadet stand ich da und starrte auf die Szene auf dem Bildschirm, auf Sophie. Bis sie schließlich verschwunden war. Dann spürte ich, wie eine geisterhafte Hand die meine berührte.

»Sophie«, hauchte ich atemlos und hielt sie fest. Verwundert und enttäuscht starrte ich sie an, als sie sich in eine andere verwandelte. In ein Mädchen, das sagte: »Sie war wunderschön, Großvater.« Jetzt erkannte ich das Mädchen, das meine Hand hielt, wieder. Es war Laura. Von irgendwoher fand mein Text zurück zu mir. So schafften wir es bis ans Ende der Szene, bis ich endlich von der Bühne konnte.

Am ganzen Leib zitternd blieb ich im seitlichen Bühnenbereich stehen. Was hatte ich da draußen nur gemacht? Mir war, als hätte sich jemand meiner bemächtigt, mich überwältigt. Ernie kam zu mir und half mir in die Garderobe. Dort wurde ich zu einem alten Tattergreis, der vor sich hinbrabbelte. Noch immer konnte ich mein Zittern nicht unterdrücken. Nicht einmal, als das Stück vorüber war und Ethan und Laura in die Garderobe kamen. Ich wagte nicht, ihnen ins Gesicht zu sehen. »Tut mir wirklich Leid«, stammelte ich. Auch meine Stimme versagte.

»Es tut dir Leid? Hast du den Applaus nicht gehört?«, fragte Laura.

»Nein«, sagte ich. »Ich hab gar nichts gehört.«

Laura verlor kein weiteres Wort. Sie kam zu mir und schloss mich in ihre Arme, und so standen wir lange fest umschlungen.

Anschließend musste ich erst einmal in mein Hotelzimmer. Ich fühlte mich völlig ausgelaugt, konnte aber nicht schlafen. Ernie kam rein, um nach mir zu sehen.

»Ernie, was war das bloß, heute?«, fragte ich ihn.

Ernie rieb sich übers Gesicht. »Du hast heute Abend eine Tür aufgestoßen. Irgendwann passiert das den meisten Schauspielern.«

Ernies Zuspruch päppelte mich wieder ein bisschen hoch. Mir war, als hätte ich ein Ritual durchgemacht.

»Ich hätte die ganze Aufführung damit vermasseln können«, sagte ich.

»Hast du aber nicht. Im Gegenteil. Das Publikum hat deine Gefühle voll und ganz erfasst. Schauspielerei ist keine simple Akrobatik auf dem Hochseil, wie viele Leute denken. Schauspieler zapfen andauernd ihre Gefühle an und müssen sie doch zur selben Zeit immer unter Kontrolle halten. Ich selbst kann meine Gefühle mittlerweile aus- und einschalten. Aber frag mich nicht, wie lange es gedauert hat, bis ich so weit war – ich glaube, du hast heute Abend viel gelernt.«

»Ja«, sagte ich. »Wenn allerdings Laura nicht gewesen wäre – es war echt großartig, wie sie mich zurückgeholt hat ...«

»Das ist Theater. Jeder versteht sich als Teil des Teams, einer für alle, alle für einen.«

Mir war klar, dass das ein kleiner Seitenhieb sein sollte. Ich hatte mal vergessen, dass ich Teil eines Teams war. Ich hatte die Lorbeeren für mich haben wollen – für mich und Sophie. Ich rappelte mich wieder auf, und Ernie lud uns zum Mexikaner ein. Es schmeckte ausgesprochen gut, und endlich fühlten wir uns alle wieder locker und entspannt.

Ein paar Tage später erhielt ich eine Zeitungskritik von *Die Träume rufen*. Es hieß darin, das Stück wäre »bewegend und ungewöhnlich«. Meine »höchst emotionale« Vorstellung wurde lobend erwähnt. Zu dem Zeitpunkt lag ich bereits krank vor Erschöpfung im Bett. Das dauerte eine ganze Woche. In dieser Woche erzählte ich Mama alles – die ganze Wahrheit über Sophie und mich. Zeitweise hatte ich das Gefühl, mich zehn Jahre zurückentwickelt zu haben. Zurück in die Zeiten, als ich noch fest daran glaubte, Mama könnte alle Probleme lösen. Es war jedenfalls beruhigend, mit ihr zu reden. Was ich an ihr so schätze, ist ihre Fähigkeit, dass sie etwas sagen kann, ohne gleich Urteile zu fällen. Wir sprachen über alles Mögliche, während uns Theo von seinem Tragebett aus beobachtete. Ich fahre nicht so auf Babys ab wie viele andere Leute. Aber etwas Faszinierendes haben sie schon. Ich hatte ihm schon öfter die Flasche gegeben, und an dem Tag lächelte er mich an. Natürlich konnte das totaler Zufall gewesen sein. Aber Mama war vollkommen sicher: »Er versucht, mit dir anzubändeln.«

»Wenigstens ein Mensch, der das macht«, erwiderte ich.

Als er mit Trinken fertig war, nahm ich ihn hoch und klopfte ihm sanft den Rücken. »Es gibt Menschen«, sagte ich, »die glauben, dass unsere Seelen über unseren Köpfen schweben und nach einem perfekten Partner suchen. So lange du nicht die richtige Seele gefunden hast, bist du nur unvollständig …« Ich zögerte. Und dann fragte ich: »Hast du so was schon mal gehört?«

»Ja«, sagte Mama.

»Was denkst du darüber?« Im selben Moment machte Theo sein Bäuerchen. »Vermutlich der einzig richtige Kommentar.«

»Der Gedanke, nicht vollständig zu sein, gefällt mir nicht allzu sehr«, sagte Mama. »Ich glaube, dass jeder Mensch für sich schon vollständig ist. Aber vielleicht verschließt jeder einen Teil von sich, und bestimmte Menschen – nicht nur einer – können uns helfen, zuvor blockierte Kräfte freizumachen.«

Theo rülpste noch einmal.

»Bei ihm blockiert bestimmt nichts«, sagte ich.

Mama lächelte.

Dann fügte ich düster hinzu: »Mich ärgert nur, dass ich mich eine Zeit lang so gut gefühlt habe. Ich hab geglaubt, ich würde alles schaffen – aber es war nur ein Hirngespinst. Nichts auf Dauer.«

»Es war bestimmt kein Hirngespinst«, sagte Mama. »Vielleicht …«

»Ja, sag schon.«

»Das Problem mit den perfekten Beziehungen ist vermutlich, dass sie großartig sind, solange sie frisch sind. Aber letzten Endes besteht jede Beziehung nur aus menschlichen Gefühlen. Wenn einer der Beteiligten einen Fehler macht – was nun einmal allzu menschlich ist –, können die beiden natürlich die Schlussfolgerung ziehen, dass sie doch nicht perfekt zueinander passen.«

Ich legte Theo in sein Tragebett. »Da haben wir's – Hirngespinste«, wiederholte ich.

»Ich bin fest davon überzeugt, dass es so was wirklich gibt«, sagte Mama sanft. »Nur kriegen wir manchmal eine Überdosis und geraten aus dem Gleichgewicht.«

»Und dann landen wir voll in der Sch… Soll ich Theos Windeln wechseln?«

»Wer hat dich nur so gut erzogen?«, fragte Mama. »Willst du dir das wirklich antun?«

»Ja, so schnell haut mich nichts mehr um. Ich stehe wieder mit beiden Beinen auf dem Boden der Realität. Und den werde ich auch nicht wieder verlassen.«

Und tatsächlich verlasse ich die wahre Welt nur noch sehr selten, und wenn, dann immer spät in der Nacht. Gestern hab ich zum Beispiel geträumt, dass ich Sophie unter Anklage stellte. Sie stand oben auf einem Turm im Niemandsland. Ihr Haar war wieder dunkel, und es flatterte wild im böigen Wind. Ich verkündete folgendes Urteil:

»Sophie, ab sofort bist du verpflichtet, eine Warnung des Gesundheitsministeriums zu tragen. Du bist gefährlich und rennst wegen lächerlicher Kleinigkeiten davon. Alle müssen darauf aufmerksam gemacht werden, dass du von einem

Moment zum nächsten anfangen kannst zu spinnen. Ich hab dich geliebt. Mich dabei sogar fast selbst vergessen. Aber du hast alles kaputtgemacht, alles. Und unterm Strich bist du eine Enttäuschung gewesen, Sophie.«

Der Wind heulte fürchterlich, und Sophie starrte hinunter auf die See, die tief unter ihr lag. Hinter ihr warteten zwei meiner Sicherheitsleute auf meinen Befehl. Ein Stoß von ihnen, und sie würde abstürzen in ihr nasses Grab.

Doch ich zeigte mich gnädig. Ich verurteilte sie lediglich, für den Rest ihres Lebens nicht mehr geliebt zu werden.

Natürlich könnte ich Sophie Nacht für Nacht den Prozess machen. Ein anderer, häufig wiederkehrender Traum ist mir allerdings bedeutend lieber:

Berühmt geworden lebe ich in einem großen Haus, das von hohen Mauern und schmiedeeisernen Toren gesichert wird. In meinem Studierzimmer arbeite ich an meinem vierunddreißigsten Bühnenstück, das bereits mit Spannung erwartet wird. Mein Butler tritt ein.

»Sie werden in der Bibliothek von einer Dame erwartet, Sir. Eine Miss Sophie Doyle. Ich nahm mir die Freiheit, der jungen Dame Tee zu servieren.«

Langsam erhebe ich mich, gestatte mir ein Lächeln. Sie hat zu lange gewartet. Viel zu lange. Sie jetzt wieder zu sehen, ist nichts weiter, als eine kleine Ablenkung, allenfalls ein kleines Experiment. Es ist die bloße Neugierde, die mich antreibt. Ich lasse sie also in der Bibliothek warten. Sie soll von ihrem eigenen Gift kosten. Sie soll den Schmerz erleben. Ich selbst fühle mich unantastbar.

Mein höchstes Bestreben – unantastbar zu sein.

Mittwoch, 21. September

Du wartest auf ein ganz bestimmtes Ereignis, wie du noch nie auf etwas gewartet hast. Du hoffst darauf, dass etwas geschieht, wie du noch nie auf etwas gehofft hast. Und dann, wenn du schon längst nicht mehr daran glaubst …

Ich war mit Simon und Jenny abends im Kino. Es war für die nächste Zeit unser letztes Treffen. Am Freitag würde ich in aller Frühe nach Birmingham, meinen zukünftigen Studienort, fahren. Es war also ein besonderer Abend. Es war noch nicht sehr spät, als wir nach Hause kamen, Papa war noch auf. Wir unterhielten uns mit ihm, bis er schließlich meinte, für ihn sei es Zeit, ins Bett zu gehen. Wir sollten uns aber keine Sorgen wegen des Lärms machen und uns ruhig weiter amüsieren.

»Meine Eltern sind in letzter Zeit ziemlich nett zu mir«, sagte ich.

»Wahrscheinlich sind sie froh, dass sie dich bald loshaben«, stichelte Jenny.

Wir saßen im Wohnzimmer, lachten, erinnerten uns an alte

Zeiten, da klingelte es an der Haustür. Es war schon elf Uhr durch. Deshalb tippte ich auf einen Nachbarn vor der Tür, der sich über den Krach beschweren wollte. Wir haben Nachbarn, die beschweren sich schon, wenn man laut atmet. Gefasst auf eine der üblichen Diskussionen, öffnete ich die Haustür. Aber …

Diese Szene hatte ich ungefähr eine Million Mal in Gedanken durchgespielt. Jetzt war der Moment gekommen, und mein Kopf war leer.

»Kann ich dich sprechen, bitte?«

Das waren die ersten Worte, die Sophie nach neun Wochen an mich richtete.

»Ja, sicher, komm rein«, krächzte ich.

Ich öffnete die Wohnzimmertür. Eigentlich war alles wie immer. Nichts Ungewöhnliches. Simon wechselte gerade die Musik, Jenny war auf dem Weg zur Küche und sagte: »Ich setze mal Teewasser auf …«

Erst dann sahen sie die Erscheinung an meiner Seite.

Jenny erholte sich als Erste. »Oh, hallo, Sophie.« Aber selbst sie war so verdattert, dass ihr nicht mehr einfiel. Sophie lächelte ihr schüchtern zu. Dann begrüßten sich Sophie und Simon mit verlegenen Hallos und ich sagte: »Komm rein, setz dich.«

»Vielen Dank«, sagte sie.

Alles fürchterlich förmlich. Sie nahm auf der Sesselkante gegenüber dem Sofa Platz, als würde sie auf den Rektor warten. Jedenfalls schien es sich nicht um einen Besuch bei einem ehemaligen Seelenverwandten zu handeln. Jenny setzte sich mir gegenüber in den Sessel. Den Tee hatte sie vergessen. Simon ging zu unserem Ecktisch, um den dort stehenden Sessel zu uns umzudrehen.

»Wir kommen gerade aus dem Kino«, sagte Jenny.

»Oh, was kam denn?«, fragte Sophie.

Wir lieferten eine minutiöse Nacherzählung des gesamten Films. Wir quälten uns ab, und die Unterhaltung wollte kein Ende nehmen. Aber ich war mit meinen Gedanken sowieso nicht bei der Sache. Ständig warf ich verstohlene Blicke auf Sophie. Sie trug ein ganz gewöhnliches T-Shirt und Jeans. Nichts Besonderes also. Ihre Haare hatten wieder die natürliche, dunkle Farbe; sie war ein exaktes Ebenbild der Sophie, die ich in meinen Träumen angeklagt hatte. Die veränderte Haarfarbe machte mich sauer, als wäre sie ein Zeichen dafür, dass ich mit Sophies Leben nichts mehr zu tun hatte. Aber was wollte sie hier? Fast hätte ich sie angeschrien: »Warum bist du noch mal gekommen? Was willst du von mir? Wieso bist du nicht bei deinem geliebten Ryan?« Gleichzeitig war ich ziemlich durcheinander. Während neun langer Wochen war sie mir immer nur in meinen Träumen erschienen – und natürlich auf dem Video, wo sie die Worte sprach, die ich für sie geschrieben hatte. Und nun war das Phantom aus heiterem Himmel in menschlicher Gestalt zurückgekehrt.

Jenny warf mir einen Blick zu: »Schöner Schock, was?«, sollte das heißen. Dann fragte sie: »Sollen wir gehen, Ben?«

Im Grunde wünschte ich mir nichts anderes. Ich wollte ihnen aber nicht den Eindruck vermitteln, dass ich sie rauswerfe, sobald Sophie wieder auftaucht. Immerhin waren sie es gewesen, die mich während der letzten Wochen gestützt und wieder aufgepäppelt hatten. Und ich spürte auch, dass Jenny viel eher bereit war, das Gespräch in Gang zu halten als zu gehen.

»Nein, ihr zwei bleibt hier. Soll ich Tee machen, oder was?«, antwortete ich.

»Ich mach Tee«, sagte Jenny und war schon auf den Beinen. »Sophie?«

»Danke, nein, wirklich nicht«, sagte Sophie.

»Mein Tee ist besser als der von Ben«, sagte Jenny.

»Jeder Tee ist besser als der von Ben«, warf Simon schmunzelnd ein.

Sophie wirkte gefasst, ernst, fühlte sich jedoch ganz offensichtlich nicht wohl in ihrer Haut. Dabei hatte sie mir mal erzählt, dass sie sich nirgends so locker fühlt wie bei mir zu Hause. Im Augenblick war sie jedenfalls alles andere als locker. Sie konnte mir nicht mal ins Gesicht sehen. Jenny kam bald zurück und stellte den Tee mit großer Geste auf den Tisch. Ich entdeckte in ihren Augen ein kaum sichtbares Funkeln.

»Bens Theaterstück kam in Edinburgh ausgezeichnet an«, sagte sie.

»Ach ja, ich wollte sowieso fragen, wie es gelaufen ist«, sagte Sophie.

»Wolltest du?«, fragte Jenny bedeutungsvoll. »Sein zweites Stück hat er auch schon fertig. Ganz ohne Hilfe. Es heißt *Kein Zurück*. Echt spitze«, redete sie mir zuliebe weiter.

»Schön«, sagte Sophie leise. »Freut mich für dich, Ben.«

Was Jenny auch sagte, es war nicht wichtig. Das war mir klar. Ich betrachtete Sophie. Steif und verkrampft saß sie auf der Sesselkante. Was hatten wir denn noch gemeinsam? Höchstens unseren Scherbenhaufen. Es war vorbei. Es gab nichts mehr. Abgesang und Schlussvorhang.

»Lange nicht mehr gesehen«, sagte ich zu Sophie. Es sollte locker klingen. Aber es war deutlich zu hören, wie ich mich fühlte.

»Ich war ja auch fort«, sagte Sophie vage.

»War's denn wenigstens schön?«, fragte ich spitz.

»Nein, ich war nur weg, um nicht hier zu sein«, sagte sie. Dann sprudelte es aus ihr heraus: »Meine Eltern haben sich getrennt. Mein Vater ist mit einer andern Frau in London, und meine Mutter hat es in unserm Haus nicht mehr ausgehalten. Deshalb ist sie zu meiner Tante nach Sheffield gegangen.«

Nach dieser Packung Neuigkeiten lehnte ich mich erst mal zurück. Überrascht war ich nicht, nein. Die Atmosphäre bei ihr zu Hause hatte immer ausgesprochen gespannt gewirkt. Als müsste ständig etwas unter Kontrolle gehalten werden. Wie hatte Sophie mal gesagt? »Meine Eltern tun schon ihr ganzes Leben lang nur so als ob.«

»Und jetzt?«, fragte Jenny.

»Mit nach Sheffield zu gehen, hatte ich keine Lust. Nick hat mit Vanessa geredet, und dann haben sie mich gefragt, ob ich mit ihnen kommen wollte. Ich war total von den Socken, dass Nick plötzlich so nett zu mir war. Vermutlich hängt das damit zusammen, dass ich jetzt seine Restfamilie bin. Sonst gibt's ja niemanden mehr – es war wirklich sehr schön auf dem Land, und weg von allem …«

»Seit wann bist du wieder hier?«, fiel ich ihr ins Wort.

»Seit ein paar Tagen.«
»Und, dass sich deine Eltern wieder …«, fing Jenny an.
»Null Chance«, sagte Sophie knapp. »Er hatte geschworen, diese Frau nicht wieder zu treffen. Deshalb sind sie ja Ostern zusammen weggefahren. Sie wollten ihre Ehe retten. Doch dann hat Mama herausgefunden, dass er sie immer noch trifft. Da ist sie total ausgerastet und hat ihn rausgeschmissen. Das war eine Nacht.« Man konnte sehen, dass ihr ein Schauer über den Rücken lief. Sie sprach mit flacher, eintöniger Stimme. »Ich glaube nicht, dass Mama ihn noch einmal haben will. Da läuft nichts mehr.«
Obwohl ich mich dagegen wehrte, empfand ich Mitleid für Sophie. »Und sonst?«, fragte ich kalt und zynisch.
Sie schien überrascht. »Wie, und sonst?«
Ich wollte sie über Ryan ausfragen. Es war mir jedoch unerträglich, seinen Namen in den Mund zu nehmen. »Was du eben so gemacht hast?«
Müde lächelnd sah sie auf den Fußboden. »Nicht sehr viel – ich war ja die meiste Zeit weg.«
Ich hielt mich an meinem Teebecher fest. »Du warst nicht weg, als ich dich angerufen habe. Du hast den Hörer aufgeknallt. Du warst nicht weg, als ich zu dir gekommen bin. Trotzdem bist du nicht mal zur Tür gekommen.«
»Nein – nein, da war ich nicht weg«, stieß sie flüsternd hervor.
»Weshalb hast du mich dann nicht reingelassen?«
»Ich konnte nicht.«
»Warum?«
Einen Augenblick sah es so aus, als würde meine Frage sie

aus dem Gleichgewicht bringen. Gleich würde sie in Tränen ausbrechen. Aber sie fing sich.

»Weil ich nicht länger jemand sein konnte, der ich gar nicht war. Du hast meinen Namen auf dein Stück geschrieben, obwohl kein einziges Wort von mir ist. Dann hab ich in deinem Stück mitgespielt, obwohl ich gar nicht Theater spielen kann. Die andern Mädchen sind alle um Längen besser gewesen. Und alles nur, weil du –« Ihre Stimme versagte.

»Soll das heißen, ich hab dich in etwas hineingedrängt?«, fragte ich.

»Nein, ich wollte das alles ja. Aber du hast alles an dich gerissen. Und am Ende«, ihre Stimme überschlug sich jetzt fast, »wusste ich nicht mehr, wer ich überhaupt bin – es ist alles viel zu schnell gegangen. Ich brauchte Raum für mich.«

»Und warum hast du mir das nicht gesagt?«, fragte ich. »Ich dachte, ich würde dir helfen und dir was bieten. Wer hat dich gezwungen?«

»Niemand«, sagte sie ruhig.

»Also – warum hast du nichts gesagt?«

»Weil ich unsere Beziehung nicht kaputtmachen wollte.« Sie flüsterte fast nur noch. »Ich wollte alles vermeiden, was uns auseinander bringen könnte. Es hat mir zu viel bedeutet.«

Darauf konnte ich nur verächtlich lachen. »Bist du sicher, dass es nicht mal wieder mit Ryan zu tun hatte?« Endlich war ich sauer genug, um seinen Namen auszusprechen.

»Ryan?« Sie wirkte verblüfft. »Den hab ich seit Monaten nicht mehr gesehen.«

»Ach? Und was ist mit dem Abend, an dem ich bei dir war, und deine Mutter mich angesehen hat, als wäre ich der Antichrist? Freundlicherweise hat sie mich darüber aufgeklärt, dass du mit ihm Essen warst.«

»Meine Mutter hat das nur gesagt, weil ich es wollte«, sagte sie langsam.

»Und warum, bitte schön?«

»Weil ich Zeit gebraucht hab. Und mir war klar geworden – wenn du hören würdest, dass ...«

»Deine Mutter hat mich in deinem Auftrag angelogen?«

»Ja, sie würde einiges machen, um mich zu beschützen – sie hatte schon mitbekommen, dass ich ziemlich fertig war.«

»Ah, fertig«, wiederholte ich scharf.

»Ja!«, rief sie plötzlich. »Genau! Was du gesagt hast, war gemein und fies. Und außerdem war mir klar, dass es stimmt.«

Zum ersten Mal an diesem Abend sah sie mir in die Augen. Ich wandte mich ab. »Kannst du dir in irgendeiner Weise ausmalen, wie fies es ist, so abgeschmettert zu werden? Ich habe die schlimmsten neun Wochen meines Lebens hinter mir.«

»Ich weiß. Das war sicher nicht richtig von mir.« Sie atmete heftig. »Aber bei mir herrschte absolutes Chaos ...«

»Und meine Briefe?«, unterbrach ich sie.

»Welche Briefe?«

»Ich hab dir zweimal geschrieben, dass du mit mir reden sollst. So was kannst du doch nicht einfach ignorieren.«

»Ich weiß nicht mehr – meine Mutter macht meine Post auf.«

»Deine Mutter!«, rief Jenny plötzlich.
»Ja, wie gesagt, das ist ihre Art, mich zu beschützen, ich …«
»Soll das heißen, dass du meine Briefe nie gesehen hast?«, fragte ich entsetzt.
»Nicht gleich – jedenfalls«, antwortete Sophie undeutlich. »Später ja, glaub ich. Ich weiß es wirklich nicht mehr genau.« Ihre Stimme war belegt.
»Du hast meine Briefe nicht gelesen«, sagte ich. »Ich kapier's einfach nicht.«
»Nein.« Sie zögerte. »Ich wollte …«
»Wie wär's ganz einfach mit der Wahrheit«, fuhr Simon sie an. Es kam so plötzlich, dass wir alle zusammenzuckten. Er erhob sich von seinem Sessel und durchbohrte Sophie mit seinem Blick. »Warum bist du hier?«
»Ich wollte Ben sehen«, flüsterte Sophie mehr zu sich selbst als zu Simon.
Aber er stürzte sich auf ihre Antwort. »Du glaubst, ein paar süße Worte, und alles ist wieder gut? Ist es aber nicht! Ist es eben nicht!« Er redete sehr laut und donnerte mit der Faust auf den Fernseher. Das Zimmer schien zu beben. Ich sah ihn erschrocken an. Hörte aber wie hypnotisiert zu, als er fortfuhr. »Ohne jeden Grund stehst du auf und läufst einfach weg. Von einem Tag auf den andern bist du wie vom Erdboden verschluckt. Und es gibt nichts auf der Welt, was dich zurückbringen könnte. Du hast die Briefe sehr wohl gekriegt. Was soll die Lügerei? Warum? Sag schon!« Simon gab auf. Jede weitere Frage hätte er einem leeren Sessel gestellt.
Ich rappelte mich hoch und rannte zur Tür. Ich rief ihr hin-

terher. Ich konnte sie nirgends sehen. Geh ihr nach, drängte eine innere Stimme. Du kannst sie einholen. So darfst du sie nicht gehen lassen.
Ich zögerte. Ich erinnerte mich an das letzte Mal, als ich ihr nachgerannt bin. Ich blieb im Türrahmen stehen und wartete. Vielleicht kam sie diesmal von selbst zurück. Von wegen. Weit entfernt hörte ich eine Polizeisirene heulen. Unendlich lange. Sie heulte über all die Wut und Traurigkeit und all den Frust auf dieser Welt.
Ich ging wieder rein. Simon und Jenny standen im Wohnzimmer. Sie sahen aus wie Pub-Besucher nach einer größeren Prügelei: sprungbereit, auf weiteren Ärger gefasst.
»Hast du sie erwischt?«, fragte Jenny.
»Nein«, antwortete ich matt.
Sie starrten mich an. Simon war kreidebleich und hatte Ringe unter den Augen.
»Toller Abend«, sagte Jenny in einem kläglichen Versuch, die Stimmung zu heben.
Da polterte ich los: »Ich wollte nicht, dass sie so geht. Sehr hilfreich seid ihr jedenfalls nicht gewesen.« Ich sah zu Simon. Er schwieg.
Jenny war wütend. »Sie kann doch nicht einfach hier auftauchen wie der Geist der vergangenen Weihnacht bei Charles Dickens. Nicht nach so langer Zeit. Vielleicht hast du schon vergessen, dass wir mit ansehen mussten, wie fertig du warst. Du bist ja fast vor die Hunde gegangen. Sei also jetzt nicht sauer auf uns, wenn wir dich in Schutz nehmen.«
»Bin ich ja nicht. Ich meine doch nur –« Ich wusste es selbst

immer weniger. »Ich finde es einfach bescheuert, dass sie unter solchen Umständen weg ist.«

»Warum bist du dann nicht hinter ihr her, bitte schön?«, fragte Jenny spitz.

»Das wär vermutlich richtig gewesen«, erwiderte ich, und wunderte mich, dass ich es nicht gemacht hatte. Noch nie war ich mit einem Mädchen so umgesprungen. Ich ließ mich in meinen Sessel sinken.

»Sie ist selbst schuld«, sagte ich leise. »Nach allem, was passiert ist, kann ich ihr nicht mehr entgegenkommen.«

»Natürlich ist es ihre Schuld«, sagte Jenny. »Wieso reagiert sie andauernd so komisch? Und deine Briefe – wenn das nicht gelogen ist.«

»Gehen wir?«, fragte Simon knapp. Es waren seine ersten Worte, seitdem ich zurück war. Halbwegs in der Couch versunken, sah er mich an. »Ich hab's dir total vermasselt, stimmt's?«

»Ach was, nein«, erwiderte ich wenig überzeugend. Simon stand auf und ging zur Tür.

»Es musste gesagt werden«, meinte Jenny. »Sie hat wirklich viel zu lange gewartet.«

»Hast ja Recht«, sagte ich müde.

»Vermutlich hat sie gedacht, du würdest dich entzückt auf sie stürzen«, sagte Jenny. »Oh, Sophie, danke, dass du zurückgekommen bist, und lauter so Zeug.«

»Kann sein«, grummelte ich und wechselte das Thema. »Ihr fahrt also morgen zu dieser Hochzeit?«

»Simons Cousin heiratet. Ein echt lustiger Vogel. Hab ihn schon ein paar Mal getroffen«, sagte Jenny.

»Na denn, viel Spaß. Ich ruf euch mal an, aus dem sonnigen Birmingham.«

»Wehe, wenn nicht«, sagte Jenny.

Es wurde ein stummer, verkrampfter Abschied. Ich konnte nicht verbergen, dass ich auf Jenny und Simon sauer war. Sie hatten heute Abend Sabotage betrieben – wogegen eigentlich? Unterm Strich hatte Jenny mindestens in einem Punkt Recht. Sophie hatte zu lange gewartet. Und dann gleich wieder davonrennen. Wozu sollte das denn gut sein?

Fazit – sie war heute Abend zu mir zurückgekehrt.

Um wieder davonzurennen.

Sie hatte mich angelogen.

Aber – zurückgekehrt war sie trotzdem.

Donnerstag, 22. September

Ich wurde schon vor sechs wach. Leise verließ ich das Haus, um einen langen Spaziergang über die Felder zu machen. Jetzt wusste ich, weshalb Sophie mich verlassen hatte. Die ganze Nacht hatte ich ihre Worte hin und her gedreht: »Du hast alles an dich gerissen … Ich brauchte Raum für mich.« Es war also doch meine Schuld gewesen. Ich hatte zu viel gefordert, ihr alle Freiheit genommen. Immer hatte ich alle Fäden in der Hand. Hätte ich denn anders handeln können? Schließlich wollte ich sie doch retten. Krampfhaft hielt ich an dieser Sichtweise fest. Wer hat sie denn, verdammt noch mal, aus diesem Loch herausgeholt? Wer hat ihr was Neues geboten? Und wozu das alles? Doch nur zu ihrem eigenen Wohl.

Doch das glaubte ich inzwischen selbst nicht mehr.

In Wahrheit hatte ich ihr Leben nur deshalb so voll gepackt, damit für Ryan – oder sonst wen – kein Platz mehr war. Ich, ich ganz allein wollte der Mittelpunkt ihres Lebens sein. Das Ganze hatte sogar seine komische Seite. Ich war als Sir Lancelot aufgebrochen, um mich im Lauf der Zeit in einen Drachen zu verwandeln, vor dem die Heldin am Ende fliehen musste. Wann hatte die Verwandlung angefangen? Konnte man den Punkt festmachen, an dem das eifersüchtige, besitzergreifende Biest die Oberhand gewann? Oder war der Sprung von Sir Lancelot zu diesem Monster viel kleiner, als ich dachte? Keine Ahnung. Ich war zutiefst enttäuscht von mir. Und von Sophie auch. Hätte sie nicht wenigstens versuchen können, zu erklären, was in ihr vorging? Was hatte sie gestern gesagt? Sie wollte unsere Beziehung nicht aufs Spiel setzen. Genau das ist ihr unterm Strich aber ganz prima gelungen – sie hat den Fisch zum Trocknen aufgehängt.

Ich trottete wieder nach Hause. Mama war in der Küche.

»Du bist aber früh auf.«

»Wollte spazieren gehen«, sagte ich.

»Mhm, ist schön heute.«

Das war mir überhaupt nicht aufgefallen.

»Möchtest du an deinem letzten Tag zu Hause ein warmes Frühstück?«

»Wäre toll, ja.« Ich hätte mich dumm und dämlich essen können.

»Und heute Abend gehen wir ins Restaurant, um dich noch mal richtig zu verwöhnen …« Sie sah aus dem Fenster. »Es ist so ein herrlicher Tag. Ich hab Theo in den Garten gestellt. Glen ist schon Fußball spielen bei James. Der wohnt ein Stück die Straße runter. Glen ist glatt ein Stück größer geworden. Stell dir vor, ein zwei Jahre älterer Junge will mit ihm Fußball spielen.«

Wir redeten noch über dies und jenes, bis Mama fragte: »Wie war's denn gestern Abend?« Durch den leichten Wech-

sel in der Tonlage war mir klar, dass sie ahnte, dass irgendwas schief gelaufen war.
»Sophie ist gekommen«, sagte ich.
»Dacht ich mir doch, dass ich ihre Stimme gehört habe.« Mama setzte sich an den Tisch. Ich zählte ihr sämtliche Höhe- und Tiefpunkte auf, die Sophies Rückkehr ausgelöst hatte. Ich ließ nichts aus. Weder wie sehr mich Sophies plötzliches Auftauchen überrascht hatte, noch wie wütend ich am Ende auf Simon war.
»Er wollte nur das Beste«, sagte Mama.
»Natürlich wollte er das«, sagte ich schnell. Ich fühlte mich wie ein Verräter, weil ich es überhaupt erzählt hatte.
»Ich bin froh, dass Sophie gestern Abend gekommen ist«, sagte sie. »Du hast das wirklich verdient.«
Ich lächelte müde. »Das hört sich an, als hätte ich beim Wettschwimmen den ersten Platz belegt.«
»Sie wird wiederkommen«, fuhr Mama unbeirrt fort.
»Nach dem Auftritt, den wir gestern Abend gemacht haben?«
»Ich bin absolut sicher«, sagte Mama. »Ihr war mit Sicherheit auch vorher schon klar, dass es kein Zuckerschlecken werden würde – bestimmt meldet sie sich noch mal. Irgendwann.«
Irgendwann.
»Du meinst, ich soll es nicht selbst noch mal versuchen und bei ihr anrufen?«, fragte ich.

Mama sah mich entsetzt an. Als wäre das vollkommen undenkbar. Ich allerdings konnte fast an nichts anderes mehr denken. Sobald mir aber mein letzter Anruf wieder einfiel, schob ich diese Möglichkeit schnell wieder beiseite – eine Zeit lang.

»Ich glaube, ihr zwei braucht eine Pause«, sagte Mama. »Ich bin wirklich sicher, dass sie dich anrufen wird. Und wenn du dich später in den Ferien bei ihr meldest – wer weiß, vielleicht hast du bis dahin längst das Gefühl, dass du was ganz anderes willst. Du kommst mir schon jetzt ganz verändert vor. Im Übrigen hast du so viel Neues vor dir, neue Erfahrungen, neue Herausforderungen. Dein Vater und ich sind wirklich stolz auf dich und auch darauf, wie du wieder alles in den Griff bekommen hast.«

Mamas Motiv war deutlich herauszuhören: Am liebsten hätte sie alles von mir fern gehalten, was mich von der Uni ablenken könnte. Schließlich ging es um meine ZUKUNFT. Man beachte die Großbuchstaben. Früher hätte ich darüber nur lachen können. Inzwischen war ich immerhin bereit, mich zu fragen, ob nicht eventuell doch ein Funken Wahrheit dahinter steckte. Aus seinem Leben etwas zu machen – das muss schon irgendwie ganz obenan stehen.

Den restlichen Vormittag hatte ich ordentlich zu tun. Wie immer hatte ich das Packen bis zum letzten Augenblick aufgeschoben. Ich rannte hin und her, warf Bücher, Klamotten und Kassetten in diverse Koffer. Dann bin ich raus, um noch dies und das zu besorgen. Sophie ging mir nie ganz aus dem Sinn. Was sie wohl gerade machte? Würde sie heute noch einmal versuchen, Kontakt mit mir aufzunehmen? Ihr Problem. Ich konnte mich doch nicht andauernd diesen Fragen und Spekulationen hingeben.

Eins war sowieso klar: Sie hatte zu lange gewartet.

Als ich wieder nach Hause kam, sah ich schon von weitem einen Wagen vor unserer Tür stehen. Es war der von Simons Vater. Er saß auch am Steuer. Auf dem Beifahrersitz hockte Simon. Hinten drin saßen Jenny und David, Simons kleiner Bruder. Alle vier hatten ihre besten Sachen an, sie waren offensichtlich schon auf dem Weg zur Hochzeit.
Simon sprang aus dem Wagen, als er mich sah. Ich wunderte mich, dass Jenny nicht auch ausstieg.
Simon stand in seinem braunen Anzug vor mir und lächelte. »Ich hätte das gestern Abend alles nicht sagen sollen«, meinte er. »Es war genau das Falsche. Weißt du …«
Er schüttelte den Kopf. Ihm war nicht wohl in seiner Haut. Wie hätte ich jetzt noch länger auf ihn sauer sein können? Der größte Teil meines Ärgers war sowieso längst verflogen.
»Hör mal, Kumpel, du musst nicht bei mir …«
»Doch, ich will dir was erklären. Weißt du«, fing er noch einmal an, und dann redete er wie ein Wasserfall, »nachdem meine Mutter weg war, hab ich ihr zig Briefe geschrieben. Ich bin auch absolut sicher, dass meine Tante jeden einzelnen abgeschickt hat. Aber keiner wurde je beantwortet. Und eines Tages – aus heiterem Himmel, wie man so schön sagt – fährt sie mit einem dicken, protzigen Auto an unserer Schule vor, um für ein paar Augenblicke die liebende Mutter zu mimen. Ich hab sie nur gefragt: ›Warum hast du meine Briefe nicht beantwortet?‹ Und sie: ›Briefe? Welche Briefe?‹ Da habe ich sie einfach stehen lassen. Ich wusste, dass ich mit ihr nichts mehr zu tun haben wollte.«
Simons Stimme krächzte. »Seit Jahren habe ich nicht mehr

an sie denken müssen. Erst gestern Abend wieder.« Er lächelte verlegen. »Da hat es wohl einen kleinen Kurzschluss bei mir gegeben. Ich hatte für einen Augenblick das Gefühl, sie würde vor mir sitzen.«

»Kann ich verstehen«, sagte ich.

»Ich habe Sophie einen Brief geschrieben. Wollt mich bei ihr entschuldigen«, sagte er.

»Tja, vermutlich wird sie den Brief nie zu Gesicht bekommen«, meinte ich. »Du vergisst, dass ihre Mutter die Post zensiert.«

»Für sie war es gestern Abend auch nicht leicht«, sagte Simon nachdenklich.

»Ich fand die letzten neun Wochen auch nicht gerade super«, antwortete ich und hatte das Gefühl, mich verteidigen zu müssen.

»Schon, aber sie ist eben noch ziemlich jung. Fünfzehn.«

»Inzwischen schon sechzehn.«

»Egal«, sagte Simon. »Mit fünfzehn hab ich jedenfalls noch ganz schön viel Mist gebaut. Und du auch.«

Ich sah ihn an. »Was willst du damit sagen?«

»Dass sie noch jung ist. Der Rohbau steht, aber Verputz und Anstrich fehlen noch. Man muss einfach abwarten, was dabei rauskommt. Ich würde mich nicht wundern, wenn aus ihr etwas ganz Besonderes wird.«

Die Autotür ging auf und Jenny kam zu uns.

»Hab schon gedacht, du würdest mich heute links liegen lassen«, sagte ich.

»Hab's versucht«, antwortete sie. »Nein, ich wollte zur Abwechslung auch mal Feingefühl beweisen. Hätte ja sein können, dass ihr zwei eventuell unter vier Augen reden wollt.«

»Die feinfühlige Jenny«, zog ich sie auf. »Jetzt kenne ich alle deine Gesichter.«

Ausnahmsweise blieb Jenny ernst. »Wir hatten gestern beide das Gefühl, uns eingemischt zu haben. Als ich gemerkt habe, dass ich nicht ständig über andere urteilen kann, war's schon zu spät. Wenn ich von irgendwelchen hergelaufenen Leuten in irgendeine Schublade gesteckt werde, kann ich das ja auch nicht ab. Soll ich mal ganz ehrlich sein? Ich glaube, ich war ein bisschen neidisch auf Sophie. Sogar gestern Abend hab ich mich geärgert, dass sie schon wieder das Rampenlicht auf sich zieht. Dabei geht es uns überhaupt nichts an, was sich zwischen euch beiden abgespielt hat. Das ist ganz allein euer Ding. – Deshalb wollte ich dir noch sagen, dass wir mit jeder Entscheidung von dir leben können. Egal, wie sie ausfällt.« Sie legte eine Pause ein.

»Die Rede hast du geübt«, sagte ich.

»Wie? Hat man das gemerkt?«, fragte Jenny. »Man entschuldigt sich schließlich nicht jeden Tag. Und so eine herausragende Persönlichkeit wie ich schon gar nicht.«

Simons Vater gab ein kurzes Hupzeichen.

»Dass mich immer alle Leute hetzen müssen«, sagte Jenny.

»Verstehe ich auch nicht. Wo doch das Brautpaar niemals wagen würde, ohne euch anzufangen«, sagte ich.

»Stimmt«, sagte Jenny. Dann umarmte sie mich. »Wehe, du rufst nicht bald mal an.«

»Mal sehen. Vielleicht hast du Glück.«

Ich ging zu Simon, um ihm die Hand zu schütteln.
»Oh, Mann, nun nimm ihn doch verdammt noch mal auch in die Arme«, rief Jenny. Und ich drückte Simon bärenhaft an die Brust.
»Wir werden uns bald mal nach Birmingham einladen«, sagte er. »Nur, dass du gewarnt bist.«
Nach einem zweiten, weniger kurzen Hupen sprinteten die beiden zum Auto. Ich winkte ihnen nach und fühlte mich mit einem Schlag ziemlich einsam. Aber ich war froh, dass sie noch mal vorbeigekommen waren, um alles wieder einzurenken.
Ich ging ins Haus und umkreiste das Telefon. Sollte ich Sophie anrufen und ihr sagen … was eigentlich? Ich war überrascht, dass ich sie überhaupt noch anrufen wollte. Ich näherte mich dem Telefon, als wäre es eine scharfe Bombe. Warum nahm ich nicht einfach den Hörer ab und wählte ihre Nummer? Weil ich wusste, dass sie wieder den Hörer aufknallen konnte. Nein, ich wollte nicht noch einmal die Kontrolle über alles verlieren. Warum sollte ich mir freiwillig noch so eine Packung abholen? Vor allem, wo ich doch gerade – wie hatte Mama gesagt – alles wieder in den Griff bekommen hatte. Und überhaupt – sie war dran mit anrufen. Wenn sie es wirklich ernst meinte, würde sie es noch mal versuchen. Aber weshalb hatte sie es nicht schon gemacht? War das gestern Abend nichts weiter als ein Laune gewesen? Und wegen meiner Briefe hatte sie mich glatt angelogen. Eindeutig. Log sie auch in anderer Beziehung? Zum Beispiel, wenn es um Ryan ging? Lauter Fragen – keine Antworten.

Sophie und ich waren von dickem, undurchdringlichem Nebel umgeben, der alles verschleierte und versteckte. Wir hatten uns in diesem Nebel verloren. Gestern Abend hatte ich geglaubt, sie durch den Nebel rufen zu hören. Ihre Stimme klang jedoch viel zu leise, und die Richtung, aus der sie kam, war nicht zu orten. Hatte sie wirklich gerufen? Ich wollte mich heute jedenfalls keinen Schritt weiter in diese undurchdringliche Milchsuppe begeben.

Sollte sie mich anrufen.

Ich ging wieder hoch und packte weiter. Als ich fertig war, kam Mama in mein Zimmer.

»Sieht ganz schön leer aus«, sagte sie. Es ging ihr nahe. »Dein Zimmer wird für dich da sein, wenn du nach Hause kommst. Es wird immer dein Zimmer bleiben.«

Dann kam Tante Annie. Sie sollte auf Theo und Glen aufpassen. Aber Glen war dermaßen beleidigt, weil er nicht mit Essen gehen durfte, dass er sich fast in Tränen auflöste. Meine Eltern ließen sich erweichen und erlaubten ihm mitzukommen. Das hatte zur Folge, dass er bereits Stunden, bevor wir loswollten, in seinen guten Sachen durchs Haus flitzte.

Weil ich total auf chinesisches Essen abfahre, gingen wir zum Chinesen. Als Glen sah, dass ich mit Stäbchen aß, wollte auch er unbedingt welche haben. Was ihm an Fingerfertigkeit fehlte, machte er mit seinem unglaublichen Ehrgeiz wett.

Es war urkomisch, ihm zuzusehen. Beinahe bühnenreif. Bald amüsierte sich das halbe Restaurant über seine Verrenkungen. Ich war froh, dass er alle Aufmerksamkeit auf sich zog. Nicht einmal meine Eltern merkten, dass ich ausnahmsweise so gut wie gar nichts aß.

Ich dachte nur daran, dass ich Sophie doch hätte anrufen sollen.

Die Zeit des ewigen Für und Wider war endlich vorüber. Was spielte es denn für eine Rolle, wer Recht hatte und wer nicht?

Ich schaffte es sogar, den Schmerz, den ich wegen ihr empfunden hatte, zu ihren Gunsten umzumünzen: Wenn sie mir so sehr fehlte, musste sie doch etwas ganz Besonderes sein. Endlich konnte ich wieder klar sehen.

Ich hatte meine Gefühle zu Sophie tief in meinem Innern vergraben. So tief, dass ich schon glaubte, sie sind für immer und ewig verloren. Aber in mir bohrte und rumorte es immer weiter. Das anfängliche Gefühl, gewonnen zu haben, wich mehr und mehr dem Bewusstsein, Sophie noch immer in mir zu haben. Alles, was ich je für sie empfunden hatte, existierte noch. Ich würde diese Gefühle immer haben. Ob das nun ein Sieg für mich war oder eher eine Tragödie, wusste ich nicht. Ich wusste nur, dass ich sie anrufen musste.

Wir kamen gegen zehn Uhr nach Hause. Papa brachte Glen nach oben. Mama ging ihm hinterher, und ich hörte sie mit Tante Annie tuscheln. Das war meine Chance, Sophie anzurufen. Meine letzte. Ich überwand die Angst vor einer Abfuhr und griff nach dem Hörer – im selben Moment klingelte das Telefon. Wie hypnotisiert starrte ich es an. Dann nahm ich hastig ab. Ich weiß nicht warum, aber ich war vollkommen sicher, es konnte nur …

»Hallo«, sagte ich.
»Da bist du ja endlich.« Sophie wirkte atemlos, als wäre sie gerannt.
»Wieso? Hast du schon mal angerufen?«, fragte ich.
»Ein paar Mal.«
»Tut mir Leid. Wir waren weg. Meine Eltern haben mich zum Abschiedsessen eingeladen. Ich fahre morgen in aller Frühe weg.«
»Morgen?« Sie klang erschrocken. »Schon?«
»Ja, ich will ein paar von diesen Einführungsgeschichten mitmachen. Vermutlich lauter Werbeveranstaltungen, bei denen sie versuchen werden mich zu überreden, dem Verein zur Verhütung von Gewalt gegen Verkehrshütchen beizutreten. Du weißt schon.«
»Ich wollte dir alles Gute wünschen, Ben. Ich bin sicher, dass du alles gut geregelt kriegst«, sagte sie. »Ich belege drei Kurse am College. Unter anderem Theaterwissenschaften.«
»He, das ist gut. Sag Bescheid, wenn du irgendwo mitspielst.«
»Ach, sei still. Ich hab mich überhaupt echt gefreut, dass dein Stück in Edinburgh so gut angekommen ist. Ich hab oft daran gedacht.«
»Im Grunde genommen warst du ja dabei – als Teil davon.«
»Ja?« Ich hörte sie kaum. Es gab eine Pause.
Ich wusste nicht, wie es jetzt weitergehen sollte. »Es tut mir Leid wegen deiner Familie. Ich meine, dass deine Eltern sich getrennt haben.«

»Es musste so kommen. Auf eine Art ist es besser so.«
Wieder entstand eine Pause, bis ich sagte: »Simon hat dir

einen Brief geschrieben, in dem er sich dafür entschuldigt, was er gestern Abend gesagt hat.«

»Das wäre nicht nötig gewesen. Ich hab's nicht anders verdient. Er hat ja Recht gehabt. Ich hab alles total falsch gemacht.«

»Nein, hast du nicht«, sagte ich schnell. »Ich habe Fehler gemacht. Und was für welche. Du hast nur gemacht, was du machen musstest. Ich bin ständig vorgeprescht und wollte alles so schnell wie möglich erreichen. Wir sind ja mit tausend Sachen durch die Gegend gebrettert. Wenn wir so weitergerast wären, hätten wir bestimmt bald geheiratet oder so was.«

Sophie lachte. Dann ließ sie es raus: »Ich habe deine Briefe bekommen. Ich hab dich angelogen. Sie liegen hier vor mir, und ich hab sie zigmal gelesen.«

»Aber geantwortet hast du nicht«, sagte ich.

»Nein – hab ich nicht.« Ihre Stimme fing an zu zittern. »Ich konnte nicht, Ben. Ich hab's versucht. Jeden Tag, an dem ich nicht mit dir zusammen war, hab ich dich vermisst. Aber ich musste einfach weg – erst meine Eltern mit ihrem Chaos, dann diese blöde Geschichte, mit Ryan zu gehen und dann ... plötzlich warst du da, alles war auf einmal so schön. Es hat mich einfach umgehauen. Und dann hab ich versucht, herauszufinden, ob ich das wirklich alles so will. Als ich es endlich gewusst habe, war es schon wieder zu spät. Ich konnte doch nicht einfach wieder so kommen, nachdem ich vorher alles kaputtgemacht hatte. Weißt du, was ich gemacht habe? Ich bin rauf zum Windmill Hill. Ich hab gedacht, dort könnte ich gut mit dir reden. Jeden

Abend bin ich oben gewesen, aber ich hab dich nie getroffen.«

»Ich bin nicht mehr hingegangen, nach ...«

»Oh, das erklärt einiges«, sagte Sophie. Es hörte sich komisch an. Wir versuchten darüber zu lachen.

»Gestern Abend hab ich dann gedacht, dass es wirklich idiotisch ist, nur dazusitzen und zu warten. Also bin ich zu dir gegangen. Hab mich ungefähr eine Stunde draußen herumgedrückt, bis ich endlich – ich hätte schon viel früher kommen sollen, was?«

»Ach was, nein«, widersprach ich. »Zufällig wollte ich gerade noch zum Windmill Hill. Vielleicht könntest du ...«

»Ich bin gleich da«, rief Sophie sofort.

»Ich hol dich in fünf Minuten ab.« Ich brüllte beinahe ins Telefon. »Vorausgesetzt, du hast nicht schon wieder dein blaues Nachthemd an oder so was.«

Sie lachte. »Nein, hab ich nicht.«

»Bis gleich. Sophie, bist du noch dran?«

»Ja, bin noch dran.«

»Du bist die Beste.«

»Und du bist –« Sie brach mitten drin ab. Dann flüsterte sie: »Ben, ich liebe dich.«

»Während wir hier gegenseitig Freundlichkeiten austauschen«, sagte ich mit belegter Stimme, »liebe ich dich ebenso sehr – und darum lege ich jetzt den Hörer auf. Ich will nämlich keine Sekunde länger darauf warten, dich wieder zu sehen.«

SOPHIE! SOPHIE! SOPHIE!

Endlich sah ich durch den Nebel ein Licht. Das wunderbarste Licht, das ich mir vorstellen konnte. Augenblicklich war mir klar, dass ich diesem Licht folgen würde, wohin auch immer es mich führte. Ich hatte einen Weg betreten, der niemals enden würde.